십 각 관 의　　살 인

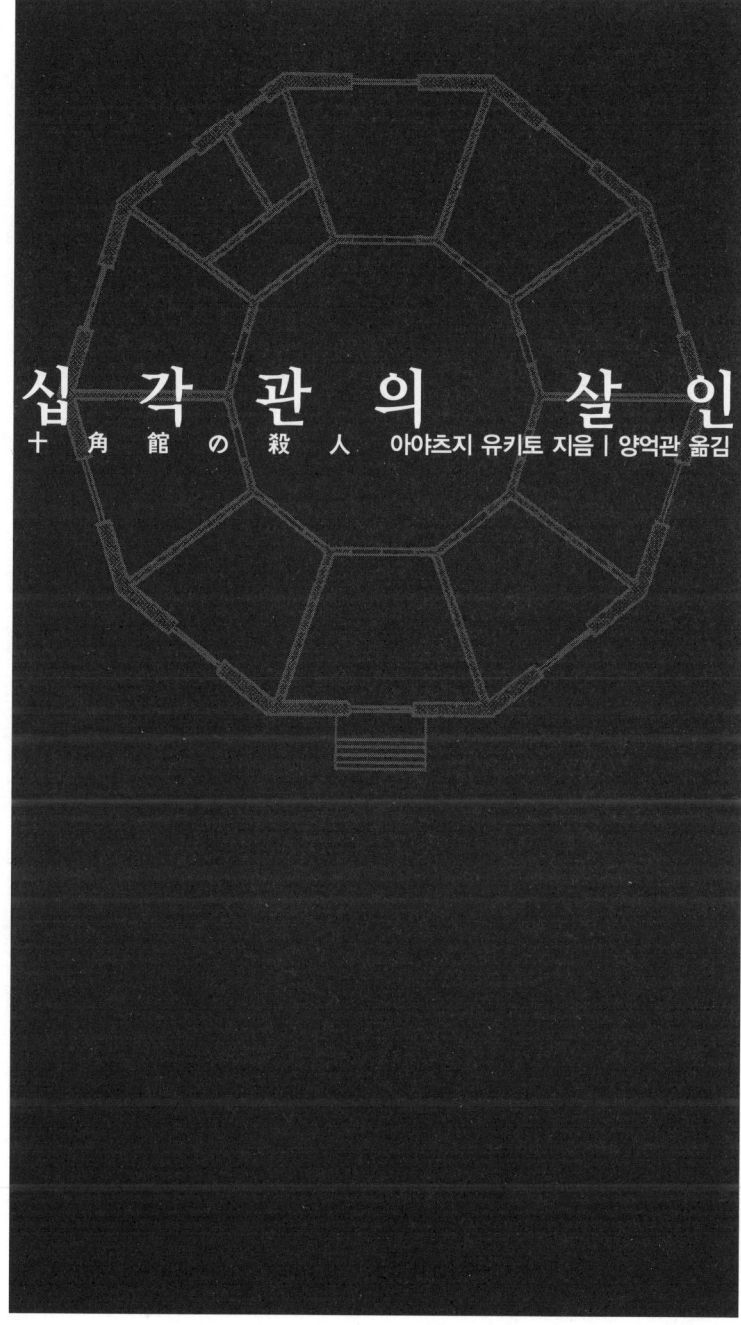

십각관의 살인
十角館の殺人　아야츠지 유키토 지음 | 양억관 옮김

JUKKAKUKAN NO SATSUJIN
ⓒ YUKITO AYATSUJI 1987
All rights reserved.

Original Japanese edition published by KODANSHA LTD.
Korean translation rights arranged with KODANSHA LTD.
through Tony International.

이 책의 한국어판 저작권은 토니 인터내셔널을 통해
KODANSHA LTD.와 독점 계약한 "한즈미디어(주)"에 있습니다.
저작권법에 의해 한국 내에서 보호를 받는 저작물이므로
무단전재와 무단복제를 금합니다.

경애하는 모든 선배들께 바친다

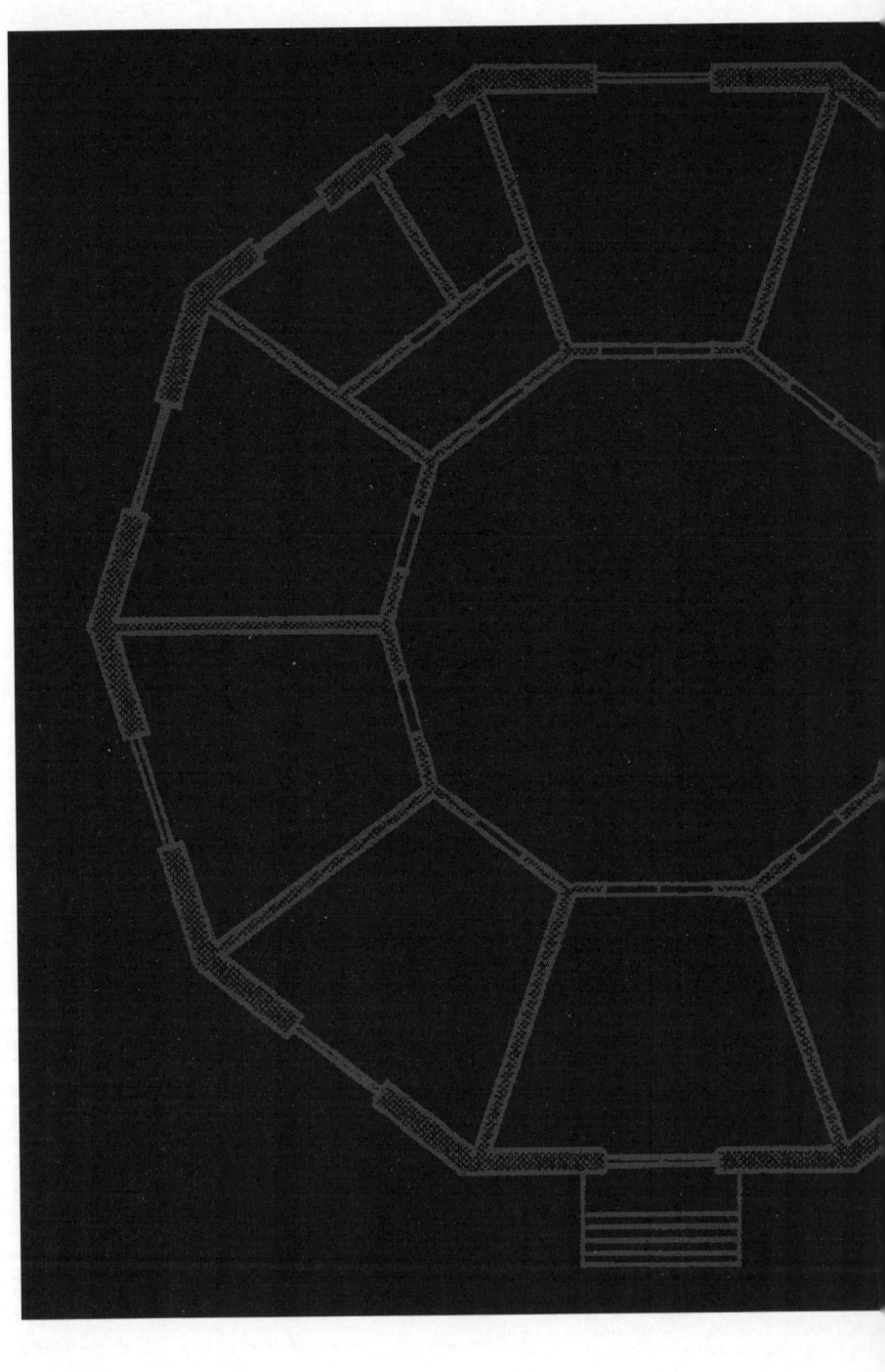

차례

	프롤로그	9
제1장	첫째 날 – 섬	13
제2장	첫째 날 – 육지	57
제3장	둘째 날 – 섬	91
제4장	둘째 날 – 육지	117
제5장	셋째 날 – 섬	141
제6장	셋째 날 – 육지	181
제7장	넷째 날 – 섬	189
제8장	넷째 날 – 육지	211
제9장	다섯째 날	231
제10장	여섯째 날	287
제11장	일곱째 날	305
제12장	여덟째 날	309
	에필로그	341
	작가 후기	345

프롤로그

고요한 밤바다.

단조로운 파도 소리만이 끝없이 깊은 어둠 속에서 솟구쳤다가 사라져 간다.

하얀 입김을 뿜어내며 차가운 방파제의 콘크리트 바닥에 앉아 그 거대한 어둠을 말없이 바라보는 사람이 있었다.

몇 개월 동안이나 괴로워해 왔다. 몇 주일이나 고뇌로 밤을 새웠는지 모른다. 그리고 요 며칠동안 똑같은 생각을 해 왔다. 이제 그의 의지는 뚜렷한 모습을 띠고 한 방향으로 달려가고 있다.

계획은 이미 세워져 있다. 준비도 거의 갖추어져 있다. 남은 것은 오로지 그들이 덫에 걸려들기를 기다리는 것뿐이다.

그러나 그는 자신이 세운 계획이 완벽하다고는 생각지 않았다. 그의 계획은 오히려 치밀하다는 말과는 거리가 멀었다. 차라리 엉성하기 짝이 없었다. 그는 애당초 세심하고 완벽하게 계획을 세우겠다는 생각은 하지 않았다.

아무리 발버둥쳐 본들 인간은 인간일 뿐, 신이 될 수는 없다. 신이 되려는 욕망이야 가질 수 있다. 그러나 인간인 한 그것은 불가능하다. 어떤 천재라 해도 그것만은 불가능하다. 신이 아닌 인간이 대체 무슨 수로 미래를 완벽하게 예견하고, 인간의 심리와 행동, 그리고 우연을 완벽하게 계산하고 예상해낼 수 있단 말인가······.

세계를 바둑판이라 하고, 인간들을 말이라 하자. 인간의 수읽기에는 한계가 있는 법이다. 아무리 치밀하게 모든 요소들을 분석하여 계획을 세운다 한들, 언제 어디서 어떤 변수가 발생할지 알 수 없는 노릇이다. 얄팍한 계산으로 예상할 수 있을 만큼 이 세상은 그리 단순하지 않다. 인간의 마음이란 너무도 복잡하고 제멋대로이기에······.

그러므로 아무리 그럴 듯해 보이는 계획이라 해도 자신의 행동을 제약하는 장애물일 뿐이다. 그냥 흘러가는 대로 두었다가 그때그때 임기응변을 발휘하여 유연하게 대처하는 것이 좋다. 그는 그렇게 결론을 내렸다.

사고가 한 방향으로 굳어서는 안 된다. 중요한 것은 줄거리가 아니다. 전체적인 틀이다. 그 틀 안에서, 그때의 상황에 맞게 적절한 대응이 가능하도록 늘 유연할 것. 일의 성패는 지적 능력과 기회와, 그리고 운에 달려 있다.

'난 알고 있다. 인간은 신이 될 수 없음을······.'

그러나 또 다른 의미에서 그는 신의 입장에 서려 하고 있었다.

심판. 그렇다, 심판이다.

그는 그들에게 복수의 심판을 내리려 하고 있다.

법을 넘어선 심판.

신이 아닌 자신에게는 결코 허락될 수 없는 일임을 그는 잘 알고 있다. 이 사회는 그것을 범죄라 규정하고 있고, 발각되면 법의 이름으로 심판을 받게 되리란 것도 잘 알고 있다.

그러나, 그런 상식으로 자신의 감정을 제어한다는 것은 불가능한 일이다. 감정? 아니다. 그런 미적지근한 것이 아니다. 결코 그게 아니다.

일시적인 격정도 아니다. 이제 그것은 혼의 외침이고, 삶의 근거이며, 존재의 이유였다.

어두운 밤바다. 침묵의 시간.

별빛 하나, 등불을 켠 밤 배 한 척도 지나지 않는 어둠의 저편을 응시하며 그는 계획을 되새겨 보고 있다.

준비단계는 이제 끝나가고 있다. 이윽고 그들이, 죄 많은 사냥감들이 덫을 향해 날아들 것이다. 덫은 열 개의 등변과 내각을 가지고 있다. 아무것도 모르고 그들은 찾아올 것이다. 아무런 의심도, 두려움도 없이, 자신들을 포획하고 심판할 그 십각형의 덫 속으로……

물론 그들을 기다리고 있는 것은 죽음이다. 오로지 그것만이, 그들에게 가해져야 할 심판이다.

또한, 그들은 결코 간단히 죽어서는 안 된다. 이를테면 그들을 폭약으로 한꺼번에 날려 버릴 수도 있다. 그게 아무리 쉽고 확실한 방법이라 해도 절대로 그러해서는 안 된다.

하나하나 차례차례 죽여야 한다. 그렇다, 마치 영국의 저 유명한 여류작가가 그렸던 플롯처럼, 하나씩 서서히. 그렇게 하여 그들은 맛보아야 한다. 죽음이라는 고통을, 슬픔을, 아픔을, 공포를……

어떤 의미에서 그는 광기에 사로잡혀 있는지도 모른다. 물론 그는 자신의 광기를 자각하고 있기도 하다.

'난 잘 알고 있다. 어떤 정당한 이유가 있다 하더라도 지금부터 내가 하려는 일이 결코 정상적이라 할 수 없음을……'

검게 웅크리고 있는 밤바다를 향해 그는 천천히 머리를 흔들었다.

코트 포켓에서 손으로 전해지는 딱딱한 감촉. 그것을 꼭 쥔 손을 눈앞으로 가져간다.

투명하고 엷은 녹색의 유리병.

뚜껑이 꼭 닫힌 그 병 속에는 그의 마음속에서 짜낸, 사람들이 양심이라 부르는 것이 들어 있다. 몇 겹으로 접어져 봉해진 몇 장의 종이 조각. 거기에는 그가 실행할 계획의 내용이 깨알 같은 글씨로 자세히 기록되어 있다. 수신자 없는 고백의 편지가……

'나는 잘 알고 있다. 인간은 신이 될 수 없음을……'

그것을 너무도 잘 알고 있었기에, 인간이 아닌 그 어떤 힘에 최후의 심판을 맡기고 싶었다. 유리병이 어디로 흘러갈 것인지, 그런 확률적인 것은 문제가 아니다. 단지 모든 생명을 창조한 바다에 자신의 선악을 묻고 싶었다.

바람이 일기 시작했다. 목덜미를 스치는 날카로운 냉기에 저도 모르게 몸을 부르르 떨었다.

천천히 팔을 들어 그는 유리병을 어둠 저편으로 던졌다.

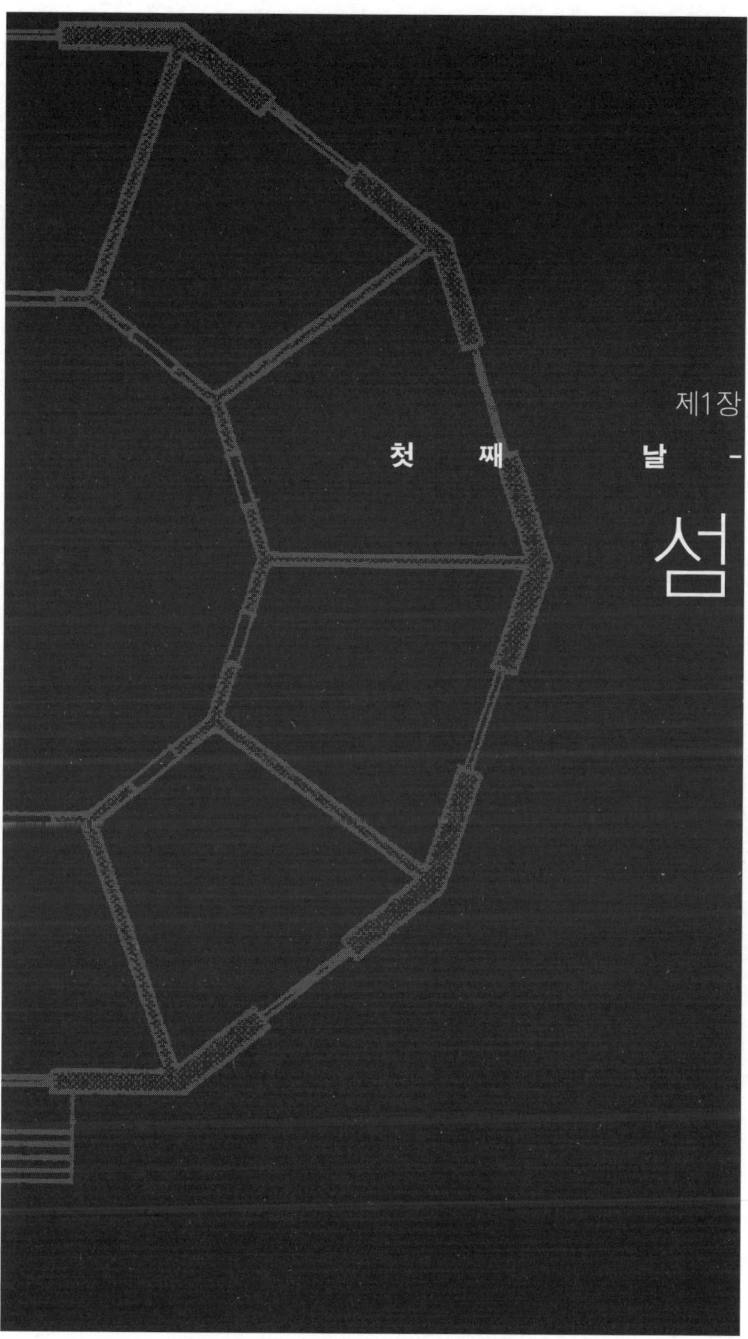

제1장

첫째 날 -

섬

1

"고리타분한 얘기가 될 것 같지만……."

엘러리가 입을 열었다. 키가 껑충 크고 얼굴이 새하얀 미남 청년이다.

"나에게 있어 추리소설이란 단지 지적(知的)인 놀이의 하나일 뿐이야. 소설이라는 형식을 사용한 독자 대 명탐정, 독자 대 작가의 자극적인 논리 게임, 그 이상도 이하도 아니야.

그러므로 한때 일본을 풍미했던 '사회파' 식의 리얼리즘은 이젠 고리타분해. 원룸 아파트에서 아가씨가 살해된다, 형사는 발이 닳도록 용의자를 추적한다, 드디어 형사는 아가씨의 회사 상사를 체포한다, 이런 이야기는 좀 그만두었으면 좋겠어. 뇌물과 정계의 내막과 현대사회의 왜곡이 낳은 비극 따위는 이제 보기도 싫어. 시대착오라고 할지 모르겠지만 역시 미스터리에 걸맞은 것은 명탐정, 대저택, 괴이한 사람들, 피비린내나는 참극, 불가능 범죄의 실현, 깜짝 놀랄 트릭……, 이런 가공의 이야기가 좋아. 요컨대 그 세계 속에서 즐길 수 있으면 그만이라는 거지. 단, 지적으로 말씀이야."

은은히 파도 소리가 들려오는 바닷가. 통통거리는, 가냘픈 엔진

소리를 내며 달리는 기름 냄새 풍기는 어선 위.

"정말 지겨워."

뱃머리에 걸터앉은 카가 주걱턱을 들어 올리며 입을 비죽거렸다.

"도무지 마음에 들지 않아, 엘러리. 자네의 '지적, 지적'이라는 말투가 말이야. 미스터리를 게임으로 규정하는 것은 그렇다 치고, 거기에다 일일이 지적이라는 단서를 붙이는 것은 정말 귀에 거슬려."

"그것 참 뜻밖이네."

"선민사상이야. 독자 모두가 자네처럼 '지적'이지는 않으니까."

"그야 그렇겠지."

엘러리는 맑은 눈으로 상대를 물끄러미 바라보았다.

"참 안타까워. 평소 캠퍼스를 걸으면서 절감하는 일이지만, 우리 연구회 멤버들조차 반드시 지적이라 할 수 없다는 사실이 말이야. 그 가운데는 병을 줄줄 달고 다니는 놈도 있지."

"너 지금 시비 거는 거야?"

"아니."

엘러리는 어깨를 으쓱하며 말했다.

"아무도 네가 그렇다고 말하지 않았어. 게다가 내가 말하는 '지적'이란 것은 게임을 대하는 태도의 문제일 뿐이야. 딱히 특정 인물이 영리하다거나 바보라고 규정하는 것은 아냐. 이 세상에 지성이 없는 인간이 어디 있겠어. 같은 의미로, 게임을 모르는 인간도 없지. 내 말은 게임을 지적으로 즐긴다는 그런 정신적인 여유를 말하는 거야."

"흥……."

비웃음 섞인 코웃음을 치며 카는 얼굴을 돌려 버렸다. 엘러리는 입가에 부드러운 미소를 머금고 자신의 곁에 서 있는, 안경을 낀 동안의 작은 남자 쪽을 바라보았다.

"그런데 르루? 미스터리가 독자적인 어떤 방법론에 의해 성립되는 지적 유희를 위한 세계라고 한다면, 우리가 살아가는 현대는 미스터리가 성립하기 어려운 시대라고 할 수밖에 없어."

"아." 하고 르루는 고개를 갸웃했다.

엘러리는 말을 이었다.

"이것 역시 고리타분한 논란에 지나지 않아. 소박한 머리로 열심히 노력하는 성실한 형사들, 강한 조직력, 최신의 과학 수사 기술……, 지금의 경찰은 절대로 무능하지 않아. 너무 유능해서 머리가 아플 지경이야. 현실적으로 흐릿한 뇌세포를 유일한 무기로 삼는 옛날의 명탐정들이 활약할 여지가 도대체 어디에 있단 말이야? 저 유명한 명탐정, 홈즈 씨는 현대의 도회지에선 우스꽝스러운 존재일 뿐이야."

"그건 너무 심한 말 같은데요. 현대에는 현대에 맞는 홈즈가 나타나지 않을까요?"

"그렇지, 물론 그래. 아마도 그는 최첨단의 법의학이나 감식과학의 지식을 머리에 가득 집어넣고 등장할 테지. 그리고 가련한 왓슨 군에게 설명하겠지. 독자의 지식이 도저히 따라오지 못하는 난해한 전문용어나 수식어를 나열하면서. 이건 너무도 명백한 일이야, 왓슨 군. 이것도 모르겠어? 왓슨 군……."

엘러리는 코트의 포켓에 양손을 찔러 넣은 채 가볍게 어깨를 으쓱해 보였다.

"지금 이 말은 극단론이지만 하고 싶던 말이기도 해. 불순하기 그지없는 경찰기구를 향해, 황금시대의 명탐정들이 구사한 것과 같은 화려한 '논리'나 '추리'는 흉내도 내지 못하면서, 그것을 넘어서버린 수사기술의 승리에 손뼉을 칠 마음이 일어나지 않는다는 거야. 현대를 무대로 탐정소설을 쓰려는 작가는 여기서 반드시 하나의 딜레마에 빠질 수밖에 없는 거지. 그래서 이런 딜레마의 가장 손쉬운, 이렇게 말하면 어폐가 있겠지만, 해결책으로서 '폭풍의 산장' 패턴이 클로즈업되어야 한다는 말이지."

"과연!"

르루는 진지한 표정으로 고개를 끄덕였다.

"그래서 본격 미스터리의 가장 현대적인 테마가 '폭풍의 산장'이었군요……"

3월 하순으로 접어들고 있었다. 봄이 눈앞에 다가왔지만 바다 위를 불어 가는 바람에는 아직도 찬 기운이 배어 있었다.

배는 규슈 오이타 현의 동쪽 해안으로 머리를 내밀고 있는 S반도의 J곶을 뒤로 한 채 물살을 가르고 있었다. 목적지는 해안에서 5킬로미터 떨어져 있는 작은 섬이다.

항해하기에는 더없이 좋은 쾌청한 날씨였다. 그러나 봄이면 항상 일어나는 이 지방의 황사현상 때문에 하늘은 푸르다기보다는 흰색에 가까웠다. 하늘에 둥그렇게 스며든 태양빛은 부서지는 파도 위로 은빛 비늘처럼 떨어져 내리고 있다. 멀리 대륙에서 바람을 타고 날아오는 황사의 베일에 감싸여 풍경은 안개가 낀 듯이 흐릿하다.

"다른 배는 한 척도 보이지 않는군요."

엘러리 일행과는 반대편의 뱃머리에 앉아 묵묵히 담배 연기만 뿜어대고 있던 덩치 큰 남자가 말했다. 제멋대로 자라 얼굴 아래를 덮은 턱수염을 한 그의 이름은 포.

"섬 건너편은 물살이 센 곳이라 웬만한 배는 피해 가지."

초로의 어부가 낭랑한 목소리로 설명해 주었다.

"이 지방의 어장은 남쪽으로 한참 내려가야 해. 항구를 나서서 섬 쪽으로 가는 배는 거의 없어. 그런데 자네들은 정말 특이한 학생들 같군."

"왜요?"

"이름부터가 이상해. 아까부터 자네들 이야기를 들어보니 르루, 엘러리, 처음 듣는 이름들이라서 말이야. 자네도 그래?"

"예, 글쎄요, 그냥 별명이라고 생각하시면……."

"요즘 대학생들은 그런 이름을 쓰는감?"

"아니, 모두 그렇지는 않습니다."

"그러니까 자네들은 특이한 학생들이란 말이야."

어부와 포가 서 있는 바로 앞, 배의 가운데 붙어 있는 길고 가느다란 나무 상자를 의자 삼아 두 명의 젊은 여자가 앉아 있다. 뒤에서 방향타를 조정하는 어부의 아들을 포함해서 모두 여덟 명이 배에 타고 있었다.

어부 부자 외의 여섯 명은 모두 오이타의 O시에 있는 K대학의 미스터리 연구회 멤버들이다. 그리고 '엘러리', '카', '르루'라는 이름은 '포'가 말했듯이 그들 사이에서 통용되는 일종의 별명이었다.

이들 이름의 유래는 엘러리 퀸, 존 딕슨 카, 가스통 르루, 에드가 앨런 포다. 그들이 너무도 사랑해 마지않는 서양의 미스터리 작가들이다. 여자 둘의 이름은 '아가사', '오르치'. 그 이름도 물론 미스터리의 여왕, 아가사 크리스티와 『구석의 노인』으로 유명한 바로네스 오르치임은 말할 것도 없다.

"저길 봐, 학생들. 츠노시마의 저택이 보이잖아."

어부가 굵직한 목소리로 말했다. 여섯 명의 젊은이들은 일제히

앞에서 다가오는 섬 쪽으로 눈길을 돌렸다.

작고 나지막한 섬이었다.

수직에 가까운 절벽이 바다를 향해 솟구쳐 있고, 그 꼭대기에는 작은 숲이 형성되어 있었다. 거대한 십 원짜리 동전을 몇 개 겹쳐 놓은 듯한 느낌이었다. 전면 세 군데가 툭 튀어 나와 있는데 그것이 뿔처럼 보인다 하여 '츠노시마〔角島〕'라는 이름이 붙은 것 같았다.

사방이 절벽인 이 섬에는 작은 어선 한 척이 겨우 닿을 수 있는 후미진 곳이 한 군데 있을 뿐이다. 그 때문에 관광이나 해수욕으로 사람을 끌 수도 없었다. 단지 옛날부터 낚시를 좋아하는 사람이 가끔 찾는 정도에 지나지 않았다. 이 섬에는 지금으로부터 약 20년 전 '청옥부(青屋敷)'라는 특이한 건물을 짓고 살았던 이상한 사람이 있었다. 그러나 지금은 아무도 살지 않는 무인도이다.

"저 절벽 위에 어렴풋이 보이는 게 바로 그 집이겠지?"

아가사가 나무 상자 위에 서서 즐거운 목소리로 말했다. 바람에 날리는 파마한 긴 머리카락을 한 손으로 가다듬으며 눈을 가늘게 떴다.

"그래. 저건 불에 타지 않은 별관이지. 본관은 완전히 타 버렸다더군."

어부가 큰 소리로 설명했다.

"음……. 저게 십각관인가요? 저기 올라가 본 적 있으세요?"

엘러리가 어부에게 물었다.

"바람을 피해서 후미진 곳에 몇 번 간 적은 있지만 섬에 올라가 본 적은 없어. 특히 그 사건 이후로는 이쪽으로 오고 싶지 않더라고. 자네들도 조심해."

"조심하라니, 왜요?"

아가사는 뒤를 돌아보면서 물었다. 초로의 어부는 목소리를 낮추어 말했다.

"섬에 이상한 것이 나타난대."

아가사와 엘러리는 무슨 말인지 몰라 서로 얼굴을 바라보았다.

"유령 말이야. 죽은 나카무라인가 하는 사람의······."

어부는 검게 그을린 얼굴 가득히 주름을 잡으며 겁주는 것처럼 빙긋이 웃었다.

"들은 이야긴데 말이야. 비가 내리는 날에 섬 가까이 지나가면 저기 절벽 위에 하얀 그림자가 보인다고 해. 그게 바로 나카무라의 유령이지. 이렇게 손을 흔들며 사람을 부른대. 또 아무도 살지 않는 이 섬에 불빛이 반짝인다든지, 불탄 자리에서 도깨비불이 나타난다든지, 섬 쪽으로 접근한 낚싯배가 유령의 장난으로 침몰한다든지······."

잔뜩 목소리를 낮추어 엘러리가 말했다.

"왜 그러세요? 그런 말로 놀라게 하고 싶겠지만 아무도 무서워하지 않아요. 오히려 즐거워할 걸요."

사실 여섯 명의 젊은이들 가운데 조금 겁을 먹은 듯한 표정을 지은 사람은 나무 상자에 앉아 있던 올치뿐이었다. 아가사는 꿈쩍도 하지 않았다. 오히려 "굉장해." 하고 기대에 찬 비명을 지르며 선미 쪽으로 얼굴을 돌려 물었다.

"정말이야, 그 이야기?"

방향타를 잡고 있는 아직 젖비린내가 가시지 않은 듯한 어부의 아들을 향해 낭랑한 음성으로 물었다.

"거짓말이에요. 그런 일이 어딨겠어요."

힐끗 아가사의 얼굴을 바라보다가 눈이 부신 듯 얼굴을 돌리면서 소년은 퉁명스럽게 대답했다.

"그런 소문은 들었지만 한 번도 본 적은 없어요."

"그래?"

아가사는 약간 불만스런 표정을 짓다가 이윽고 장난기 가득한 웃음을 흘렸다.

"그렇지만 유령 정도는 나와야 되지 않겠어? 어차피 그런 사건이 일어난 장소니까."

3월 26일, 수요일, 오전 11시가 지나고 있었다.

2

배를 댈 수 있는 곳은 섬의 서쪽에 있었다.

양 측면은 깎아지른 듯한 절벽. 오른쪽에는 험악한 바위가 치솟아 있고, 섬의 남쪽을 향하여 20미터 높이의 절벽이 있었다. 조류가 강한 섬의 동쪽에는 높이가 50미터나 되는 절벽이 사람의 접근을 막고 있다 한다.

배를 댄 곳도 절벽이라 해도 좋을 급경사였다. 나지막한 나무가 듬성듬성 자라고 있는 갈색 바위 사이로 작은 돌계단이 비뚤비뚤 놓여 있었다.

배는 천천히 후미진 곳으로 들어갔다. 좁은 공간이었지만 바깥보다는 파도가 훨씬 잠잠했다. 물 색깔도 짙은 암록색이었다.

왼편에는 나무로 만든 선창이 있었다. 그 한구석에는 거의 무너져 내릴 듯한 보트 선착장이 보였다.

"미리 좀 살펴보는 게 좋지 않을까? 전화는 끊어지고 없을 것 같은데."

삐걱거리는 선창에 내려서는 여섯 명을 향하여 어부가 걱정스러운 듯이 말했다.

"괜찮아요, 아저씨." 하고 엘러리가 대답했다.

엘러리는 담배를 피우고 있는 포의 어깨를 가볍게 툭 치면서 말했다.

"여기 돌팔이 의사도 있으니까."

수염을 덥수룩하게 기른 포는 의학부 4학년이다.

"맞아, 엘러리 말이 맞아."

아가사가 맞장구를 쳤다.

"게다가 무엇보다 난생 처음 무인도 생활이란 걸 해보는데 미리 조사를 하면 재미가 없잖아."

"세상에, 간 큰 아가씨도 다 있군."

선창가의 쇠말뚝에 건 밧줄을 벗겨내면서 어부는 하얀 이를 드러내며 웃었다.

"그럼 다음 주 화요일 아침 열 시에 데리러 오겠네. 조심들 하게."

"고마워요. 특히 유령에 조심할게요."

급경사의 긴 돌계단을 올라서자 갑자기 시야가 탁 트였다. 잡초가 제멋대로 자란 정원 너머로 하얀 벽과 푸른 지붕의 건물이 불쑥, 그 전모를 드러냈다.

정면으로 보이는 푸른색 여닫이문이 현관일 것이다. 나지막한 계단이 지면과 그 문을 이어주고 있었다.

"이게 문제의 십각관인가……."

맨 처음 입을 연 것은 엘러리였다. 급경사의 절벽에 놓인 작은 돌계단을 오른 때문인지 숨을 헐떡이고 있었다. 낙타색 보스턴백을 그 자리에 내려놓고 잠시 하늘을 올려다보았다.

"감상이 어때? 아가사."

"생각보다 멋진 곳이잖아?"

아가사는 송글송글 땀이 밴 얼굴을 손수건으로 문지르며 말했다.

"나는……글쎄……, 뭐라고 해야 할지……."

르루도 숨을 헐떡이며 한마디 했다. 양손에 아가사의 짐까지 들고 절벽을 올랐기 때문이다.

"뭐라고 할까……? 더 음산한 분위기를……기대하고 있었는데……."

"모든 게 생각대로라면 얼마나 좋겠어. 자, 어쨌든 안으로 들어가지. 반은 한발 앞서 와 있을 텐데, 어디로 갔지?"

이윽고 숨길을 가다듬은 엘러리가 가방을 들며 그렇게 말했다. 그때 현관 건너편 왼쪽에 보이는 푸른 문이 열리면서 한 사나이가 얼굴을 내밀었다.

"야, 모두들 왔군."

오늘부터 일주일, 이 섬의 폐가에서 숙식을 같이 할 동료, 반의 등장이었다. 그 이름의 유래는 명탐정 파일로 밴스를 창조한 S·S 반 다인이다.

"잠시만 기다려, 내가 내려갈게."

반은 쉰 듯한 묘한 목소리로 그렇게 말하고 문을 닫았다. 이윽고 현관에서 발걸음 소리가 들려왔다.

"미안해, 마중 나가지 못해서. 어제부터 감기에 걸렸는지 열이 오르는 게 영 컨디션이 좋지 않았어. 배 소리를 들으려고 주의하고 있었는데도……."

그는 다른 준비를 위해 여섯 명보다 한발 앞서 섬에 와 있었다.

"감기라고요? 괜찮아요?"

땀 때문에 미끄러지는 안경을 손가락으로 추스르면서 르루가 걱정스런 목소리로 말했다.

"괜찮으면 나도 참 좋겠는데."

비쩍 마른 몸을 부르르 떨면서 반은 걱정스런 표정으로 웃어 보였다.

일행은 반의 안내를 받으며 '십각관' 안으로 발을 들여 놓았다.

문을 밀고 안으로 들어서자 커다란 현관 홀이 나왔다. 그러나 넓게 보이는 것이 착각임을 금방 알 수 있었다. 실제의 넓이는 보잘것 없었다. 방의 모양이 장방형이 아니기 때문에 그렇게 보였을 뿐이었다.

정면 벽에는 안으로 통하는 문이 있지만 자세히 보면 그 벽 쪽이 현관 쪽의 벽보다 폭이 좁다. 즉, 이 현관 홀은 건물의 내부로 향하여 좁아지는 형태를 하고 있는 것이다.

반 이외의 여섯 명은 묘한 원근법을 보여주는 방의 배치에 모두 고개를 갸웃거렸지만, 안쪽 문을 지나 건물 중앙 홀로 들어선 후에야 모든 것을 이해할 수 있었다. 똑같은 폭을 가진 10면의 벽에 감싸인 십각형의 방이었던 것이다.

십각관이라 불리는 이 건물의 구조를 파악하기 위해서는 그 평면도를 그려 보는 것이 가장 좋을 것이다.

이 건물의 특징은 그 이름대로 십각형, 그것도 대지 위에 정십각형을 그리고 있는 외벽에 있었다. 십각형의 내부에 작은 십각형을 하나 넣어 중앙 홀로 삼고, 각 십각형의 열 개의 정점을 선으로 연결하여 열 개의 똑같은 방이 둘러싸고 있는 형태이다. 그리고 이들 열 개의 방 가운데 하나가 그들이 방금 지나온 현관 홀인 것이다.

"어때? 좀 이상한 기분이 들지 않아?"

앞장을 선 반이 일행을 둘러보며 말했다.

"현관의 반대편, 저 문을 열면 부엌이야. 그 왼편이 화장실과 욕실. 나머지 일곱 개의 방이 객실."

"십각형의 건물에 십각형의 홀······."

방을 휙 둘러보면서 엘러리가 중앙에 놓인 커다란 테이블로 다가갔다. 하얗게 칠한 그 테이블 끝을 손가락으로 톡- 하고 쳤다.

"이것도 십각형이로군. 정말 대단해. 살해당한 나카무라 세이지〔中村靑司〕는 편집광이었는지도 몰라."

"그럴지도 몰라요. 불탄 본관 건물은 바닥에서 천장, 심지어 가구까지 모조리 청색으로 칠했다더군요." 하고 르루가 말을 받았다.

20여 년 전 청옥부라는 건물을 세우고 이 섬으로 이주해 온 인물, 나카무라 세이지. 별관에 해당하는 이 십각관을 세운 사람도 물론 그다.

아가사가 혼잣말처럼 중얼거렸다.

"잘못하면 남의 방으로 들어갈 수도 있겠는 걸."

마주보는 현관 홀과 부엌 여닫이문에는 똑같은 하얀 나무틀에 까마귀가 새겨져 있었다. 닫아 버리면 어디가 어딘지 구분을 할 수 없다. 그리고 현관과 부엌을 축으로 하여 양쪽 각 네 개의 벽에는 각 방으로 통하는 같은 모양의 문이 붙어 있다. 중앙 홀에는 각 방을 표시하는 장식물도 없기 때문에 아가사가 그런 염려를 하는 것도 무리는 아니었다.

"정말 그래. 나도 오늘 아침부터 몇 번이나 다른 방으로 들어갔는지 몰라."

반이 웃으며 말했다. 열 때문인지 쌍꺼풀이 조금 늘어져 보인다.

"이름표를 만들어 문 앞에 달아두는 것이 좋겠군. 올치, 스케치북 가지고 있어?"

갑자기 부르는 소리를 듣고 올치가 놀라서 고개를 들었다.

키가 작은 여자였다. 뚱뚱한 몸매를 감추고 싶었는지 어두운 색조의 옷을 입었지만, 그 때문에 오히려 더 뚱뚱해 보였다. 화사한 아가사와는 대조적으로 겁먹은 듯이 늘 눈을 아래로 깔고 있었다. 동양화를 그리는 것이 그녀의 취미였다.

"아, 예. 가지고 왔어요. 꺼낼까요?"

"나중에 하지 뭐. 하여튼 모두들 자기 방을 고르도록 하자. 똑같이 생겼으니 다툴 필요는 없겠군. 내가 먼저…… 이 방을 쓰도록 하겠어."

반은 현관 홀을 마주보고 오른쪽 방을 가리켰다.

"문 열쇠도 빌려 왔지. 각자 방문을 봐. 열쇠가 꽂혀 있는 게 보이지?"

"OK, 좋았어."

엘러리가 발랄하게 대답했다.

"잠깐 쉬었다가 섬 탐험에 나서자구."

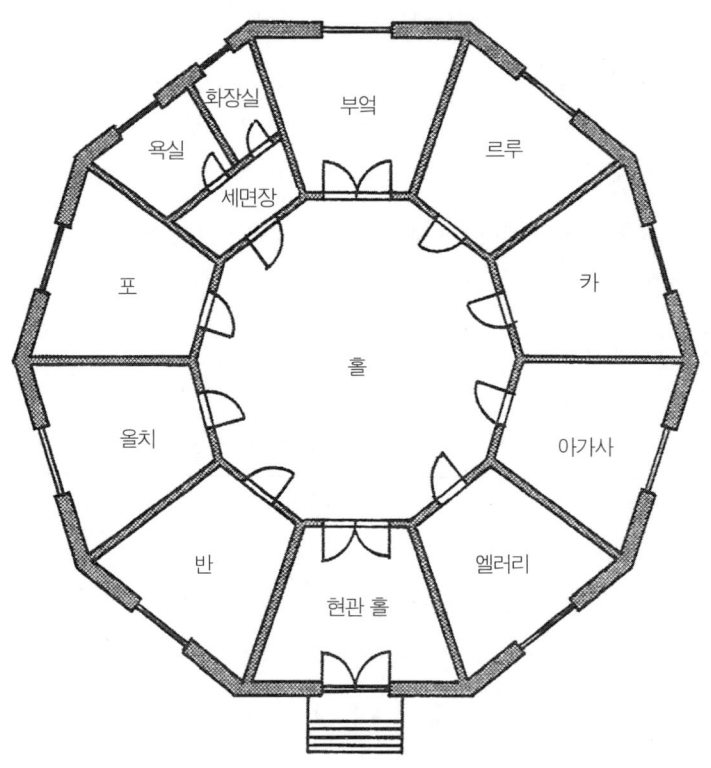

십각관 평면도

3

각자의 방이 정해졌다.

현관을 정면으로 보고 왼쪽에 반, 올치, 포, 오른쪽에 엘러리, 아가사, 카, 르루의 순으로 방을 잡았다.

여섯 명이 짐을 가지고 각자의 방으로 사라진 다음, 반은 자신의 방문에 몸을 기대고 포켓에서 세븐스타를 한 개비 꺼내 입에 물었다. 그리고는 찬찬히 어두컴컴한 십각형의 홀을 살펴보았다.

벽은 하얀색. 마룻바닥에는 푸른색의 큰 타일을 깔아서 신발을 신은 채 출입할 수 있게 되어 있다. 사방으로 비스듬히 올라간 꼭대기에는 십각형의 천창이 나 있고, 그 창을 통해 들어오는 빛이 통나무 서까래를 거쳐 하얀 십각형 테이블을 비추고 있다. 테이블 주위에는 하얀 나무틀에 푸른 천을 씌운 의자가 열 개. 서까래에서 추처럼 아래로 늘어뜨려진 둥근 전등을 제외한다면, 다른 장식물은 아무것도 없다.

전기는 들어오지 않았다. 실내를 비추는 것은 천창을 통해 들어오는 자연광뿐이었다. 그 때문에 넓은 방은 대낮인데도 어딘가 비밀스런 어둠이 감돌고 있었다.

이윽고 청바지에 청 셔츠를 입은 포가 방에서 나왔다.

"아, 빠르군. 잠깐만, 커피 좀 끓여 올게."

피우던 담배를 손가락에 낀 채 반은 부엌으로 들어갔다. 그는 현재 이학부 3학년. 의학부 4학년인 포보다 일 년 후배인 셈이다.

"고생시켜 미안한데. 모포에서부터 모든 것을 혼자서 다 준비했으니 날이야, 반."

"그렇지도 않아. 이삿짐센터에 부탁해서 날랐으니까."

그때 긴 머리칼을 스카프로 묶으며 아가사가 방문을 밀고 나왔다.

"꽤 괜찮은 방이잖아, 반. 형편없을 줄 알았는데. 커피? 그건 내가 끓여 올게."

아가사는 밝은 표정으로 반의 뒤를 따라 부엌으로 들어갔지만 카운터에 놓인 검은 라벨의 병을 보더니, "아니? 인스턴트 커피?" 하고 불만스런 표정으로 병을 흔들어 보았다.

"호강할 생각일랑 그만둬. 여긴 호텔이 아니고 무인도야."

아가사는 로즈 핑크색으로 물든 입술을 앞으로 쑥 내밀면서 반의 말을 받았다.

"그럼 음식은?"

"냉장고 안에. 불이 났을 때 전선과 전화선이 모두 타서 쓸모가 없게 되었지만……. 그 정도 양이면 대충 견딜 수 있을 거야."

"아, 이 정도면 충분해. 물은 나오겠지?"

"응, 상수도가 있어. 그리고 프로판 가스를 연결해 두었으니 곤로나 보일러도 사용할 수 있을 거야. 어쩌면 목욕도 가능할지 몰라."

"대단해. 아, 냄비와 식기도 남아 있네. 혹시 이것도 다 가지고 온 거니?"

"아니, 여기 있던 거야. 식칼도 세 개나 있어. 도마는 곰팡이투성이지만……."

올치가 조심스런 발걸음으로 부엌에 들어왔다.

"아, 올치. 이것 좀 도와줘. 하나에서 열까지 다 갖추어져 있긴 한데 씻지 않으면 쓸 수가 없어."

아가사는 어깨를 흔들면서 검은 가죽 재킷을 벗었다. 그리고 반과 올치의 뒤에서 이쪽을 바라보고 있는 포를 향해 외쳤다.

"도와주지 않으려면 다른 데로 가. 먼저 섬 탐험이라도 하든지. 커피는 나중에 마시고."

아가사는 한 손을 허리에 찌르고 노려보았다. 반은 빙긋 웃으면서 포와 머뭇머뭇 그 자리를 떠났다. 홀을 향하는 두 사람의 등을 향해 아가사는 쾌활한 목소리로 한마디를 잊지 않았다.

"문패 만드는 것 잊지 마. 옷 갈아입는데 뛰어 들어오면 곤란하니까."

홀에는 이미 엘러리와 르루도 나와 있었다.

"여왕님에게 쫓겨났군."

긴 손가락을 볼에 갖다 대면서 엘러리가 '쿡-' 하고 웃었다.

"바로 맞혔어. 섬 주위나 한 번 둘러보지 뭐."

"그게 좋겠어. 카는? 아직?"

"앞서 나가던데요, 혼자서."

르루가 현관 쪽을 바라보며 말했다.

"벌써?"

"자식, 잘난 척하는군."

엘러리는 비꼬듯이 말하면서 미소를 지었다.

십각관을 나서면 오른쪽에 키 큰 소나무 가로수 길이 뻗어 있다. 가로수 길 중간에 빈 터가 있고, 건너편의 흑송 가지가 그 빈 곳을 아치형으로 덮어주고 있다. 네 명은 그 아치 아래를 지나 청옥부의 불탄 자리를 향해 걸어갔다.

폐허가 된 청옥부에는 건물의 기초만 조금 남아있을 뿐, 청기와 조각들이 여기저기 흩어져 있었다. 넓은 정원에는 검은 잿더미가 산처럼 쌓여 있고, 그것을 둘러싼 소나무들 가운데는 불기운에 말라 죽은 것도 눈에 띄었다.

"전소로군. 정말 깡그리 불타 버렸어."

황량한 풍경을 둘러보면서 엘러리가 한숨을 내쉬었다.

"정말 그래. 아무것도 남은 게 없어."

"아니, 반. 너도 처음 와 본 거야?"

반은 고개를 끄덕였다.

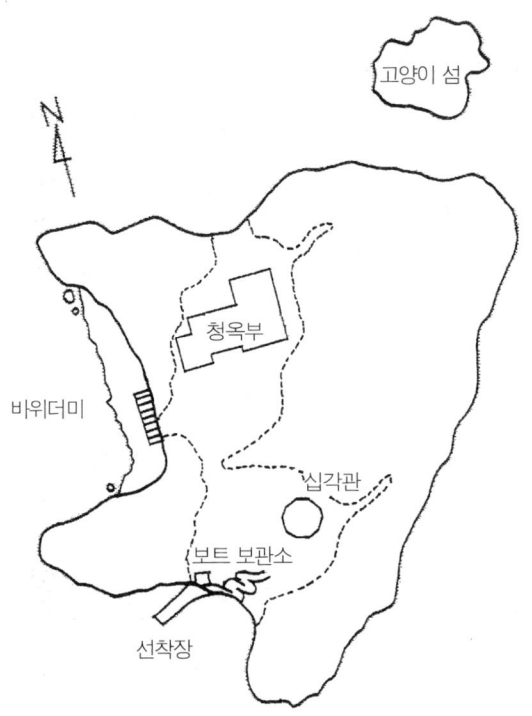

츠노시마 전도

"백부에게 이런저런 이야기는 들었지만 섬에는 오늘 처음 와 보는 거야. 게다가 오늘 아침 짐을 나르느라 정신이 없었고 감기까지 겹쳐서 말이야. 도저히 혼자서 섬을 둘러볼 엄두가 나지 않았어."
"흠. 그런데 정말 잿더미밖에 없군."
"시체라도 하나 있었으면 좋았을 뻔했죠? 엘러리 선배."
르루가 빙긋 웃었다.
"그만 둬. 네 마음이 그렇겠지."
왼쪽 소나무 숲에 오솔길이 뻗어 있었다. 아마도 절벽으로 이어지는 길일 것이다. 푸르고 넓은 바다 저편으로 뿌연 J곶의 그림자가 보였다.

"좋은 날씨야. 정말 평화롭군."

엘러리가 바다 쪽을 향해 기지개를 켰다. 황색 운동복 소매 안으로 양손을 밀어 넣고 르루도 바다 쪽으로 몸을 틀면서 입을 열었다.

"정말 그래요. 정말 이런 일이 있을 수 있을까요, 반년 전에 이 장소에서 그런 처절한 사건이 있었다니……."

"처절한……, 하긴 그래. 츠노시마 청옥부, 수수께끼의 4중 살인……."

"소설이라면 다섯 명이 죽건 열 명이 죽건 아무렇지도 않지만, 현실 속에서 그것도 이렇게 가까운 곳에서 일어난 일이니까요. 뉴스를 보고 정말 깜짝 놀랐어요."

"9월 20일 미명. S반도 J곶 바다에 떠 있는 츠노시마의 나카무라 세이지의 저택, 통칭 청옥부가 화염에 휩싸였다. 그리고 전소. 잿더미 속에서 나카무라 세이지와 그의 아내 카즈에, 관리인 부부 등 모두 4명이 시체로 발견됐다……. 4명의 시체를 부검한 결과, 상당량의 수면제가 검출되었고, 각기 다른 사인에 의한 것임이 밝혀졌다. 관리인 부부는 자신들의 방에서 기둥에 묶인 채 머리에 도끼를 맞았다. 세이지는 전신에 기름을 덮어 쓴 어김없는 소사. 같은 방에서 발견된 카즈에 부인의 목에는 끈이 감겨져 있었다. 질식사. 왼쪽 손목은 날카로운 칼에 잘려져 나갔다. 결국 그 손목은 어디에서도 발견되지 않았다. 사건의 윤곽은 대충 이런 것이었지, 르루?"

"그 다음에는 행방불명된 정원사가 있지요."

"그렇지. 사건 며칠 전부터 청옥부에 머물면서 정원 일을 하던 정원사의 모습이 섬의 어디서도 발견되지 않았고, 그 후에도 행방이 묘연했지."

"그래요."

"거기에 대해서는 두 가지 해석이 내려지고 있어. 하나는 그 정원사가 사건의 범인으로 일을 벌이고 도망쳤다는 것. 또 하나는 범인은 다른 사람이고 정원사는 도망을 치다가 절벽에 떨어져 파도에 휩쓸려 버렸다는……."

"경찰에서는 '정원사 = 범인'으로 보고 있다더군요. 그 후의 조사에 대해서는 아는 바가 없지만, 엘러리 선배, 어떻게 생각하세요?"

"글쎄."

엘러리는 해풍에 날리는 머리칼을 가볍게 추스렸다.

"유감스럽게도 자료가 너무 없어. 우리가 아는 것이라곤 이삼 일 시끌벅적하던 뉴스나 신문기사에서 얻은 정보뿐이니까."

"의외로군요. 그렇게 자신 없어 할 줄은 몰랐는데요."

"자신이 있고 없고 하는 문제가 아냐. 그럴 듯한 추리로 짜맞추기는 쉬워. 그렇지만 완벽하게 증명하기에는 자료가 너무 적어서 말이야. 물론 그 사건에 대한 경찰의 조사도 조잡했지만서도. 중요한 현장이 이런 꼴이라니. 게다가 섬에는 생존자가 없었다니까, 행방불명이 된 정원사를 범인으로 생각하고 싶은 것도 무리는 아니야."

"그건 그래요……."

"모든 것은 이 잿더미 속으로……."

엘러리는 몸을 휙 돌려 건물의 잿더미 근처로 걸어갔다. 그리고 부서진 판자를 하나 들어 올리더니 몸을 굽히고 그 안을 들여다보았다.

"왜 그래요?"

르루가 놀라서 물었다.

"사라진 부인의 손목이라도 나오면 재미있잖겠어?"

엘러리는 정색을 하면서 말했다.

"십각관의 마루 밑에서 정원사의 백골이라도 발견되면 좋을 텐데."

"쳇, 말 같지 않은 소리."

가만히 이야기를 듣고 있던 포가 긴 턱수염을 쓰다듬으며 어이없다는 표정으로 말했다.

"엘러리, 너 정말 대단한 취미를 가졌어."

"정말 그래요. 아까 배 위에서도 이야기가 나왔지만 내일이라도 이 섬에서 무슨 사건이 발생한다면 엘러리 선배가 좋아하는 '폭풍의 산장'이 되지 않겠어요? 『그리고 아무도 없었다』는 식의 연속살인이라도 일어나면 얼마나 좋아하겠어요?"

"그런데 그런 사람일수록 제일 먼저 죽던데 말이야."

포는 말이 없는 편이지만, 때로 이렇게 독기 품은 말을 툭— 던지 시노 안나. 르투와 반이 얼굴을 마주 보고 큭큭 웃는 것을 보면서 엘러리는 무덤덤하게 말했다.

"'무인도의 연속살인', 좋지, 바라던 바야. 내가 탐정 역을 맡지. 어때? 누가 나 엘러리 퀸에게 도전할 사람 없어?"

4

"이런 곳에서는 언제나 여자가 손해야. 궂은일만 도맡아야 하니까."

식기를 정리하면서 아가사가 투덜거렸다. 곁에서 손을 씻던 올치가 날렵하게 움직이는 아가사의 가늘고 하얀 손가락을 황홀한 듯 바라보다가 그만 일손을 놓아 버린다.
"남자들에게 부엌일을 시킬까? 우리가 있다고 부엌일은 할 생각도 안 하니 너무해. 그렇지 않니?"
"으응, 그건 그래."
"말쑥한 엘러리에게 에이프런을 두르게 하고 계란부침이나 만들게 하면 걸작일 거야. 귀여울 것 같아."
아가사는 해맑게 웃었다. 그런 옆모습을 보면서 올치는 몰래 한숨을 내쉬었다.
뚜렷한 얼굴 윤곽선, 총명해 보이는 우뚝 선 콧날. 엷은 보라색 섀도로 더욱 두드러져 보이는 눈매. 우아하게 손질을 한 긴 머리카락…….
아가사는 언제나 밝고, 명랑하며, 자신감에 가득 차 있다. 성격은 남성적이지만, 자신이 여자라는 사실을 충분히 자각하고 있다. 화사한 미모에 집중되는 남자들의 눈길, 그녀는 그것을 즐기고 있는 듯했다.
'그에 비해 나는…….'
작고 둥근 코. 주근깨투성이의 어린애처럼 붉은 얼굴. 얼굴의 균형을 깨뜨릴 만큼 커다란 눈은 불안한 듯이 늘 멀뚱거리고 있다. 아가사처럼 화장을 해도 어울리지 않을 것이다. 그녀 자신도 싫어할 만큼 겁쟁이에다, 걱정도 많고, 둔감하기까지 하다.
함께 모이는 일곱 명 가운데서 여자는 아가사와 그녀 둘뿐. 그것이 늘 마음을 무겁게 짓눌렀다.
'안 올걸 그랬어.'

올치는 후회하고 있었다.

처음부터 섬에 오고 싶은 마음은 없었다. 그것이 일종의 모독이라고 생각했기 때문이다. 그러나 동료들의 강한 권유를 거절할 만큼 그녀는 강하지 못했다. 그만큼 그녀는 마음이 약한 사람이었다.

"어머! 올치, 멋진 반지네?"

아가사가 올치의 왼손 중지를 바라보며 말했다.

"오래 전부터 끼고 있었니?"

"응……."

올치는 모호한 태도로 고개를 끄덕였다.

"좋아하는 사람이 준 반지니?"

"아니야. 그렇지도 않아."

섬에 가기로 작정하고 나서 올치는 마음을 바꾸었다. 모독이 아니라 그것은 추도다, 죽은 사람들을 추도하기 위해 섬으로 가는 것이라고. 때문에…….

"참 너는 변하지도 않아, 올치."

"응……."

"너는 늘 자신의 마음속에 갇혀 있잖니? 벌써 알고 지낸 지가 2년이나 되었는데도 너에 대해서는 거의 아무것도 아는 게 없으니까. 뭐… 꼭… 그래서 안 된다는 말은 아니야. 그렇지만 이상하잖니."

"이상하다고?"

"그래. 동인지에 실린 너의 작품을 읽을 때면 그런 생각이 들어. 소설을 보면 틀림없이 너는 항상 명랑하고 생기에 가득 차 있어야 하는데……."

"꿈속이니까 그렇지."

올치는 아가사의 눈을 피해 얼굴을 숙이면서 입가에 묘한 웃음을 흘렸다.

"나 현실에 잘 적응하지 못해. 현실의 내가 싫어……. 정말 싫어."

"무슨 그런 말을 하니."

아가사는 웃으면서 손가락으로 올치의 쇼트 컷 머리를 집었다.

"좀 자신을 가져 봐. 넌 정말 귀여워. 너 자신은 그걸 잘 모르는 것 같아. 자신감을 가지고 당당하게 행동해 봐."

"아가사, 넌 참 좋은 애야."

"자, 빨리 정리해 버리고 점심이나 먹자, 응?"

청옥부 폐허에는 엘러리, 르루, 반 세 사람이 남아 있다. 포는 조금 전에 불탄 자리 저편의 동쪽으로 이어지는 오솔길을 혼자 걸어갔다.

"……엘러리, 반. 어쨌든 일주일이나 같이 지낼 처지니 잘 부탁해요."

은테 안경 속의 작은 눈을 번득이며 르루는 익살스럽게 말했다.

"100매는 안 되겠지만 50매는 어때요?"

"어이, 르루, 농담이겠지?"

"내가 언제 농담하는 거 봤어요, 엘러리?"

"그렇게 갑자기 말하는 법이 어딨어. 난 전혀 생각도 하지 않고 있는데. 반, 그렇잖니?"

"엘러리 말이 맞아."

"그러니까 아까부터 말했잖아요. 예년보다 빨리 4월 중순까지 우리의 『사인도(死人島)』를 내자고 말이에요. 신입생을 끌기에도 좋고 미스터리 연구회 창설 10주년 기념 특대호에도 걸맞게 말이죠. 편집장 입장으로 나도 힘을 내야지요. 처음 맡은 동인지가 발행일을 넘기는 것만큼은 절대로 피하고 싶어요."

문학부 2학년인 르루는 이번 4월부터 미스터리 연구회의 동인지, 『사인도』의 편집장을 맡게 되었다.

"그러니까 말이야, 르루."

엘러리는 와인 컬러의 셔츠 포켓에서 담배를 꺼냈다. 그는 법학부 3학년. 작년 『사인도』의 편집장이었다.

"그럴 때는 카에게 닦달을 해야지. 내용은 어쨌든 최고의 양산가니까. 반, 불 좀 빌려 줄래?"

"왜 그래? 엘러리. 너답지 않게 다른 사람을 물고 늘어지고 그러니?"

"아냐, 카 쪽이 먼저 물고 늘어졌어."

"그러고 보니 카 선배, 어째 기분이 좋지 않아 보여."

르루의 말에 엘러리는 '후훗' 하고 웃으며 연기를 길게 뿜어냈다.

"다 이유가 있지."

"뭔데요?"

"불쌍하게도 우리의 카 선생, 최근에 아가사에게 돌격했다가 그만 거절당하고 말았어."

"아가사 여사에게? 야, 정말 대단한 용기야."

"그 반동인지는 모르겠지만 이번에는 올치에게 달려들었다가 또 거절당하고 말았어."

"올치에게?"

반은 눈살을 찌푸렸다.

"그래. 카 선생은 지금 살맛이 안 나는 거야."

"그렇다면 정말 사는 게 재미없을 만도 하겠어요. 자신을 거절한 여자 둘과 함께 한 지붕 아래 있어야 하니까요."

"그런 사연이 있었어. 그러니까 르루, 정말 잘 구슬리지 않으면 카의 원고는 물 건너갔다고 봐야 할 걸."

그때 십각관 쪽에서 아가사가 나오는 것이 보였다. 흑송의 아치 아래 멈추어 서서 그녀는 세 명을 향하여 크게 손을 흔들었다.

"점심 먹어! 포와 카는 어디 갔니?"

십각관 뒤편에서 소나무 숲으로 접어드는 오솔길.

동쪽 해안의 절벽을 보러 그 길로 들어섰지만 앞으로 나아갈수록 길은 점점 더 좁아졌다. 게다가 이리저리 복잡하게 굽어져서 50미터도 안 가서 방향감각을 잃어버리고 말았다.

울창한 숲이었다.

나무 사이로 잔뜩 자란 풀들이 발걸음을 옮길 때마다 사르륵사르륵 소리를 낸다. 몇 번이나 뿌리에 걸려 넘어질 뻔했다.

뒤돌아 가려다가 어차피 좁은 섬이니 걱정할 것 없다고 생각하고 앞으로 나아갔다.

'설마 길이야 잃으려고……'

재킷 아래 입은 스웨터의 목덜미에 땀이 흠뻑 배었다. 땀 때문에 불쾌감이 정점에 달했을 무렵 겨우 숲 속을 빠져나올 수 있었다.

절벽 위였다. 밝은 바다의 색감이 눈에 가득 들어왔다. 그 바다

쪽에 덩치 큰 사나이가 우뚝 서 있었다. 포였다.

"아니? 카."

발자국 소리에 몸을 돌려 카가 오는 것을 확인하더니 포는 다시 바다 쪽으로 몸을 돌렸다.

"여기는 섬의 북쪽 해안이야. 저게 고양이 섬인 모양이지?"

포는 바로 눈앞에 보이는 작은 섬을 손가락으로 가리켰다.

섬이라기보다는 암초라고 하는 것이 더 정확할 것 같았다. 동그마니 바다 위로 솟아오른 좁은 땅에 키 작은 관목이 눈곱만큼 붙어 있었다. '고양이 섬'이란 이름 그대로 바다 위에 검은 짐승 한 마리가 웅크리고 있는 듯한 형상이었다.

섬 쪽을 바라보면서 카는 '흠흠' 하고 콧소리로 동의를 표했다.

"왜 그러니, 카? 기분이 좋지 않아 보여."

"흥. 이런 데는 안 오는 건데 말이야. 작년에 그런 사건이 있었다고 해서 재미있는 일이 벌어지라는 법은 없을 테니까. 상상력을 자극할 만한 것이 조금이라도 있을까 해서 오긴 했는데……. 저 자식들하고 일주일이나 같이 지낼 생각을 하니 영 기분이 나지 않아."

하고 카는 얼굴을 찡그리면서 불평을 늘어놓았다.

카는 엘러리와 같은 법학부 3학년이다. 그는 1년 재수를 했기 때문에 나이로는 4학년인 포와 동년배다.

보통 키에 보통의 몸매. 단지 뼈대가 굵고 목이 짧은데다 등이 구부정해서 실제보다 키가 작아 보인다.

"그런데 포는 왜 이런 데 혼자 와 있니?"

"그냥 오고 싶어서 왔을 뿐이야."

포는 짙은 눈썹 아래의 작은 눈을 더욱 가늘게 떴다. 그리고 안경집처럼 허리에 차고 있던 담배 케이스에서 담배를 갑째로 꺼내 카에게 내밀었다.

"도대체 담배를 몇 갑이나 가져 왔니? 매번 다른 사람에게 권하다가 담배가 떨어지면 어떡해, 골초잖아."

"난 의학부에 다니지만 담배를 좋아해."

"여전히 라크를 피우네. 인텔리가 피우는 담배는 아닌데."

그렇게 말하면서 카는 담배 한 개비를 빼내 입에 물었다.

"꼬맹이 엘러리의 멘솔 담배보다는……."

"바로 그거야, 카. 너는 사사건건 엘러리를 씹는데 그러면 안 돼. 그러니까 같이 있으면 재미가 없는 거야. 그 녀석은 싸움을 걸어 봐야 그냥 웃으면서 비켜가 버리잖아. 너만 바보가 될 뿐이야."

카는 라이터로 담배에 불을 붙이고는 얼굴을 돌려 버렸다.

"네가 간섭할 일이 아니야."

포의 표정은 조금도 변함이 없었다. 묵묵히 서서 맛있게 담배만 빨고 있었다.

카는 반쯤 피운 라크를 바다 속으로 던져 버렸다. 그러더니 가까운 바위 위에 걸터앉아 위스키 병을 꺼냈다. 난폭하게 뚜껑을 열더니 꿀꺽 하고 한 모금을 들이켰다.

"대낮부터 술?"

"신경 쓰지 마."

포의 어조가 조금 거칠어졌다.

"그리 보기 좋은 모습은 아니야. 조금 참는 게 좋지 않을까? 대낮이라서 하는 말이 아냐."

"흥, 너 아직도 그 일을 마음에 두고 있는 것은 아니겠지."

"잘 알고 있으면서……."

"알긴 뭘 알아. 그로부터 얼마나 시간이 흘렀냐? 언제까지 마음에 둘 생각이야."

험악한 표정으로 나무라는 포를 곁눈으로 살피면서 카는 다시 술병을 입으로 가져갔다.

"보기 싫은 것은 엘러리뿐만 아니야. 도대체 무인도에 오면서 여자들을 데리고 오는 것도 마음에 들지 않아."

"무인도이긴 하지만 우리가 서바이벌 게임을 하러 온 건 아니잖아?"

"물론 그렇진 않지만 나는 아가사 같이 오만한 여자와는 함께 있고 싶지 않아. 또 한 사람 올치도 마찬가지. 어쩌다 보니 일이 년 사이에 우리 일곱 명이 '사이좋은 그룹'이 되어 버린 것 같아 노골적으로 말은 할 수 없지만, 그 여자, 음산하고 재미없어. 그 주제에 자의식 과잉이다……."

"그건 좀 심하잖아."

"아, 그렇지. 자네와 올치는 소꿉친구랬지?"

포는 말없이 담배를 발끝으로 문질렀다. 그리고는 문득 생각난 듯이 손목시계를 내려다보았다.

"벌써 한시 반이로군. 슬슬 돌아가야지. 밥도 못 얻어먹을라."

"식사하기 전에 잠깐."

화려한 금테 안경을 걸친 엘러리가 일동을 향하여 입을 열었다.

"차기 편집장이 여러분에게 할 말이 있대."

십각형 테이블에는 점심이 차려져 있다. 베이컨, 달걀에 간단한 샐러드, 프랑스 빵, 커피.

"식사를 앞에 두고 죄송합니다만 간단한 인사 말씀을 드리려고……."

짐짓 위엄에 가득 찬 태도로 입을 연 르루는 '에헴' 하고 애교 있는 헛기침을 했다.

"원래 이 십각관에 오게 된 것은 신년회 때의 제안 때문이었습니다. 그때는 아무도 실현되리라 생각하지 않았겠지만, 그 후, 이 건물이 자신의 백부 소유가 되었으니 초대하고 싶다고 반 선배가……."

"초대한 것은 아니야. 갈 마음이 있다면 백부님께 부탁해 보겠다고 했을 뿐이지."

"그건 아무래도 좋아요. 반 선배의 백부님은 잘 아시겠지만 S시에서 부동산을 하고 계십니다. 게다가 상당한 실업가로 이번에 손에 넣은 츠노시마를 가까운 장래에 젊은이를 위한 레저 센터로 개발할 생각이라고 합니다. 그렇죠, 반 선배?"

"그렇게 거창한 일은 아니고……."

"어쨌든 말입니다. 우리는 이 섬이 젊은이들의 레저에 적합한지 시험해보는 의미에서 이렇게 이 자리에 모인 것입니다. 반 선배는 아침 일찍부터 우리를 위해 여러 가지 준비까지 해 주셨습니다. 정말 감사합니다."

르루는 반을 향해 허리를 숙였다.

"자, 이제부터가 본론인데……."

"이러다간 커피랑 달걀이랑 다 식어 버리겠다."

아가사가 끼어들었다.

"금방 끝낼게요. 자, 그럼 애써 마련한 음식이니 식기 전에 드시면서 제 말을 들어주십시오.

"에…, 여기 모인 분들은 앞서 졸업한 선배들로부터 그 재능을 인정받아 특별한 이름을 부여받은, 다시 말해 우리 연구회의 주요 창작 멤버들입니다만……."

K대학 미스터리 연구회 멤버들이 별명으로 서로를 부르는 것은 창설 당시부터 시작된 일종의 전통이었다.

10년 전에 이 모임을 결성한 창설 멤버들은 미스터리 마니아 특유의 치기를 발휘하여, 몇 안 되는 회원 전원에게 미국과 유럽의 유명 작가 이름을 딴 닉네임을 붙여 주었다. 그 후 해를 거듭하면서 회원이 증가하자 유명 작가의 이름이 부족한 지경에 빠졌다. 그래서 나온 묘안이 자신의 이름을 후배에게 전수하자는 것이었다. 즉, 작가명을 가진 회원이 졸업을 하면서 자신이 선택한 후배에게 이름을 전수하는 방식이다.

그러다 보니 자연스럽게 동인지에서 얼마나 왕성한 활동을 벌이느냐가 판단의 기준이 되었다. 따라서 현재의 닉네임을 사용하는 회원들이 연구회의 중심 멤버에 해당한다. 물론 서로 자주 볼 기회가 많은 얼굴들이 있다.

"……이런 쟁쟁한 멤버가 오늘부터 일주일간 일상을 떠나 섬 생활을 하게 되었습니다. 이런 귀중한 시간을 헛되이 보내서는 안 될 것입니다."

르루는 웃음 띤 얼굴로 일동을 둘러보았다.

"원고용지는 제가 준비해 왔습니다. 4월에 발행될 잡지를 위해서 이런 멋진 여행 중에 한 작품씩 꼭 부탁드리는 바입니다."

아가사가 '에!' 하고 소리쳤다.

"어쩐지 르루가 열심히 짐을 들어 주더라……. 속셈이 있었어."

"맞았어요. 아가사 선배도, 올치 씨도 잘 부탁드립니다."

가볍게 머리를 숙인 르루는 볼을 쓰다듬으며 '헤헤헤' 하고 웃었다. 안경을 낀 복인형처럼 보였다. 테이블에 둘러앉은 일행은 한결같이 묘한 미소를 떠올리고 있었다.

"'무인도의 연속살인'에 관한 원고만 모일 텐데, 그러면 어떡하려고, 르루?" 하고 포가 말했다. 르루는 가슴을 활짝 펴면서 자신 있게 말했다.

"그 테마로 특집을 꾸미면 됩니다. 아예 여기서 정해 버릴까요? 오히려 그 편이 좋지 않을까요. 원래 우리의 『사인도』라는 동인지 명칭도 아가사 크리스티 여사의 최초 번역본에서 딴 것이니까요."

한 쪽 팔로 턱을 괸 채 르루의 말을 듣고 있던 엘러리가 곁에 앉은 반에게 속삭였다.

"이번 편집장, 좀 모자라는 것 같아."

5

그들의 첫날 저녁은 별 탈 없이 흘러가고 있었다.

르루가 점심식사 시간에 제안했던 것 외에는 그들을 구속할 만한 것은 아무것도 없었다. 원래부터 그들은 함께 모여 일을 벌이는 타입이 아니었기 때문에 빈 시간은 제각기 자유롭게 보내고 있었다.

그리고 저녁.

"뭐하니, 엘러리? 혼자서 카드놀이라도 하는 거야?"

아가사가 방에서 나왔다. 하얀 블라우스와 검은 바지에, 긴 머리카락을 질끈 동여 맨 황금색 스카프가 잘 어울렸다.

"요즘 여기에 푹 빠져 있어. 마니아라고 자칭할 정도는 아니지만 말이야."

 손에 든 카드를 손가락으로 퉁기면서 엘러리가 빙긋이 웃으며 말했다.

 "푹 빠졌다고? 카드 점을 치는 거니?"
 "아냐, 그런 취미는 없어."
 엘러리는 십각형 테이블 위에서 카드를 능숙하게 다루어 보였다.
 "카드라면 마술이란 말이 떠오르는 게 보통일 텐데."
 "마술?"
 아가사는 눈을 동그랗게 떴다가 금방 고개를 끄덕였다.
 "아항, 그러고 보니 엘러리에겐 그런 분위기가 있어."
 "그런 분위기?"
 "응, 다른 사람을 게임에 끌어들여 즐기려는 습성 말이야."
 "습성이라니, 말이 좀 심하잖아?"
 "그랬어?"
 아가사는 표정을 바꾸며 웃었다.
 "그럼 엘러리, 뭐든 하나 보여줘 봐. 난 아직 마술을 눈앞에서 본 적이 없어."
 "미스터리 마니아가 마술에 흥미가 없다니, 참."
 "흥미가 없는 건 아니야, 기회가 없었을 뿐이야. 자, 한번 해 봐."
 "OK, 자 이리 와서 앉아 봐."
 저녁노을이 지면서 십각관도 서서히 어둠에 잠겨 가고 있었다. 아가사가 널찍한 테이블 건너편에 앉자, 엘러리는 카드를 모아 테이블 위에 올리고 또 한 벌의 카드를 포켓에서 꺼냈다.
 "잘 들어, 여기에 빨강과 파랑, 카드 색이 다른 두 벌이 있어. 지금부터 이 가운데 하나를 네가, 또 다른 하나를 내가 가지는데, 넌 어느 쪽으로 할래?"

"파랑으로 할래."

"좋아. 자, 파랑 쪽 카드를 네게 주지……."

엘러리는 테이블 위로 팔을 뻗어 아가사에게 파랑색 카드 한 벌을 건네주었다.

"우선 카드에 아무 표시도 없다는 것을 확인한 다음 마음대로 섞어. 나는 빨강색 카드를 섞을 테니. 알았지?"

"좋아. 보통의 카드라는 건 확인했어. 미국제잖아?"

"바이서클 라이더 백. 뒷면이 자전거를 타고 있는 천사의 그림이잖니. 저쪽에서 가장 일반적으로 쓰이는 거야."

엘러리는 섞은 자신의 카드를 테이블 앞에 놓았다.

"자, 이제 카드를 교환하는 거야. 파랑을 이쪽으로 넘겨주고 빨강을 그쪽으로……. OK. 다음에는 그 속에서 아무거나 하나를 뽑아서 기억해 둬. 나도 방금 네가 섞은 카드에서 한 장을 기억해 둘 테니까."

"아무거나 한 장?"

"응. 잘 봤어? 그럼 그것을 맨 위로 올리고……. 그래, 그리고 내가 하는 것처럼 반으로 나눠서 아래 위를 바꾸어 놓고, 그것을 두세 번 반복해 봐."

"이렇게 하면 되니?"

"OK. 아주 잘 했어. 그럼 다시 한번 카드 패를 교환해서……."

아가사의 손에 다시 파랑색 카드가 들렸다. 엘러리는 그녀의 눈을 뚫어지게 바라보면서,

"잘 들어. 아무렇게나 섞은 두 벌의 카드에서 멋대로 한 장을 빼서 기억한 제자리로 돌려놓고 다시 섞었지?"

"응 그래, 확실해."

"자, 아가사, 카드 속에서 아까 네가 기억했던 카드를 빼내서 테이블 위에 올려놓아 봐. 나는 이쪽에서 내가 기억한 카드를 찾아볼 테니."

이윽고 테이블 위에는 파랑과 빨강 카드 두 장이 놓였다. 엘러리는 잠깐 뜸을 들이더니 아가사에게 두 장의 카드를 뒤집으라고 했다.

"앗, 정말?"

아가사는 놀라서 소리쳤다. 두 장에는 똑같은 무늬와 번호가 그려져 있었다.

"하트 4."

엘러리는 빙긋이 웃었다.

"놀랐지?"

날이 어두워지자 십각관의 중앙에 있는 고풍스런 램프에 불이 밝혀졌다. 전기가 끊어졌음을 알고 반이 미리 준비해 온 것이다. 홀 이외의 각 방에는 굵은 초가 마련되어 있었다.

저녁 식사가 끝나자 시각은 이미 7시를 넘어서고 있었다.

"그런데 엘러리. 아까 그 마술, 왜 가르쳐 주지 않는 거니?"

커피를 다 마른 다음 아가사가 엘러리의 어깨를 손가락으로 콕 찌르면서 말했다.

"그건 절대로 안 돼. 마술의 비밀을 밝히는 것은 금물. 이것이 미스터리와 다른 점이야. 아무리 신기한 현상이라도 트릭이라는 것을 알면 모두 실망하고 마니까."

"아가사 선배, 엘러리 선배의 팬이 되었군요."

"아니, 르루는 벌써 알고 있었던 모양이네. 엘러리가 마술을 한다는 걸?"

"물론이죠. 최근 한 달 동안 내가 연습 상대가 되어 주었으니까요. 능숙해질 때까지 다른 사람에게는 절대 비밀로 하라고 말이죠. 의외로 어린애 같은 부분이 있더군요."

"어이, 르루!"

"그런데 뭘 보여 줬어요?"

"간단한 것, 한두 가지."

"어? 이게 간단한 거라고?"

아가사의 목소리는 점점 더 불만스러워졌다.

"그렇게 간단하다면 가르쳐 줘."

"간단하다고 비밀을 밝혀도 되는 건 아니야. 맨 처음에 보여 줬던 것은 어린애도 알 수 있는 간단한 트릭이지만 문제는 방법이 아니라 미스터리를 가장하는 연출력이지."

"연출?"

"응, 이를테면……."

엘러리는 커피 컵을 들고 한 모금 들이켰다.

"아까 그 트릭을 『매직』이라는 영화 속에서 마술사 앤소니 홉킨스가 애인에게 보여 주는 장면이 있지. 거기서는 보통 마술이 아닌 ESP실험으로 연출되고 있는 데 말이야, 서로의 마음이 통하면 카드는 일치하게 되어 있다는 설정이지. 그것을 계기로 마술사와 여자는 손을 잡고 도망을 치게 되는데……."

"흥, 그래서 엘러리도 나와 그렇게 하고 싶다는 말이니?"

"아니?"

엘러리는 과장되게 어깨를 으쓱하면서 빨간 입술 사이로 하얀 이를 드러내며 웃었다.

"애석하게도 지금 나에게는 여왕님을 꼬실 용기가 없어."

"묘한 말투야."

"그렇게 들렸다면 미안. 그건 그렇고……."

엘러리는 커피 컵을 들어 올리며 멀뚱멀뚱 바라보았다.

"전혀 다른 이야기지만 낮에 말했던 나카무라 세이지는 정말 편집광적인 사람이었던 것 같아. 이 컵을 보고 있자니 소름이 오싹 끼치는 걸."

화려한 모스 그린(moss green)의 컵이었다. 부엌 선반에 남아 있던 많은 물건들 중의 하나였지만 특별히 눈길을 끄는 형태의 컵이었다. 바로 그 건물과 같은 십각형이었기 때문이다.

"특별히 주문해서 만들었던 모양이야. 이 재떨이도, 아까 사용했던 재떨이도 그랬어. 처음부터 끝까지 십각형이 아닌 게 없어. 어떻게 생각해, 포?"

"글쎄, 잘 모르겠어."

포는 십각형의 재떨이에 담배를 비벼 껐다.

"물론 정상적이라고 할 수는 없지만 부자의 취향이라는 게 대체로 그런 거니까 말이야."

"부자의 취향이라고?"

엘러리는 양손으로 컵을 받쳐 들고 위에서 안을 들여다보았다. 직경이 몇 센티미터에 불과한 십각형이라서 거의 원으로 보였다.

"어쨌든 이 십각관 하나만 해도 멀리 이 섬까지 온 보람이 있어. 고인을 위해 건배라도 들고 싶은 심정이야."

"그렇지만 엘러리, 십각관은 우리의 취향에 꼭 맞긴 하지만 섬

자체에는 아무것도 없잖아. 살풍경한 흑송 숲뿐이야."

"그렇지 않아." 하고 포가 아가사에게 말했다.

"불탄 자리 서쪽 절벽 아래에 아주 괜찮은 바위가 있고, 그 아래로 내려가는 계단도 붙어 있어. 낚시가 잘 될지 모르겠어."

"포 선배, 낚시 도구 가지고 왔어요? 야, 그거 좋은데요. 내일은 신선한 생선 요리를 먹을 수 있겠네."

르루가 혀로 입술을 핥았다.

"너무 기대하지 마."

포는 천천히 턱수염을 쓰다듬으며 입을 열었다.

"그리고 이 건물 뒤켠에 벚나무가 몇 그루 있는 것 봤겠지? 꽃망울을 보니까 이삼 일 내로 필 것 같아."

"멋져. 꽃이 피면 그 아래로 소풍을 가면 되겠네."

"그것 좋지."

"벚꽃이라, 왜들 봄만 되면 벚꽃, 벚꽃 하는지 모르겠어. 내가 보기에는 매화꽃, 복숭아꽃이 훨씬 좋은 것 같던데."

"그건 엘러리 선배의 취미가 특이해서 그래요."

"그럴까? 그 옛날 이 나라의 존귀한 사람들은 모두 벚꽃보다는 매화를 사랑했단다, 르루."

"그게 정말입니까?"

"정말이고말고, 그렇잖아 올치?"

갑작스럽게 자신의 이름이 불리자 올치는 어깨를 가볍게 떨더니 새빨개진 얼굴로 고개를 끄덕였다.

"올치, 해설을 부탁해." 하고 엘러리가 말했다.

"아, 예…… 그러니까 『만요슈〔万葉集〕』에 가장 많은 것은 물억새와 매화 노래로……, 각각 백 수가 넘고, 벚꽃 쪽은 사십 수 정도에 지나지 않으니까요……".

올치는 르루와 마찬가지로 문학부 2년생이다. 전공은 영문학이지만 일본의 고전문학에 관해서도 상당한 지식을 가지고 있었다.

"흠. 내가 몰랐었군."

감탄한 듯이 아가사가 말했다. 그녀는 전혀 이 분위기와 어울리지 않는 약학부 3학년이었다.

"아, 예……『만요슈』 시대는 대륙문화 지상주의 풍조가 만연해 있었기 때문에 중국의 영향을 많이 받았지요. 벚꽃 노래가 늘어나는 것은 『고킨와카슈〔古今和歌集〕』부터인데…… 그렇지만 꽃이 진다는 노래가 많아요."

"『고킨와카슈』 시대라면 헤이안〔平安〕 시대?"

"다이고 천황 시대, 그러니까 10세기 초엽……."

"비관적인 세상이었기 때문에? 지는 꽃을 노래했다는 것은……." 하고 엘러리가 물었다.

"글쎄요. 다이고 천황은 '엔기〔廷喜〕의 치〔治〕'라는 명정치를 펼친 친황으로 유명한데……, 벚꽃이 지는 계절은 역병이 유행하는 때이기도 해요. 벚꽃이 역병을 불러 온다고 하여 궁중에서도 이 당시부터는 진화제(鎭花祭)가 행해지기도 했고요. 아, 그러고 보니 관계가 있을 것 같아요."

"과연 그럴 듯해."

"왜 그래? 반, 아까부터 입을 꼭 다물고."

포가 반의 옆 자리에서 얼굴을 들여다보고 있었다.

"기분이 안 좋니?"

"응, 두통이 조금 있어서."

"안색이 좋지 않아. 열도 나는 것 같아."

반은 고개를 가볍게 끄덕이면서 크게 숨을 토해냈다.

"미안하지만 먼저 쉬어야겠어."

"그래, 그러는 게 좋겠어."

"응……."

양손으로 테이블을 짚고 반은 천천히 의자에서 일어섰다.

"떠들면서 놀아도 괜찮아. 난 소리에는 별로 신경 안 쓰는 편이니까."

"잘 자." 하고 인사말을 남기고 반은 자신의 방으로 들어가 버렸다. 일순 정적에 감싸인 어두컴컴한 홀에 '탁' 하는 금속성의 소리가 울려 퍼졌다.

"기분 나쁜 자식이야."

그때까지 가만히 지켜보고 있던 카가 눈을 희번덕이면서 낮은 목소리로 말했다.

"들으라는 식으로 열쇠를 걸어 잠그다니, 짜식. 자의식 과잉의 계집애도 아닌 주제에."

"오늘은 달이 참 밝군."

카의 신경질적인 말을 못 들은 척 흘려보내면서 포가 십각형으로 열린 천창을 올려다보았다.

"어제가 바로 보름이었어요." 하고 르루가 말을 받았다.

바로 그때 천창 위로 약한 빛줄기 하나가 스쳐 지나갔다. J곶의 등대 불빛이 여기까지 이르는 것 같았다.

"봐, 달무리가 졌잖아. 내일은 비가 올지도 몰라."

"하하하, 그건 미신이야, 아가사."

"엘러리, 무슨 실례의 말을. 함부로 미신 취급하지 마. 수증기 때문에 달무리가 진다는 것은 과학적 상식이야."

"주간 일기예보에서는 맑은 날씨가 계속된다고 하던데."

"그렇지만 달에 토끼가 산다는 식의 말보다는 훨씬 더 과학적이라구."

"달에 토끼라."

엘러리는 빙긋 웃었다.

"너 그거 알고 있니? 미야고〔宮古〕제도에서는, 달에 통을 짊어진 남자가 산다고 생각한대."

"아, 그런 얘기는 들은 적 있어요."

르루가 동그란 얼굴에 미소를 띠며 말했다.

"신의 명령으로 불사의 약과 죽음의 약을 통에 넣고 인간계로 내려오는 이야기죠? 그런데 그만 잘못해서 뱀에게는 불사의 약을, 인간에게는 죽음의 약을 건네주고 말지요. 그래서 그 벌로 지금도 통을 짊어지고 있는 거라고……."

"맞아, 맞아."

"그와 비슷한 이야기가 호텐토트 족에게도 있다더군." 하고 포가 말했다.

"단 인간이 아니고 토끼야. 달의 신이 했던 말을 똑바로 전하지 못한 토끼가 화가 난 신에게 몽둥이로 맞는 거지. 그래서 입술이 세 갈래로 갈라졌다는 전설이 있지."

"흠, 인간이 생각하는 건 어디든 비슷한 모양이군."

엘러리는 푸른 의자의 등에 몸을 기대고 팔짱을 꼈다.

"달에 토끼가 산다는 설화는 세계 어디를 가도 공통된 것이라니까 말이야. 중국에서부터 중앙아시아, 인도……."

"인도에도 그런 설화가 있다고?"

"산스크리트어에서 달을 의미하는 말은 '샤신'인데, 그것은 토끼가 사는 곳이란 뜻이래."

"아아!"

테이블에 놓인 담뱃갑에 손을 뻗으면서 포는 다시 천창을 올려다보았다. 십각형의 천창에 비친 밤하늘에 희미하게 노란 달이 떠올라 있었다.

츠노시마의 십각관. 어슴푸레한 램프 불빛이 주위의 하얀 벽에 젊은이들의 그림자를 그려내며 흔들리고 있었다.

밤은 깊어가고 있었다.

제2장

첫 째 날

육지

1

'네놈들이 죽인 치오리(千織)는 나의 딸이었다.'

좁은 방에 깔린 이불에 드러누운 채 가와미나미 다카아키(江南孝明)는 눈썹을 찌푸렸다.

오전 11시, 방금 집으로 돌아와서 우편함에 든 이 편지를 발견한 것이다.

이젯밤부터 아침까지 친구의 아북십에서 마삭을 했다. 매번 그렇듯이 집에 돌아와서도 '차라락!' 하는 마작 패를 섞는 시끄러운 소리가 머릿속에서 떠나지 않았지만, 그 글을 읽는 순간 눈이 번쩍 뜨였다.

"뭐야? 이건."

가물거리는 눈을 부비면서 편지가 들어 있던 봉투를 들어올려 다시 한번 자세히 살펴보았다.

그냥 보통의 노란 봉투였다. 소인 날짜는 어제, 3월 25일. 발송지는 O시였다. 특이한 점이라면, 글자를 워드프로세서로 쳤다는 것이다.

발송인의 주소는 없다. 봉투의 겉면에는 '나카무라 세이지'라는 이름만이 적혀 있었다.
"나카무라 세이지……?"
소리 내어 중얼거려 보았다. 모르는 이름이다. 아니, 어디선가 들어본 듯한 느낌이 들기도 하는데…….
몸을 일으키고 이불 위에 정좌한 다음 다시 편지를 보았다. 편지의 내용도 B5용지에 워드프로세서로 친 것이었다.
'네놈들이 죽인 치오리는 나의 딸이었다…….'
치오리라는 이름은 기억할 수 있었다. 아마도 저 나카무라 치오리를 두고 하는 말일 것이다. 그렇다면 그 아버지가 '나카무라 세이지'라는 말인가.
그것은 벌써 일 년이나 지난 작년 1월의 일이었다.
그 당시 가와미나미가 속해 있는 K대학의 미스터리 연구회에서 신년회가 열렸다. 나카무라 치오리는 이 연구회의 후배로 그보다 일 년 아래인 1학년이었다. 가와미나미는 현재 3학년생. 다음 달에 4학년이 되지만 그는 작년 봄에 연구회를 그만뒀다.
그 신년회의 3차 술자리에서 나카무라 치오리는 죽고 말았다.
가와미나미는 그때 볼 일이 있어 도중에 자리를 떴기 때문에 자세한 사정은 모르지만, 급성알코올중독에 의해 지병인 심장발작이 일어났다고 들었다. 구급차가 달려왔을 때는 이미 늦었다고 했다.
장례식에는 그도 참석했었다.
치오리는 O시에 있는 외할아버지 집에서 살고 있었고, 장례도 거기서 치러졌다. 그러나 그때의 상주는 '세이지'가 아니었던 것으로 기억하고 있다. 보다 고풍스런 이름이었다. 그렇다면 상주 이름은 아버지가 아닌 외할아버지였을 것이다. 그 장례식장에 아버지로 보이는 사람은 없었던 것 같은데…….

갑자기 그 치오리의 아버지라는 인물이 왜 알지도 못하는 자신에게 이런 편지를 보냈을까?

편지 속의 '세이지'는 치오리가 살해당했다고 주장하고 있다. 자신의 딸이 회식석상에서 마신 술이 원인이 되어 급사했으니, '살해' 당했다고 생각하는 것도 무리가 아닐지 모른다. 그러나 아무리 그렇다고 해서 일 년이나 지난 지금에 와서 왜……?

거기까지 생각한 가와미나미는 벌떡 몸을 일으켰다.

'나카무라 세이지…….'

기억의 실이 서서히 풀리기 시작했다.

가와미나미는 벌떡 일어섰다. 벽에 약간 기울어진 채 세워져 있는 철제 책꽂이로 다가가서 파일 몇 권을 집어 들었다. 취미로 계속하고 있던 신문 스크랩이다.

'분명히 작년 9월 경…….'

그 기사는 금방 눈에 들어 왔다.

'역시 그렇군.'

「츠노시마 청옥부에 화재-수수께끼의 4중 살인!?」

가와미나미는 손가락으로 신문 조각을 탁- 튕기고, 그 파일을 든 채 다다미 위에 앉아 중얼거렸다.

"사자(死者)의 고발, 그런데……."

"여보세요? 히가시 씨 댁입니까? 저, 가와미나미라고 합니다. 하지메 있으면……."

"가와미나미 씨라고요?"

전화를 받은 사람은 하지메의 어머니였다.

"하지메는 오늘 아침에 연구회 친구들하고 여행을 떠났어요."

"미스터리 연구회 멤버들하고 말입니까?"

"그래요. 무슨 무인도로 간다고 하던데요."

"무인도? 섬 이름은 모르시나요?"

"아, 츠노시마라고 하더군요. S해안 쪽의……."

"츠노시마!"

가와미나미는 숨이 막힐 듯한 충격에 사로잡혔다.

"저, 혹시 하지메 앞으로 편지가 오지 않았나요?"

"편지?"

"나카무라 세이지라는 사람이 보낸 편지 말입니다."

"글쎄……."

하지메의 어머니는 조금 주저하는 듯하다가 상대의 절박한 느낌이 드는 목소리가 마음에 걸렸는지 '잠깐 기다리세요.' 하고는 전화기를 내려놓았다. 오르골을 치는 듯한 캉캉 울리는 소리가 잠시 이어지더니, 이윽고 전화기에서 목소리가 들려왔다.

"왔군요. 이 편지인 것 같은데……."

"왔다구요? 와 있단 말씀이죠?"

"네, 그래요."

그것을 확인하는 순간, 갑자기 온몸에서 힘이 쭉 빠졌다.

가와미나미는 불길한 예감에 사로잡혔다.

"아, 죄송합니다. 아닙니다. 아무 일도 없습니다. 갑자기 전화로 실례가 많았습니다."

가와미나미는 수화기를 내려놓자마자 벽에다 몸을 기댔다.

오래된 연립주택의 방이었다. 몸을 기대면 벽에서 '지지직-' 하는 소리가 들려온다. 여닫이문 밖에서는 금방이라도 부서질 것 같은 소리를 내며 세탁기가 돌아가고 있었다.

'히가시의 집에도 나카무라 세이지의 편지가……'

가와미나미는 충혈된 눈을 몇 번이나 손등으로 비볐다.

'그렇고 그런… 악질적인 장난에 불과한 것일까?'

연구회의 주소록을 뒤져 그때 3차에 참가했던 다른 멤버들에게도 몇 번이나 전화를 걸어 보았다. 그러나 모두 부재중이었다. 하숙집이었기 때문에 편지에 대해서는 확인할 길이 없었다. 그런데…….

그들이 지금 여행을, 그것도 문제의 사건이 일어난 츠노시마에. 이것을 아무 의미가 없는 우연의 일치라 할 수 있을까?

잠시 생각에 잠겼다가 가와미나미는 다시 한번 연구회의 주소록을 꺼내 죽은 나카무라 치오리의 전화번호를 찾기 시작했다.

2

K대학 미스터리 연구회 멤버들이 츠노시마로 가기 위해 배를 탔던 S해안 쪽에서 버스로 반 시간, 다시 열차를 타고 40분 정도 떨어진 곳에 O시는 위치해 있다. 직선거리로는 40킬로미터 정도에 지나지 않는다. 그 O시에서 네 번째 역인 '카메가와'라는 역에 내린 가와미나미는 역전에서 산 쪽을 향해 빠르게 발걸음을 옮겼다.

나카무라 치오리의 외할아버지 집에 전화를 걸어 죽은 그녀의 대학 친구라고 하자, 아마도 그 집에 기거하는 가정부인 듯한, 싹싹한 말투의 중년부인이 질문에 대답해 주었다.

무작정 집으로 찾아간다는 것이 마음에 걸리기는 했다. 용기를 내어 치오리의 아버지가 츠노시마의 세이지라는 사실을 확인한 다음, 가와미나미는 세이지의 동생, 나카무라 코지로의 주소를 알아내는 데 성공했다. 코지로라는 인물의 존재는 신문기사를 조사하는 가운데 알게 된 것이다.

나카무라 코지로는 벳부〔別府〕의 칸나와〔鐵輪〕에 살고 있었다. 그 지방 고등학교 선생이므로 봄방학인 지금, 분명히 집에 있을 것이라는 말이었다.

벳부는 이전에 가와미나미의 가족이 살던 곳이다. 그쪽이라면 안방이나 다름없다는 생각이 들자, 평소 때의 호기심이 무럭무럭 피어올랐다. 일단 전화를 걸어봐야 한다는 상식도 망각한 채 가와미나미는 바로 코지로의 집을 방문하기로 작정했다.

벳부 칸나와는 광물성 연기와 뜨거운 수증기가 솟구치는 유명한 온천 지대이다. 활짝 갠 하늘 아래, 길옆 하수도와 인가들 사이에서 하얀 김이 무럭무럭 피어오르고 있었다. 왼쪽에서 잡힐 듯이 다가오는 산은 츠루미다케〔鶴見岳〕다.

짧은 번화가를 빠져나가자 갑자기 한적한 거리가 눈앞에 펼쳐졌다. 이 주위에는 온천 치료를 위해 장기 투숙하는 사람들을 위한 하숙, 민박, 임대별장들이 늘어서 있다.

전화로 확인한 번지수로 별 어려움 없이 그 집을 찾을 수 있었다.

안정감 있는 단층 주택이었다. 나지막한 나무로 둘러쳐진 담 너머로 금잔화, 흰 조팝나무, 분홍 모과꽃이 봄바람에 하늘거리고 있었다.

가와미나미는 대문을 지나 마당에 깔린 돌길을 걸어 현관으로 나아갔다. 한 번 깊이 숨을 들이쉰 다음 벨을 두 번 눌렀다. 잠시 후 풍성한 바리톤의 음성이 안에서 들려왔다.

"누구십니까?"

현관문을 열고 나타난 사람은 단아한 일본집과는 전혀 어울리지 않는 사람이었다. 하얀 셔츠에 갈색 카디건, 짙은 회색의 플란넬 바지. 아무렇게나 빗어 넘긴 흰 머리카락이 듬성듬성 섞인 머리.

"나카무라 코지로 씨인가요?"

"그렇습니다."

"저, 저는 대학에서 나카무라 치오리와 같은 클럽에 속해 있었던 가와미나미라고 합니다. 이렇게 갑자기 찾아와서 죄송합니다."

그 말을 듣는 순간 뿔테 안경을 걸친 코지로의 표정이 부드러워졌다.

"K대학 미스터리 연구회의? 그런데 무슨 용건으로 여기까지?"

"사실은 오늘 이상한 편지를 받아서……."

가와미나미는 그 편지를 봉투째 건네주었다.

"이게 뭡니까?"

코지로는 편지를 받아 들더니 겉봉에 씌어진 이름을 보고는 깜짝 놀라 눈썹을 꿈틀거리면서 가와미나미의 얼굴로 시선을 옮겼다.

"자, 안으로 들어오세요. 친구가 한 사람 와 있긴 하지만 마음에 두지 않아도 돼요. 혼자서 사는 집이니 아무 걱정 마시고……."

가와미나미는 방 안으로 안내되었다.

방 두 칸이 L자형으로 이어져 있었는데, 두 방을 가르는 벽을 터서 한 방처럼 사용하고 있었다.

바로 앞의 방은 거실 겸 응접실로 사용하는 듯, 검은 색을 띤 녹색 카펫을 깔았고, 그 위에 같은 색의 소파 세트가 놓여 있었다. 남자 혼자서 사는 집으로는 보이지 않을 만큼 모든 것이 잘 정돈되어 있었다.

"시마다, 손님이 오셨네."

창가에 놓인 등나무 흔들의자에 코지로의 친구라는 사람이 앉아 있었다.

"K대학 미스터리 연구회의 가와미나미 군. 이쪽은 나의 친구 시마다 키요시."

"미스터리?"

시마다는 황망히 일어섰다. 그 바람에 흔들의자의 다리에 발이 끼었다. 작은 신음소리를 내면서 그는 다시 의자에 주저앉았다.

비쩍 마르고 키가 큰 사람이었다. 가와미나미는 그를 보는 순간 사마귀를 연상하지 않을 수 없었다.

"저, 연구회는 작년에 그만두었습니다."

"아, 그래요?"

"그런데 자네가 무슨 일로 코지로를……."

"이것 때문이야."

코지로는 가와미나미가 가져온 편지를 시마다에게 건네주었다. 겉봉의 이름을 보는 순간, 시마다는 의자에 끼었던 발을 쓰다듬고 있던 손을 우뚝 멈추고 가와미나미의 얼굴을 뚫어져라 바라보았다.

"읽어도 될까?"

"예."

코지로가 다시 입을 열었다.

"가와미나미 군, 사실은 말일세, 같은 편지가 나에게도 왔다네."

"예?"

코지로는 책상 쪽으로 걸어가더니 한 통의 편지를 꺼내 가와미나미에게 건네주었다.

가와미나미는 바로 봉투의 겉면을 확인해 보았다. 같은 봉투, 같은 소인, 같은 워드프로세서의 서체였다. 그리고 발송인의 이름 역시 '나카무라 세이지'.

"내용을 봐도 되겠습니까?"

코지로는 말없이 고개를 끄덕였다.

'치오리는 살해당했다.'

그것뿐이었다. 내용은 다르지만 B5 용지에 워드프로세서로 친 것은 똑같았다.

가와미나미는 편지를 바라보면서 잠시 아무 말이 없었다.

죽은 사람으로부터 온 불가사의한 편지. 그것이 작년 3차 회식의 자리에 참가했던 다른 멤버들에게도 보내졌으리란 것은 쉽게 상상할 수 있는 일이었다. 그러나 이 사나이, 나카무라 코지로에게도 같은 편지가 왔던 것이다.

"도대체 이게 무슨 일이야?"

"도무지 영문을 알 수 없어. 나도 놀랍기는 마찬가지야. 누군가 악질적인 장난을 치는 것 같은데……. 아까도 시마다와 이야기를 나누고 있었다네. 세상에 정말 할 일 없는 사람도 다 있구나 하고. 그런 참에 자네가 찾아온 거야."

"저에게뿐만 아니라 다른 회원들에게도 같은 편지가 발송된 것 같습니다."

"아……."

"설마 세이지가, 미안, 자네 형이 살아 있을 가능성은……?"

"있을 수 없어."

코지로는 단호하게 고개를 저었다.

"형은 작년에 죽었어. 내가 그 시체를 확인했으니까. 처참한 모습이었지. 미안하지만 가와미나미 군, 그 사건은 더 이상 생각하고 싶지 않네."

"죄송합니다. 그럼 이 편지는 역시 누군가의 악질적인 장난이겠군요?"

"그 외에는 생각할 여지가 없지 않을까? 형은 반년 전에 죽었어. 그것은 누구도 부정할 수 없는 사실이야. 그리고 나는 유령을 믿지 않아."

"편지 내용에 대해서는 어떻게 생각하십니까?"

"그건……."

코지로의 표정에 묘한 그림자가 스쳐갔다.

"치오리의 불행에 대해서는 나도 이야기를 들었지. 나는 사고였다고 생각해. 치오리는 내게도 귀여운 조카였으니까, 살해당했다는 생각을 할 수도 있겠지. 그렇다고 자네들을 원망해야 무슨 소용이 있겠나. 오히려 죽은 형의 이름을 빌려 이런 악질적인 편지를 보내는 행위가 더 밉다네."

"악질적인 장난……."

아무래도 납득할 수 없었다. 가와미나미는 고개를 끄덕이면서 등나무 의자에 앉은 시마다 쪽을 바라보았다. 포갠 다리 위에 한 쪽 팔꿈치를 걸치고 왠지 즐거운 표정으로 두 사람을 바라보고 있는 시마다였다.

"그런데……."

코지로에게 편지를 돌려주면서 가와미나미는 말했다.

"지금 연구회원들이 츠노시마에 가 있다는 것을 알고 계시는지요?"

"모르는데……."

코지로는 무덤덤하게 대답했다.

"그 저택과 섬은 형이 죽은 후 내가 상속받았지만 S시의 부동산업자에게 팔아치웠어. 무척 헐값이었지만 두 번 다시 그곳에 갈 마음도 없고 해서……. 그 후의 일은 전혀 몰라."

오늘 중에 해야 할 일이 있다고 하고서 가와미나미는 코지로에게 작별을 고했다.

집을 나서기 전에 책장에 가득 쌓인 책이 궁금해서 물어보았더니, 코지로는 최근에 고등학교에서 사회과목을 가르치는 한편으로 불교를 연구하고 있다고 했다. 초기 대승불교의 '반야공(般若空)'에 대해 연구하고 있다고 코지로는 부끄러운 듯이 말했다.

"반야공?"

가와미나미는 고개를 갸웃했다.

"『반야심경』이란 경전은 알고 있겠지? 색즉시공, 공즉시색이란 말이 들어 있는 경전. 그 '공'에 관해 코지로는 연구를 하고 있어."

의자에서 벌떡 일어서면서 시마다가 설명해 주었다. 그리고 그는 나는 듯한 걸음걸이로 가와미나미에게 다가와서 편지를 건네주며,

"가와미나미 군, 어떤 한자를 쓰지?" 하고 물었다.

"양자강의 강에 동서남북의 남입니다."

"江南이군, 아, 그래, 좋은 이름이야. 코지로? 이제 나도 슬슬 가 봐야겠네. 자, 같이 나갈까, 가와미나미 군."

★

코지로의 집을 나서서 인적이 드문 길을 걸으면서 시마다는 양손을 깍지 끼고 하늘을 향해 팔을 죽 뻗었다. 검은 스웨터를 입은 깡마른 몸매가 더 가늘어 보였다.

"가와미나미, 응, 좋은 이름이야."

깍지 낀 두 손을 그대로 머리 뒤로 돌리며 시마다는 또 그런 말을 했다.

"자네는 왜 미스터리 연구회를 그만뒀나? 혹시 연구회의 분위기가 마음에 들지 않아서 그런 건가?"

"맞습니다. 잘 아시는군요."

"그건 얼굴만 봐도 알 수 있지."

시마다는 빙긋 웃으면서,

"그렇다면 자네는 미스터리에 흥미를 잃은 건 아니라고 해야겠지."

"물론 미스터리에 관심은 가지고 있습니다."

"그렇겠지. 자네는 미스터리를 좋아해. 나도 불교학보다는 미스터리를 더 좋아하지. 이것보다 명쾌한 것은 없어. 그런데 코난 군, 차라도 한잔 하지 않겠나?"

"그러죠."

간단히 대답을 하고서 가와미나미는 저도 모르게 웃고 말았다.

아래로 약간 경사진 비탈길을 따라 걸었다. 정면에서 불어와 볼을 스치는 바람에는 봄기운이 완연했다.

"그런데 가와미나미 군, 자네도 참 특이한 학생이야."

"예?"

"별볼일 없는 장난일지도 모를 편지 한 장 때문에 이런 곳까지 발걸음을 하다니 말일세."

"그렇게 멀지 않아서요."

"흠. 설령 내가 자네의 입장이었다 해도 그렇게 했을 거야. 매일 시간이 남아서 어쩔 줄 모르는 처지니까."

시마다는 청바지 앞주머니에 두 손을 찔러 넣으면서 하얀 이를 드러내 보이며 웃었다.

"어때? 자네는 아무것도 아닌 악질적인 장난이라고 보나?"

"코지로 씨는 그렇게 간단히 처리해 버렸지만 왠지 께름칙합니다. 유령이 그런 편지를 쓰진 않았을 테니까요. 물론 누군가가 죽은 자의 이름을 빌려 썼을 테지요. 그렇지만 단순한 장난질치고는 너무 치밀한 것 같아요."

"왜 그렇게 생각하지?"

"일부러 모든 문장을 워드프로세서로 치지 않습니까? 단순한 장난질에 워드프로세서를 동원하지는 않을 것입니다."

"워드프로세서가 손에 익은 사람이라면 아무것도 아닐 것 같은데? 최근 들어 워드프로세서가 많이 보급되었으니까. 코지로 씨도 한 대 가지고 있어. 올해 샀지만 아주 능숙하게 다루지."

"물론 전국적으로 보급되어 있지요. 내 친구들도 대부분 가지고 있으니까요. 대학에는 연구실마다 학생들이 마음대로 사용할 수 있는 기계가 한 대 정도는 있구요. 그렇지만 워드프로세서로 편지를 쓰는 일은 아직 일반화되어 있지 않습니다."

"그건 그래."

"워드프로세서를 사용함으로써 자신의 필체를 숨길 수 있지만, 단순한 장난질을 하면서 일부러 필체까지 숨길 필요가 있을까요? 게다가 내용은 한 문장뿐이지 않습니까? 사람을 놀라게 해서 즐길 심산이었다면 좀 더 음험한 글을 잔뜩 늘어놓았을 겁니다. 코지로 씨에게 온 편지도 마찬가지입니다. 그런 간단한 문장으로……, 그러니까 더욱 숨겨진 의도가 있는 듯이 보입니다."

"과연, 깊은 의도……."

언덕을 내려서자 해안가가 나왔다. 따스한 봄 햇살이 내리비치는 바다 위로 작은 배들이 오가고 있었다.

"아, 저기."

시마다가 손가락으로 한 곳을 가리켰다.

"저곳으로 가자구. 저 가게가 좋아."

길가에 닭 모양의 풍향계를 단 붉은 지붕이 하나 눈에 들어왔다. 간판에 장식 문자로 적힌 「MOTHER GOOSE」라는 이름을 보는 순간, 가와미나미는 웃지 않을 수 없었다.

3

창가의 자리에 마주 앉아서 가와미나미는 방금 만난, 앞에 앉은 남자의 풍모를 다시 한번 천천히 관찰해 보았다.

나이는 서른 남짓, 아니 그 이상일지 모른다. 길게 늘어뜨린 부드러운 머리카락 때문에 여윈 볼이 한층 더 홀쭉해 보인다. 몸이 가늘고 키가 큰 가와미나미보다 훨씬 더 가늘고 긴 몸매. 거무스름한 얼굴에 어울리지 않는 커다란 매부리 코. 약간 아래로 처진 움푹 패인 두 눈.

한눈에 특이한 인상이라는 느낌을 준다. 음울하고 성격이 까다로워 보인다. 그런 분위기와 달리 아까부터 보여 준 그의 언동이 묘한 대조를 이루면서 오히려 가와미나미로 하여금 호감을 느끼게 했다.

벌써 네 시를 넘어서고 있었다. 아침부터 아무것도 먹지 않았던 가와미나미는 커피와 피자 토스트를 시켰다.

넓은 유리창을 통해 10번 국도 저 멀리로 푸른 바다가 커다란 원을 그리고 있었다. 벳부만이다. 가게는 대학가에서 흔히 볼 수 있는 자그만 집으로, 경영자의 취향인지 마더 구스라는 이름에 어울리는 장식이 여기저기 치장되어 있었다. 그리고 그 모든 것을 끌어안은 듯한 기분 좋은 비틀스의 음악이 흘러나오고 있었다.

"그런데 가와미나미 군. 그 다음 이야기를 듣고 싶구만."

자신이 주문한 차가 나오자 그것을 포트에서 컵으로 천천히 따르며 시마다는 입을 열었다.

"다음 이야기라니요, 편지 말입니까?"

"물론."

"내가 생각하는 것은 아까 말씀드린 그대롭니다. 담배 피워도 될까요?"

"피우게."

"감사합니다."

가와미나미는 담배에 불을 붙이고 한 모금을 깊이 빨았다.

"아까도 말했듯이 단순한 장난질은 아닌 것 같습니다. 그렇다고 뭐냐고 묻는다면…… 할 말은 없습니다. 누가, 무슨 목적으로 그런 편지를 보냈는지, 도무지 상상이 안 갑니다. 그렇지만……."

"그렇지만?"

"간단히 분석은 해볼 수 있겠지요."

"듣고 싶군. 그게 뭔지."

"나에게 온 편지로 미루어 발신자가 과연 무슨 말을 하고 싶은지는 대체로 세 가지 방향으로 분석이 가능할 것 같습니다. 첫째, 이 문장이 가장 강조하고 있는 '치오리는 살해당했다'라는 고발의 의미입니다. 둘째, 그래서 나는 네놈들을 증오하고 있고, 복수할 생각이라는 '협박'의 의미. 그래서 이러한 고발, 협박의 주체로서 가장 잘 어울리는 나카무라 세이지라는 이름이 이용되었다는……."

"그럴 듯해. 세 번째는?"

"앞의 두 가지와는 다른 방향에서 본 경우로, 이 편지에 내포된 이면적인 의미입니다."

"이면적인 의미?"

"예. 편지를 보낸 사람은 왜 이제 와서 세이지라는, 죽은 사람의 이름을 도용했을까? 아무리 협박문을 그럴 듯하게 만들고 싶었다 하더라도 이제 와서 그 사람의 이름을 그냥 그대로 받아들일 사람은 없을 테니까요. 유령이 워드프로세서를 친다니 말도 안 되지 않습니까? 그래서 이런 생각을 해 보는 것입니다. 이것은 작년 츠노시마 사건에 다시 한번 주목하라는, 우리들을 향해 보내는 은근한 메시지가 아닐까 하는 것입니다. 너무 비약적인 해석일까요?"

"아니야, 정말 재미있어."

시마다는 눈웃음을 치면서 컵을 잡았다.

"응. 대단히 재미있어. 츠노시마 사건의 재고……, 확실히 재고의 여지가 있어, 그 사건에는. 가와미나미 군, 자네는 그 사건에 대해 얼마만큼 알고 있나?"

"신문에 난 정도로만, 그리 자세히는……."

"자, 내가 아는 것을 말해주는 게 좋을 것 같군."

"예, 부탁합니다."

"사건의 줄거리는 대충 알겠지? 때는 작년 9월, 장소는 츠노시마의 통칭 청옥부. 살해당한 사람은 나카무라 세이지와 그의 처 카즈에, 관리인 부부, 도합 네 명. 행방불명된 정원사가 하나, 범행 후의 방화에 의해 그 집은 전소. 범인은 아직 잡히지 않고 있다."

"그렇습니다. 도망친 그 정원사가 범인으로 지목받고 있습니다."

"맞네. 그러나 결정적인 증거는 아니야. 모습을 감추었기 때문에 수상쩍다는 정도밖에 안 돼.

사건의 진상을 알기 위해서는 먼저 그 저택의 주인인 세이지라는 인물에 대해 알아두어야겠지. 세이지의 나이는 코지로보다 세 살 위니까, 당시 마흔 여섯. 이미 은퇴한 상태였지만 그는 오래 전부터 이는 사람은 다 아는 천재적인 건축가였어."

나카무라 세이지는 오이타 현 우사 시의 어느 자산가의 장남으로 태어났다. 고등학교를 졸업한 후, 상경하여 T대학 건축학과에 입학, 재학중에 전국적인 응모전에서 상이란 상은 모두 휩쓸어 관계자의 주목을 한 몸에 받았다. 대학졸업 후에는 담당 교수로부터 대학원 진학을 권유받았지만 아버지가 갑자기 세상을 떠나는 바람에 고향인 큐슈로 귀향했다.

아버지는 막대한 재산을 남겼다. 동생 코지로와 함께 그것을 상속한 세이지는 곧 츠노시마에 자신이 설계한 저택을 세우고 은둔생활에 들어갔다.

"……부인 카즈에의 결혼 전의 성은 하나후사〔花房〕. 우사에서 살던 시절의 소꿉친구였다고 해. 일찍이 양가가 두 사람의 미래를 약속한 사이였다고 들었어. 세이지가 츠노시마로 건너가기 직전에 두 사람은 결혼했지."

"그 후 건축 일은 하지 않았나요?"

"코지로의 말에 의하면 하긴 했지만 거의 취미에 가까웠다는군. 하고 싶어지면, 마음에 드는 일을 맡아서 자신의 취향에 맞는 이상한 건축물을 세웠지. 그런 집이 일부 사람들에게 인정을 받게 되자 일부러 멀리서 섬을 방문하는 사람도 있을 정도였지. 그러나 마지막 십 년 동안은 그런 일도 다 거절하고 철저히 은둔생활을 했다고 해."

"흠, 정말 특이한 사람이군요."

"코지로도 취미삼아 불교학을 공부하는, 좀 특이한 인물이지만, 그런 사람이 자신의 형을 기인이라고 할 정도니 특이해도 아주 특이한 사람이었을 거야. 형제 사이는 그리 좋지 않았던 것 같지만……. 그런데 섬에 살고 있던 사람은 그 외에도 기타무라 부부라는 피고용인이 있었어. 남자는 잡일과 육지와의 연락에 쓰는 모터보트 운전을 하고, 여자는 집안일 전반을 맡고 있었지. 다른 한 사람, 즉 문제의 정원사가 있어. 이 남자는 요시가와 세이치라고 하는데, 보통 때는 아지무〔安心院〕 부근에 살고 있었지만, 한 달에 한 번 정도 며칠씩 섬에 들어와 일을 하곤 했지. 마침 화재가 나기 사흘 전부터 섬에 와 있었다고 해. 등장인물 소개는 이 정도로 충분하겠지? 다음으로, 사건의 상황인데, 발견된 사체는 네 구. 화재로 죽었으니 사람을 식별하는 데 상당한 어려움이 있었지. 겨우 판명된 사실을 정리하면……."

기타무라 부부는 침실에서 머리를 맞아 즉사. 흉기로 추정되는 도끼는 침실에 그냥 놓여져 있었다. 그리고 두 사람도 밧줄에 묶인 흔적이 있었다. 사망 추정시간은 모두 9월 19일에서 화재 전날 오후 이후.

나카무라 카즈에는 침대에서 밧줄로 목이 졸려 살해당했다. 사체의 왼손이 잘려나가고 없었는데, 그것은 사망 후에 잘린 것으로 보인다. 잘린 손목의 행방은 지금도 알 수 없다. 사망 추정시간은 9월 17일에서 18일 사이.

나카무라 세이지는 카즈에와 같은 방에서 전신에 등유를 덮어쓰고 불에 타 죽었다. 사체로부터 다량의 수면제가 검출되었지만, 그것은 다른 세 구의 사체도 마찬가지였다. 사망 추정시간은 9월 20일, 새벽의 화재 때.

화재는 저택의 주방에서 시작되었다. 범인은 미리 방 안에 등유를 뿌린 다음 부엌에 불을 지른 것이다.

"……사건에 대해 경찰은 모습을 감춘 정원사 요시가와 세이치가 범인이라 보고 있어. 불명확한 점이 여러 가지 있긴 하지만 말이야. 이를테면 가즈에 부인의 손목. 요시가와는 무엇 때문에 부인의 손목을 잘라 가지고 가 버렸을까? 그리고 도주 경로의 문제도 있어. 섬에 한 척밖에 없는 모터보트는 그대로 남아 있었지. 네 명을 살해한 다음 9월 하순의 차가운 바다를 헤엄쳐 육지로 갔다고는 믿을 수 없어. 물론 경찰에서는 외부인의 범행 가능성도 검토했지. 그러나 외부인을 설정하면 도저히 앞뒤가 맞지 않는 일이 많아. 그래서 요시가와 범인설에 기초하여 경찰이 재구성한 사건의 윤곽은……, 아, 가와미나미 군, 먹으면서 듣게."

"아, 알았습니다."

시마다의 이야기를 열심히 듣는 사이에 피자 토스트와 커피가 날라져 왔다. 가와미나미가 거기에 손을 대지 않은 것은 이야기에 정신이 팔려 음식이 왔는지도 모르고 있었기 때문이다.

"우선 동기. 여기에는 두 가지 가설이 있어.

하나는 세이지의 재산. 또 하나는 요시가와가 카즈에 부인을 사모했거나 부인과 밀통했다는 설. 아마도 그 양쪽 다라는 것이 대체적인 의견이야. 요시가와는 우선 저택에 있는 모든 사람에게 수면제를 몰래 먹이고, 잠이 든 사이에 범행을 저질렀다. 기타무라 부부를 밧줄로 묶고, 세이지도 같은 방법으로 다른 방에 감금한다. 그리고 카즈에 부인을 침실로 옮겨 자신의 욕망을 채운다. 맨 처음 죽임을 당한 사람은 카즈에 부인이므로 다른 세 사람보다 사망 날짜가 하루, 이틀 빠르다. 죽인 후에 손목을 자른 것만 봐도 확실하다는 의견이야. 다음에 죽은 사람은 기타무라 부부. 죽는 순간까지 약에 취해 잠에 빠져 있었을 것으로 보인다. 그리고 마지막으로는 세이지. 잠든 그에게 등유를 끼얹고 그 후 부엌에 불을 질렀다……."

"그런데 시마다 씨."

차가운 커피를 입으로 가져가다 말고 가와미나미는 물었다.

"왜 범인은 세이지를 마지막까지 살려 두었을까요? 기타무라 부부도 마찬가지입니다. 어차피 죽일 거라면 빨리 처리하는 것이 좋을 텐데요?"

"처음에는 죽일 생각이 없었던 것으로 보여. 카즈에 부인을 죽인 다음 점점 정신상태가 이상해졌던 걸로 추정할 수 있지. 또는 세이지를 살려 두었다는 것을 단서로 하여 강도설을 주장하는 사람도 있어."

"왜 그렇죠?"

"그것은 건축가 세이지의 특성과 관련된 것이지."

"건축가로서, 세이지의……?"

"그래. 세이지는 아까도 말했듯이 조금 특이한 취미의 소유자였어. 청옥부도 그렇고, 별관인 십각관을 비롯하여 세이지가 설계한 건물에는 상당히 편집광적인, 또는 어린애 같은 장난기가 가득해. 그의 취향이 항상 반영되어 있었지. 그리고 건물에 은밀한 장치를 마련해 두었다고 하더군."

"장치……요?"

"음. 어떤 것인지는 자세히 모르지만 특히 불탄 청옥부 쪽에는 숨겨진 출구나 금고가 여기저기 만들어져 있었다는 거야. 그런 장치에 대해 아는 사람은 세이지밖에 없다고 한다면……."

"그렇군요. 금품을 훔치기 위해서는 세이지를 빨리 죽여선 안 되지요."

시마다는 말을 멈추고 테이블에 한 쪽 팔을 세워 턱을 괴었다.

"이상이 사건과 그 수사 상황의 요점이야. 정원사 요시가와의 행방은 목하 수사중. 현재로서는 그의 행방을 알만한 단서는 없어. 어때? 가와미나미 군. 질문은?"

"글쎄요……."

남은 커피를 마저 비우고 가와미나미는 생각에 잠겼다. 시마다의 이야기대로라면 경찰의 견해가 가장 타당할 것 같았다. 그러나 어차피 그것은 한정된 상황에서 추리한 것일 뿐이다. 나쁘게 말하면 끼워 맞추기에 지나지 않는다.

이 사건의 가장 큰 결점은 그 저택이 전소해 버렸다는 데에 있다. 그 때문에 사체나 흉기 등으로부터 얻을 수 있는 증거가 극히 적다는 것이다. 더불어 섬의 상황을 이야기해 줄 생존자의 부재…….

"너무 심각하군, 가와미나미 군."

시마다는 약간 위로 치켜 올라간 윗입술을 혀로 핥았다.

"그럼 내가 한 가지 물어 볼까? 츠노시마 사건과는 관계가 없는 이야기지만."

"뭔데요?"

"치오리라는 딸 말이야. 코지로의 조카인 그녀는 카즈에 부인의 친정집에 맡겨져 있었지. 그 딸이 작년에 불의의 사고로 죽었다는 이야기를 들었네. 도대체 치오리는 어떤 아가씨였나?"

가와미나미는 저도 모르게 긴장된 얼굴을 했다.

"한마디로 얌전한 애였어요. 그렇게 눈에 띄지도 않았고, 어딘가 외로움에 젖어 있는 듯한 인상이었지요. 나는 거의 이야기를 나눈 적이 없어요. 그렇지만 붙임성은 있어서 모임 때는 잡일을 도맡아 했습니다."

"흠, 그녀가 죽은 것은?"

"작년 1월. 미스터리 연구회의 신년회에서 급성알코올중독이 원인이 되어……."

대답을 하면서 가와미나미의 눈길은 무의식적으로 창 밖을 향하고 있었다.

"평소 때의 그녀는 모임이 있어도 대체로 1차가 끝나면 돌아가는 게 보통인데, 그때만은 3차까지 남았어요. 우리들이 무리하게 잡아서……, 정말 잘못했지요. 원래 몸이 약했던 것 같습니다. 그것도 모르고 3차에서 애들이 억지로 술을 마시게 한 것 같아요."

"마시게 한 것 같다고?"

"예. 나도 3차까지 가긴 했지만 다른 볼 일이 있어서 모리스라는 친구와 그 자리를 떠났습니다. 그 다음에 사고가……."

가와미나미는 재킷의 포켓에 넣어둔 그 편지를 만져 보았다.

"사고가 아니라 우리들이 죽였을지도 몰라요."

치오리의 죽음을 떠올리면 늘 약간의 책임감을 느꼈다. 만일 그 때 자신이 도중에 돌아가지 않았더라면, 다른 사람들이 억지로 술을 먹이지 못하게 말렸을지도 모르는데…….

"가와미나미 군. 오늘 밤 시간 있나?"

가와미나미의 속마음을 꿰뚫어 보았는지 밝은 목소리로 시마다가 물었다.

"어때? 저녁 먹으면서 한잔 하는 게?"

"그렇지만……."

"내가 살게. 그 대신에 미스터리 이야기 상대가 되어 주면 돼. 슬프게도 나에게는 그럴만한 친구가 없단 말이야. 어때, 오늘 친구가 되어 주지 않겠나?"

"예, 좋아요."

"좋아, O시로 나가자구."

"그런데 시마다 씨……."

"응?"

"아직 물어보지 않았는데, 코지로 씨와 어떻게 친구가 되었나요?"

"아, 그건 코지로가 나의 대학 선배였어."

"대학? 그럼 시마다 씨도 불교학을?"

"뭐, 그렇긴 하지만……."

시마다는 좀 창피하다는 듯이 손가락으로 코를 문질렀다.

"사실을 말하자면, 우리 집은 O시에 있는 절이라네."

"아, 승려시군요."

"세 형제의 막내인데, 이 나이가 되도록 할 일 없이 어슬렁거리고 있으니 다른 사람을 이상하다고 할 수도 없는 노릇이지. 아버지는 환갑을 넘었지만 아직도 정정하시다네. 지금은 미스터리 소설이나 읽으면서 죽는 사람이 생기면 독경이나 해주며 지내고 있다네."

시마다는 그렇게 말하고는 그럴 듯하게 합장을 해보였다.

4

'네놈들이 죽인 치오리는 나의 딸이었다.'

낮은 유리 테이블에서 그 편지를 다시 꺼내 든 모리스 쿄이치는 벌써 몇 번째 한숨을 내쉬고 있었다. 침대에 등을 기대고 털이 긴 카펫 위로 나른하게 다리를 뻗었다.

'네놈들이 죽인 치오리는······.'

가지런한 워드프로세서의 글씨를 천천히 눈으로 따라 읽어 보았다. 뭐라 말할 수 없는 복잡한 심경이다.

작년 1월, 미스터리 연구회의 신년모임 3차 술자리. 그때 그는 동급생 가와미나미 다카아키와 함께 도중에 자리를 떴다. 그 다음에 벌어진 일이었다······.

발송자의 이름은 '나카무라 세이지'. 반년 전에 츠노시마에서 살해당한 남자다. 모리스는 만난 적도 없고, 얼굴도 모르는 사람이다.

O시의 역전에서 조금 떨어진, 항구와 가까운 지역에 있는 '다츠미 하이츠'라는 독신자용 원룸 아파트의 5층이었다.

편지를 봉투 안에 다시 넣은 다음 모리스는 가볍게 머리를 흔들면서 테이블 위에 놓인 세븐스타에 손을 뻗었다.

아까부터 담배를 피우긴 하지만 도무지 맛을 알 수 없었다. 그러나 니코틴에 대한 욕구만큼은 도저히 누를 수 없었다.

'츠노시마에 있는 자식들은 지금쯤 뭘 하고 있을까······.'

멍하니 생각하면서 깨끗하게 정돈된 방구석을 바라보았다.

벽에 세워진 이젤에는 한 장의 유화가 걸려 있다. 색 바랜 이른 봄의 나무들에 둘러싸여 조용히 계절을 응시하고 있는 마애불······. 사람들이 거의 찾아오지 않는 쿠니사키〔國東〕 반도의 산중에서 바라본 풍경이었다. 목탄 데생 위에 엷은 색만 살짝 칠한 상태의 그림이었다.

아릿한 목 안으로 담배 연기가 밀려들었다. 갑자기 숨이 콱 막히는 듯한 기분에 사로잡힌 모리스는 두세 번밖에 빨지 않은 담배를 물을 넣어 둔 재떨이 속으로 던져 버렸다.

불길하고 음침한 예감이 밀려왔다. 혹시 생각지도 않은 일이······.

바로 그때 전화벨이 울렸다.

시계를 바라본다. 이미 12시에 가깝다.

'이런 시간에 전화를 건 놈은······.'

몇 초 망설이다가 모리스는 수화기를 들었다.

"여보세요? 모리스?"

예상한 대로 귀에 익은 가와미나미 다카아키의 목소리였다.

모리스는 가슴을 쓸어내렸다.

"아, 도일······."

"그 이름은 이제 부르지 말라고 했을 텐데. 낮에 한 번 전화를 걸었는데 없더라."

"오토바이 타고 쿠니사키까지 갔다 왔어."

"쿠니사키?"

"응. 그럼 그러러."

"그랬군. 그런데 모리스, 너한테도 이상한 편지 왔니?"

"나카무라 세이지가 보낸 것 말이지? 그것 때문에 30분 전에 전화를 했었어, 나도……."

"그쪽에도 역시."

"응. 지금 어디 있니? 괜찮으면 우리 집에 오지 않을래?"

"그럴 생각으로 전화한 거야. 바로 앞까지 와 있어. 편지 건으로 이야기하고 싶은 게 있어서……. 머리를 좀 빌려야겠어."

"빌려 줄 머리가 내게 있을까?"

"세 사람이 머리를 모으면 뭐가 나와도 나오겠지. 아, 그리고 동행이 있어. 한 사람, 같이 가도 되겠지?"

"괜찮아. 빨리 와."

"무슨 생각으로 이런 짓을 하는지 모르겠지만, 정말 악질적인 장난이야."

테이블에 편지 두 장을 나란히 놓고 모리스가 투덜거리며 말했다.

"'네놈들'이라고 적혀 있잖아? 그래서 나에게만 보내지는 않았을 거라는 생각은 했지만……."

"네 편지는 아무래도 복사한 것 같아. 나한테 온 것이 오리지널이고."

가와미나미는 자신이 들고 온 편지를 집어 올렸다.

"이것과 같은 편지가 히가시 집으로도 갔어. 전화로 확인해 보았지. 그리고, 내용은 조금 다르지만 나카무라 코지로 씨에게도 같은 세이지 명의의 편지가 배달되었고."

"나카무라 코지로?"

모리스는 미간을 찌푸렸다.

"혹시 나카무라 세이지의 동생?"

"응. '치오리는 살해당했다' 라는 내용이었어. 오늘 그를 만나려고 벳부까지 갔었지. 시마다 씨와는 거기서 알게 되었어."

방금 소개받은 남자를 향해 모리스는 다시 한 번 가볍게 인사를 했다. 바쁘게 걸어왔는지 여위고 거무스름한 얼굴에 다소 불그레한 기운이 돌고 있었다. 가와미나미 쪽도 알코올 덕분인지 숨은 거칠었고 두 눈은 새빨갛게 충혈되어 있었다.

"순서대로 차근차근 이야기해 줘." 하고 모리스가 말했다.

가와미나미는 몸을 앞으로 내밀고 술 냄새를 풍기면서 오늘 하루의 일을 빠른 어조로 이야기했다.

"아, 그랬군. 여전히 호기심만은 변함이 없군."

이야기를 다 들은 모리스는 반은 어이없다는 듯한 표정으로 가와미나미의 얼굴을 빤히 들여다보았다.

"그렇다면 어젯밤부터 한숨도 자지 않았다는 말이니?"

"그러고 보니 그렇군. 그런데 정말 모를 일이야. 도대체 누가, 무슨 생각으로 이런 것을 보냈을까. 어떻게 생각해?"

모리스는 한 손을 관자놀이에다 대고 눈을 한 번 질끈 감았다.

"고발과 협박, 그리고 츠노시마 사건에 대한 주의의 환기라고. 흠……, 괜찮은 분석인 것 같애. 특히 츠노시마 사건을 파헤치라는 메시지로 읽는 것은 조금 과한 분석인 것 같기도 하지만, 재미있어. 그 사건에는 분명히 뭔가가 있는 것 같아. 그렇죠, 시마다 씨?"

시마다는 어느새 벽에 등을 기대고 졸고 있었다. 모리스가 부르는 소리에 그는 고양이처럼 얼굴을 손으로 비비며 몸을 일으켰다.

"시마다 씨? 한 가지 물어보고 싶은데요……."

"응, 그래 말해 보게."

"작년에 츠노시마 사건이 일어났을 당시 나카무라 코지로 씨는 뭘 하고 있었습니까?"

"알리바이가 있느냐는 말인가?"

시마다는 졸린 눈으로 빙긋이 웃었다.

"아~함. 갑자기 날카로운 접근을 하는구만. 그렇지, 세이지와 카즈에 부인을 죽여서 가장 득을 보는 사람은 누구일까? 그건 누가 봐도 코지로야."

"그렇습니다. 실례가 될지 모르지만 역시 무엇보다 먼저 의심을 살 사람은 코지로 씨가 아닐까 해서……."

"그렇지만 모리스 군. 경찰도 바보는 아닐세. 코지로의 알리바이도 물론 조사를 했지. 그러나 애석하게도 그에게는 완벽한 알리바이가 있어."

"어떤……?"

"9월 19일 밤부터 다음날 아침까지 코지로 씨는 줄곧 나와 함께 있었어. 오랜만에 전화로 마시러 가지 않겠냐고 하더군. 벳부에서 밤늦게까지 마시고 그 다음에 코지로의 집에서 잤지. 아침에 사건 소식을 들은 것도 함께였어."

"정말 완벽하군요."

시마다는 고개를 끄덕이며,

"자네 의견을 더 듣고 싶네, 모리스 군." 하고 재촉했다.

"글쎄요, 뭐 특별한 생각이 있는 것은 아니지만 당시 신문을 보면서 줄곧 머리를 떠나지 않던 것이 한 가지 있습니다."

"뭔데?"

"왜냐고 물으면 정확히 대답은 할 수 없지만, 직관적으로 말이에요. 나는 없어진 카즈에 부인의 왼쪽 손목이 사건의 포인트라는 느낌이 듭니다. 만일 그 손목의 행방이 밝혀지면 모든 것이 명백해질 것 같은……."

"흠, 왼손의 행방이란 말이지……?"

모리스와 시마다는 제각기 자신의 손목을 물끄러미 내려다보면서 입을 다물고 있었다.

"그런데 모리스, 연구회 자식들이 츠노시마로 갔다는 것 알아?" 하고 가와미나미가 물었다.

"응……."

모리스는 득의에 찬 미소를 입가에 띠었다.

"나 보고도 같이 가자고 했지만 거절했어. 별로 좋은 기분은 아니더군."

"오늘부터 일주일간이라더라."

"일주일이나? 텐트 가지고?"

"아니, 줄이 닿았어. 그 십각관에 머문대."

"코지로 씨가 그 섬을 팔았다더군. 뭔가 냄새가 나. 죽은 사람으로부터 온 편지, 그와 거의 동시에 사자의 섬으로 향하는……."

"확실히 이상한 우연이군."

"과연 우연일까?"

"우연이 아닐지도 몰라."

모리스는 다시 눈을 꼭 감았다.

"마음에 걸린다면 그 3차에 참가했던 다른 멤버의 집에 전부 연락을 취해 보는 거야. 히가시 외의 사람에게도 그 편지가 왔는지 확인해 둘 필요가 있어."

"그것도 그래."

"조사해 볼까?"

"그래. 어차피 봄 방학이라 할 일도 없으니까. 탐정놀이 하는 것도 나쁘진 않겠지."

"가와미나미다워. 기왕 하는 것, 어때? 츠노시마 사건도 한번 파헤쳐 보는 게."

"파헤친다고? 구체적으로 어떻게?"

"예를 들면, 정원사 요시가와의 집을 방문해 본다든지."

"그건 글쎄……."

"아니야, 가와미나미 군. 그거 아주 재미있는 발상인 것 같은데. 요시가와는 아지무에 살았다고 하지 않던가? 거기에는 그의 아내가 아직 살고 있을 것이고, 그 아내는 옛날 츠노시마의 나카무라 집에서 일을 한 사람이니까. 즉, 나카무라 집안의 내부 사정을 누구보다 잘 아는 유일한 생존자인 셈이지. 충분히 방문해 볼 가치가 있어." 하고 시마다가 끼어들었다.

"주소는 아시나요?"

"그건 간단히 알 수 있어."

시마다는 비쩍 마른 볼을 손으로 문지르면서 즐겁게 웃었다.

"이렇게 하지. 가와미나미 군은 내일 오전 중에 편지를 확인해 봐. 그 다음에 오후부터 내 차를 타고 아지무로 가 보는 거야, 어때?"

"좋습니다. 모리스는? 너도 같이 가야지."

"가곤 싶지만 지금 바빠서. 그림을 그리고 있으니까."

모리스는 이젤에 세워 둔 캔버스를 눈으로 가리켰다.

"쿠니사키의 마애불이군. 넌 그림을 좋아했지. 어디 콩쿠르에라도 낼 참이니?"

"아니, 그럴 생각은 없어. 어쩐지 꽃이 피기 전의 그곳 풍경을 한 번 그려두고 싶어서 말이야. 그래서 매일 그쪽으로 나가는 게 나의 일이야."

"그렇구나."

"게다가 너만큼 활동적인 사람도 없지 않니? 특히 사람을 만나는 일은 네가 제격이야. 내일 밤에 다시 전화해 줘. 늦어도 괜찮으니까. 나도 흥미는 가지고 있어."

모리스는 침대에 축 늘어진 채 담배에 불을 붙였다.

"일단 나는 앉아서 생각하는 탐정 역할을 할게. 안락의자 탐정."

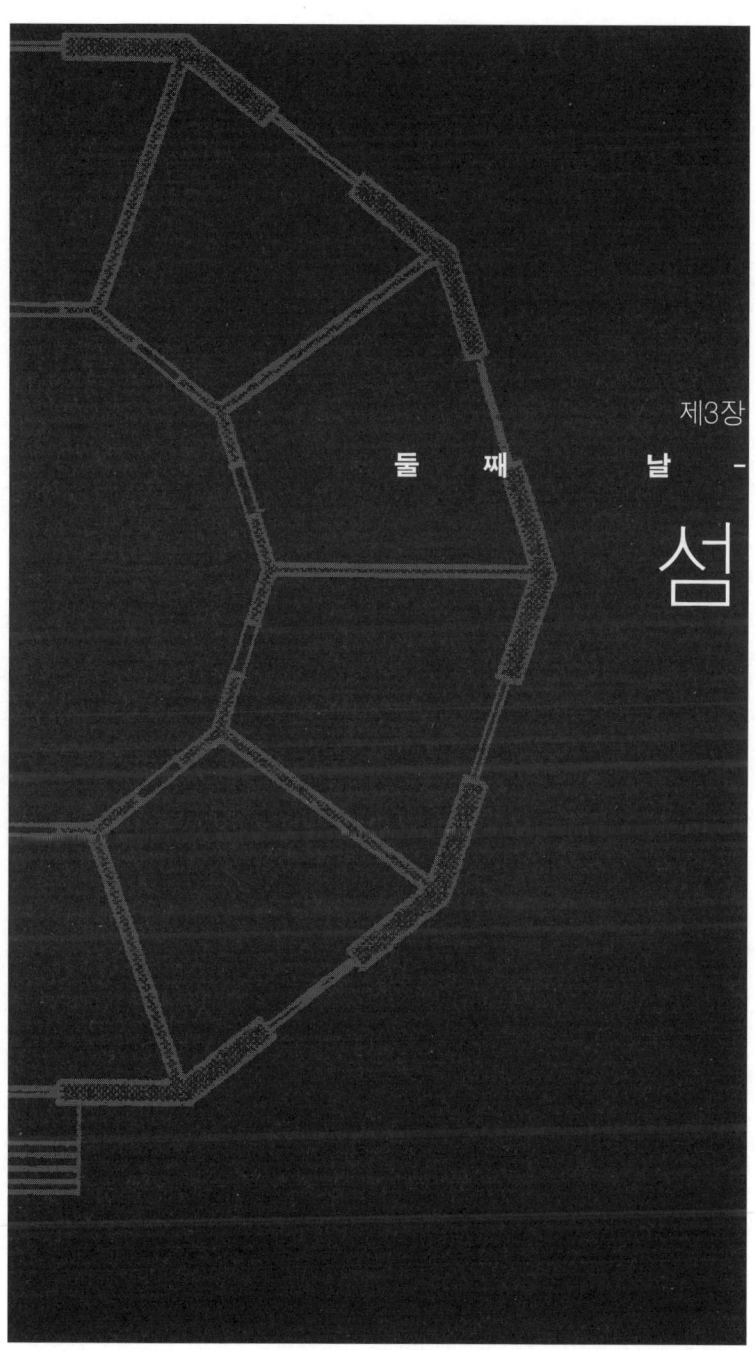

제3장

둘째 날 -

섬

1

 어중간하게 눈을 뜨고 말았다.
 어젯밤 방으로 돌아온 것이 새벽 2시경이었다. 바로 침대에 들어갔지만 잠이 오지 않아 어두컴컴한 방 안에서 눈만 멀뚱거리고 누워 있었다. 이상하게 마음이 편하지 않았다. 오늘 하루의 일들 가운데서 가장 싫은 일들만 떠올라 머릿속을 떠나지 않았다.
 엘러리, 반, 포, 아가사, 르루, 그리고 카. 그들 가운데 딱히 보기 싫은 사람이 있는 것도 아니다. 오히려 그녀는 대부분 사람들에게 호감을 가지고 있는 편이었다. 오직 그 속에 있는 자기 자신의 모습만이 싫을 뿐이었다.
 보통 때는 아무리 우울한 일이 있어도 집으로 돌아오면 그냥 편안해진다. 일단 방 안으로 들어가 버리면 그곳은 언제나 그녀 혼자만의 세계였다. 제멋대로 상상의 나래를 펴고, 그 속에 가만히 묻혀 있으면 그걸로 족했다. 그 속에는 가장 좋은 친구가 있고, 이상적인 애인이 있고, 그녀를 무조건 숭배하는 인간이 있었다. 그녀 자신도 최고로 매력적인 여자가 될 수 있었다.
 그러나…….

태어나서 처음 와 본 이 섬, 이 건물, 이 방. 이윽고 혼자가 되긴 했지만 마음은 불안하기 짝이 없다. 이미 이런 결과를 알고 있었음에도 불구하고……, 역시 오지 않았어야 했다.

그녀에게 있어 이번 여행은 어떤 특별한 의미를 지니고 있었다.

츠노시마, 십각관……, 다른 사람들도 다들 느끼고 있을까?

그녀는 알고 있었다. 그렇다, 이 섬이 작년 1월에 자신들의 실수로 죽은 그 아이의 고향이라는 것을.

나카무라 치오리는 그녀가 자신의 마음속을 다 드러내 놓았던 유일한 친구였다. 같은 전공, 같은 학년, 같은 나이……, 처음 교실에서 만났을 때부터 뭔지는 모르지만 자신과 비슷한 무엇을 느끼게 했다. 아마 치오리도 그랬을 것이다. 두 사람은 마음이 잘 맞았다. 몇 번 서로의 방을 방문하기도 했다.

'우리 아버지는 좀 특이한 사람이어서 츠노시마라는, 육지에서 떨어진 섬에 살고 있어'라고 언젠가 치오리가 말한 적이 있었다. 사람 만나기를 싫어한다고.

그 치오리가 죽었다. 그리고 그녀가 태어나고, 그녀의 부모가 죽은 이 섬에 지금 와 있는 것이다.

모독이 아닌 추도하는 심정으로, 그렇게 올치는 속으로 외치고 있었다. 다른 사람들에게 그 사실을 알리고 싶지는 않았다. 그러나 자신만은 그렇게 해야 한다고 생각했다. 치오리의 죽음을 애도하고 그 영혼을 위로할 수 있다면…….

그렇지만 도대체 나에게 그런 자격이 있단 말인가, 제멋에 겨워 그런 생각을 하는 것은 아닐까, 역시 이 섬에 왔다는 것 자체가 사자에 대한 모독이 아닐까…….

그런 상념에 사로잡혀 있다가 어느새 얕은 잠에 빠져 들었다. 현실과 비현실이 마구 뒤섞인 정체를 알 수 없는 꿈에 시달렸다. 꿈의 배경은 한결같이 어제 이 섬에서 보았던 풍경들이었다.

그래서 충분히 자지도 못하고 어중간하게 잠에서 깨어난 것이다.

창틈으로 스며드는 약한 빛에 의지하여 방 안을 둘러보았지만, 그녀는 그것이 꿈인지 현실인지 판단을 할 수 없었다.

파란 카펫으로 덮인 바닥. 침대는 창의 왼쪽에 고정되어 있다. 오른쪽 벽에는 창, 책상, 옷장, 거울……

올치는 천천히 몸을 일으킨 후 침대에서 내려와 창을 열었다. 바깥 공기는 조금 차가웠다. 하늘에는 하얀 구름이 엷게 깔려 있고 은은한 파도소리가 밀려 왔다.

베개 맡에 벗어둔 시계를 보니 8시. 그제서야 아침이라는 것을 실감할 수 있었다.

창을 닫고 옷을 갈아입었다. 검은 스커트, 하얀 블라우스 위에 체크무늬의 연두색 스웨터. 거울은 늘 스쳐가듯이 훑겨본다. 자신의 모습을 정면에서 똑바로 바라보지 않는다.

올치는 세븐노구를 챙겨 방을 나섰다.

아직 아무도 일어난 것 같지 않다. 십각형의 홀은 어젯밤의 소란이 거짓말처럼 조용히 가라앉아 있었다.

그리고……

깨끗이 정리된 중앙 테이블 위에 낯선 물건이 놓여 있는 것이 눈에 들어왔다. 천창에서 떨어져 내리는 햇살을 반사하여 일순 현기증을 느끼게 했다.

이상하다는 생각을 하면서 올치는 십각형의 테이블로 걸어갔다. 그리고 거기 있는 물체를 보는 순간 그 자리에서 꼼짝할 수 없었다.

'뭘까, 이건?'

테이블 위로 손을 뻗다가 황망하게 손을 빼 버렸다. 벌벌 떨며 서 있던 그녀는 세면을 뒤로 하고 아가사의 방문을 두들겼다.

★

[제 1피해자]   [제 2피해자]

[제 3피해자]   [제 4피해자]

[최후의 피해자]

[탐정]   [살인범]

세로 5센티미터, 가로 15센티미터 정도의 유백색 플라스틱 조각 일곱 장. 거기에는 빨간 글씨가 적혀 있었다.
"도대체 누가 이런 장난을 한 거야?"
놀란 듯이 눈을 깜빡이던 엘러리의 입가에 묘한 미소가 번졌다.
옷을 갈아입은 사람은 여자 둘 뿐, 나머지 다섯 명의 남자들은 모두 파자마 위에 가볍게 겉옷을 하나 걸친 차림이었다. 방금 아가사가 고함을 쳐서 모두 깨운 것이다.
"대담한 농담이군. 누구 소행이야?"
엘러리가 일동을 둘러보며 말했다.
"엘러리 선배 본인 아니세요?"
"난 아니야, 르루. 카 아니면 아가사겠지?"
"난 몰라."

"나도."

아가사는 미간을 약간 찌푸렸다.

"반, 너니?"

"난 모르는 일이야."

퉁퉁 부은 눈두덩을 손가락으로 문지르면서 반은 고개를 저었다.

"아가사가 발견했어?"

"아냐. 최초 발견자는 올치. 설마 올치는 아니겠지?"

"난 몰라요……."

올치는 도망치듯이 고개를 수그렸다.

일동의 시선이 자연스럽게 포를 향했다. 포는 털북숭이 얼굴을 찡그리며 말했다.

"난 절대로 모르는 사실이야."

"그럼 도대체 누구란 말이야!"

엘러리가 말했다.

"농담도 정도가 있는 거야. 이제 그만둘 때도 됐어."

그러나 아무도 나서는 사람이 없었다.

어색한 침묵 속에서 일곱 사람은 서로의 얼굴만 멀뚱멀뚱 바라보고 있었다.

"엘러리." 하고 포가 입을 열었다.

"이런 엉뚱한 짓을 할 만한 사람은 너 아니면 아가사밖에 없을 것 같은데?"

"그만 둬, 난 아니야."

"나도 아니야. 실례잖니?"

아침의 홀은 다시 정적에 감싸였다.

침묵은 점차로 그들의 마음을 불안하게 만들었다. 서로의 표정을 살피면서 그들은 한결같이 누군가가 웃음을 터트리며 이 모든 상황을 해소해 주기를 바랐다.

멀리서 파도소리만 들려왔다. 무거운 침묵의 공기 속으로…….

"맹세코 말하건대 나는 하지 않았어."

이윽고 엘러리가 무겁게 입을 열었다.

"정말 나서지 않겠다는 거니? 다시 한번 확인해 두지. 반?"

"난 모르는 일이야."

"아가사?"

"아니라고 했잖니."

"카?"

"흥! 난 아니야."

"포?"

"몰라."

"르루는?"

"아녜요."

"올치?"

올치는 겁에 질린 얼굴을 가로저었다.

또 한동안 파도소리만이 일곱 명의 공간 속을 파고들었다. 서서히 형태를 갖추어 가는 일곱 가지 색의 불안이 서로가 서로를 부추기며 상승되어 갔다…….

엘러리가 머리카락을 쓸어 올리며 입을 열었다.

"좋아. '범인'이라고 해도 되겠지? 우리들 가운데 그가 있다는 것은 틀림없는 사실이야. 이름을 밝히지 않는다는 것은 어떤 사악한 의도가 있기 때문일 테고. 그런 자가 이 가운데 하나, 혹은 복수로 존재한다는 것은 움직일 수 없는 사실이다."

"사악한 의도라니?"

아가사가 물었다. 엘러리는 퉁명스럽게 대답했다.

"내가 어떻게 알아. 뭔가 좋지 못한 생각을 하고 있다는 뜻이지."

"얼버무리지 마, 엘러리."

카가 비꼬듯이 입을 비죽거렸다.

"확실히 말해 버리면 되잖아? 이것은 다시 말해 살인예고……."

"카! 넘겨짚지 마!"

갑자기 고함을 지르며 엘러리는 카를 쩨려보았다.

"다시 한번 확인해 두자. 자신이 했다고 나설 사람 없어?"

전원이 서로의 눈치를 살피며 고개를 끄덕였다.

"좋아."

엘러리는 테이블 위에 늘어놓은 일곱 장의 조각을 모은 다음 의자에 앉았다.

"다들 앉는 게 어때."

엉거주춤 자리에 앉는 여섯 명을 바라보는 엘러리의 입가에는 평소 때의 여유 있는 미소가 떠올랐다.

"아가사? 미안하지만 커피 한 잔 부탁할까?"

"알았어."

아가사는 혼자서 부엌으로 들어갔다.

엘러리는 테이블을 둘러싸고 앉은 다섯 명의 얼굴과 자신의 손에 있는 조각을 말없이 번갈아 바라보았다. 모두들 도대체 무슨 말을 해야 좋을지 모르겠다는 표정들이었다.

잠시 후 아가사가 커피를 들고 부엌에서 나왔다. 김이 모락모락 나는 십각형의 컵을 받아들자 엘러리는 후루룩 커피를 한 모금 마셨다. 파자마 위에 걸친 짙은 녹색 스웨터 포켓에 양손을 찔러 넣은 채 일동을 향해 입을 열었다.

"이 섬에 있는 사람은 우리 일곱 명 뿐이다. 따라서 이 조각들을 여기 놓아둔 자는 우리들 가운데 있어. 그건 너무나 당연해. 그런데 누구 하나 나서는 사람이 없다. 즉, 우리 가운데 어떤 의도로 이것을 놓아두고, 또 그것을 고의로 숨기는 인간이 있다는 말이다. 조각들은 보이는 것처럼 플라스틱제. 서체는 고딕체. 붉은 도료를 스프레이로 뿌려 적은 거야. 이것만으로는 도저히 단서가 안 돼."

"그렇지만 엘러리 선배."

르루가 말했다.

"그런 글씨는 아무나 쓸 수 있는 게 아니잖아요? 어느 정도, 손재주가 없으면……."

"그럼 올치가 가장 수상쩍다는 말이군."

"엘러리 선배, 그런 말이……."

"이 가운데 그림을 잘 그리고 글씨를 잘 쓰는 사람을 들라면 역시 올치겠지. 올치, 반론해 봐."

"아녜요, 난."

"미안하지만 그런 말로는 반론이 성립되지 않아."

올치는 홍조 띤 볼에 손을 갖다대고 눈을 들어 올렸다.

"요즘은 잘라서 쓸 수 있는 글씨 책들이 많아요. 그것을 사용해서 본을 뜬 다음 스프레이로 뿌리면 누구라도……."

"OK. 그 말이 맞아. 게다가 손재주만 조금 있으면 나, 포, 반도 다 이 정도는 간단히 할 수 있어."

엘러리는 아직도 뜨거운 커피를 한꺼번에 주욱- 들이켰다.

"그 플라스틱 조각은 어때요?"

르루가 손을 뻗쳐 조각 한 장을 빼 들었다.

"정말 깨끗한 녹색이잖아요."

"기성제품은 아닐 거야. 실톱 같은 걸로 잘랐을 거야."

"물건을 놓아두는 받침대로 쓰는 걸까?"

"슈퍼마켓의 '일요목수 코너'에 가면 알 수 있어, 르루. 여러 가지 색의 크고 작은 플라스틱 판자들이 얼마든지 있으니까."

그리고 엘러리는 르루가 집어든 한 장을 원래 자리로 되돌리고 카드를 다루듯이 가지런히 정돈했다.

"어쨌든 이건 넣어 두자구."

엘러리는 자리에서 일어나 부엌 쪽으로 걸어갔다. 여섯 명의 시선이 실에 묶인 듯이 그 뒤를 따른다.

여닫이문을 열어 둔 채 엘러리는 식기 찬장 앞에 섰다. 빈 서랍을 찾아서 그 속에 조각을 전부 넣는다. 그리고는 홀 쪽으로 돌아오면서 고양이처럼 우아하게 하품을 한다.

"아니, 아니, 무슨 차림이 이래."

양손을 벌리고 그는 자신의 몸을 내려다보았다.

자는 건 늘렸으니까 옷이나 갈아입어야겠어."

엘러리가 방 안으로 사라지자 그 자리의 긴장감도 눈에 보일 듯이 사그라졌다.

여섯 명은 한결같이 한숨을 내쉬며 자리에서 일어섰다. 남자들은 각자의 방으로, 아가사는 올치와 함께 자신의 방으로 들어갔다. 그러나 누구도 홀을 떠나기 전에 일곱 장의 조각들이 든 찬장 서랍을 확인하려 하지 않았다.

3월 27일, 목요일. 이렇게 그들의 둘째 날이 시작된 것이다.

2

정오가 지났다.

마치 아무 일도 없었다는 듯이 점심 식탁은 조용했다. 오늘 아침에 일어난 일에 대해 입을 여는 사람은 아무도 없었다.

농담이나 가벼운 이야깃거리로 삼기에는 그것은 너무도 불길했고, 또한 심각하게 논의하기에는 너무도 비현실적이었다. 누구든 부엌 서랍 쪽에 신경을 쓰며 서로의 표정을 곁눈으로 살피면서도, 마치 그 일을 잊은 듯이 가장하기에 여념이 없었다.

아가사와 올치가 만든 샌드위치로 점심을 때운 다음 하나 둘 말 없이 자리를 떴다.

맨 먼저 일어난 것은 카였다. 면도 자국이 파르스름한 기다란 턱을 열심히 쓰다듬으며 문고본 두 권을 들고 밖으로 나가 버렸다. 이어서 포와 반이 일어서서 함께 포의 방으로…….

★

"자, 그 다음은 어느 놈일까?"

포는 굵직한 음성으로 중얼거리면서 바닥에 주저앉았다.

일곱 개의 객실은 똑같이 만들어져 있다. 포 방의 파란 카펫 위에는 만들다가 만 퍼즐이 놓여져 있었다.

"2000피스로군. 여기 있는 동안 다 맞출 수 있겠어?"

퍼즐을 피해서 방 안쪽으로 들어서자마자 반은 침대에 걸터앉았다. 포는 긴 수염에 덮인 두터운 입술을 가볍게 비죽거리며 말했다.

"두고 봐. 다 맞추고 말테니."

"낚시도 가야잖아. 회지에 발표할 원고도 써야 하고."

"아직 시간은 충분해. 어쨌든 오늘은 이놈의 코를 찾아야 해."

다다미 한 장 넓이나 되는 퍼즐의 가장자리는 벌써 완성되어 있었다. 곁에는 완성도가 그려진 상자 뚜껑이 놓여져 있다. 포는 그 그림을 살피면서 흩어져 있는 작은 조각들 사이를 뒤지고 있었다.

퍼즐의 그림은 들판에 여섯 마리의 여우가 놀고 있는 사진이다. 커다란 어미 여우가 한 마리, 그 주위에 귀여운 다섯 마리의 새끼 여우. 새끼 여우 한 마리의 코에 해당하는 부분이 포의 당면과제인 듯했다.

"응? 왜 그래? 반."

양손을 무릎 위에 올리고 괴로운 듯이 고개를 푹 수그리고 있는 반을 보고 포는 걱정스러운 듯이 물었다.

"아직 몸이 안 좋니?"

"아, 응. 조금……."

"그 통에 체온계가 들어 있어. 열을 재 봐. 아, 편하게 눕도록 해."

"응, 고마워."

체온계를 겨드랑이에 끼고 반은 중키의 여윈 몸을 침대에 눕혔다. 그리고 옅은 갈색의 머리카락을 손가락으로 쓸면서 포를 향해 말했다.

"포, 어떻게 생각하니?"

"응? 아, 이놈이다."

포는 작은 조각 하나를 집어 들었다.

"좋아, 좋아. 찾았어! 그런데 뭐라고? 반."

"오늘 아침 일 말이야. 포는 어떻게 생각해?"

손길을 멈추고 포는 무겁게 상체를 일으켜 세웠다.

"그 일 말이군……."

"장난 아닐까?"

"나는 단순한 장난으로 생각하는데……."

"그렇다면 왜 아무도 자신이 했다고 나서지 않지?"

"아직 그 다음이 있기 때문일 거야."

"그 다음?"

"그래, 농담의 후편."

포는 수염 속으로 집게손가락을 집어넣고 긁적긁적 턱을 긁었다.

"나도 여러 가지로 생각해 보았어. 예를 들면, 오늘 밤이라도 누군가의 커피에 소금이 들어가는 거야. 그가 바로 '제 1의 피해자' 인 셈이지."

"아항."

"그런 식으로 '살인범' 은 희희낙락하면서 범행을 계속해 간다. 마치 거대한 규모의 '살인 게임' 처럼 말이야."

"과연, 살인 게임이라……."

"엉터리 해석일지 모르겠지만 현실적으로 여기서 예고 살인이 일어날지도 모른다고 공포에 떠는 것보다는 훨씬 낫지 않을까?"

"그래, 소설도 아니니까. 그렇게 간단히 살인이 일어날 리가 없지. 응, 분명히 그래. 그럼, 포? 그 게임의 범인 역은 누구일까?"

"글쎄……, 그럴 듯한 인물이라면 우선 엘러리가 있겠지. 그러나 그놈은 아무래도 '탐정' 역을 맡은 것 같고……."

"그러고 보니 어제 엘러리가 누구 나에게 도전할 사람 없냐고 잘난 척했잖아. 그 말을 듣고 누군가가 범인 역을 자청하고 나선 것일까?"

"글쎄, 만일 그렇다면 그 자리에 있었던 나와 너, 그리고 르루 세 사람 가운데 누구인 셈이지. 오늘 아침의 그 플라스틱 조각은 미리 준비해 온 걸거야."

"그렇군. 엘러리 이외에 그런 장난질을 할 만한 놈은 역시 르루, 또는 아가사……."

"아니야. 역시 엘러리 같아. '탐정＝범인'이라는 패턴으로 말이야."

"그러고 보니 오늘 아침에 주도권을 쥐어가는 솜씨가 대단하더군."

"음, 체온계는? 반."

"아, 잊고 있었군."

반은 몸을 일으키고 스웨터 속에서 체온계를 끄집어냈다. 눈으로 온도를 확인하더니 언짢은 표정으로 그것을 포에게 건네주었다.

"역시, 열이 있었어."

포는 반의 얼굴을 보았다.

"입술도 메말랐어. 두통은?"

"조금……."

"오늘은 안정을 취하도록 해. 약은 가지고 있니?"

"약국에서 파는 감기약은 가지고 있어."

"그걸로 됐어. 오늘밤도 가능한 빨리 자도록 해. 여행까지 와서 몸이 아프면 무슨 꼴이겠니."

"알았습니다, 의사 선생님."

탁한 목소리로 대답한 다음 반은 침대에 벌렁 누워 멍하니 천장을 바라보았다.

★

점심 설거지를 마친 아가사와 올치는 홍차를 마시며 홀 테이블에 앉아 있다.
"아아아, 이런 일을 엿새나 더 해야 한단 말이지? 일곱 명이나 되니까 식사 준비도 만만치가 않은 걸."
아가사는 의자 뒤로 몸을 크게 젖혀 기지개를 켰다.
"어머! 이걸 봐, 올치, 이 손. 세제 때문에 거칠어졌어."
"핸드크림 있는데."
"나도 가지고 왔어. 난 늘 크림을 바르고 마시지를 하는 걸."
"공주님 손 같애."
머리카락을 동여맨 스카프를 풀면서 아가사는 '후후후' 하고 웃었다. 올치는 한쪽 보조개를 지으면서 십각형 컵을 작은 양손으로 감싸고 입으로 가져갔다.
"올치……."
부엌 쪽을 흘끗 보면서 아가사는 갑자기 화제를 바꾸었다.
"그 조각, 무슨 뜻일까?"
올치는 꿈틀하고 몸을 긴장시키면서 말없이 고개를 저었다.
"오늘 아침은 정말 기분이 음산했지만 곰곰이 생각해 보면 역시 짓궂은 장난에 지나지 않는 것 같아, 그렇잖니?"
"난 잘 모르겠어……."
올치는 불안하게 시선을 이리저리 돌리면서 애매하게 말했다.
"그런데 모두 모른다고 하지 않니. 그까짓 것 숨길 필요도 없을 텐데."
"바로 그거야, 올치."

"응……?"

"아무것도 아닌 걸 가지고 모두들 너무 심각하게 생각하는 것 같아. 요컨대 범인은 나서기가 민망해졌을 거야."

"난 잘 모르겠어."

"그럼, 범인은 누구라고 생각하니?"

"글쎄……."

"어쩌면 엘러리일지도 몰라. 그렇지만 그까짓 일로 곤란해 할 타입은 아니야, 엘러리는. 그렇다면, 르루일지도 몰라."

"르루?"

"그 친구 성격이라면 이리저리 머리를 굴릴 거야. 온종일 미스터리밖에 생각하지 않아, 르루라는 애는. 그러다 장난기가 발동해서 그런 짓을 저질렀을 거야."

올치는 긍정도 부정도 하지 않고 눈을 아래로 내리 깔았다. 그리고 작은 어깨를 동그마니 수그리며 혼잣말처럼 중얼거렸다.

"난 무서워……."

그것은 그녀의 본심이었다. 그 낱말들이 아무것도 아닌 장난질만은 아닌 듯한 느낌이 들었다. 뭔지 모를 악의가 느껴지는 음침한 의미의 메시지로 느껴졌다.

"역시 이 섬에 오는 게 아니었어."

"이제 와서 그런 말하면 뭐하니?"

아가사는 활짝 웃었다.

"차 마시고 나서 우리 바깥 공기나 쐬러 나갈까? 이 홀은 대낮인데도 너무 음침해. 게다가 주위의 벽이 십각형이어서 왠지 느낌이 묘해. 그러니까 아무것도 아닌 일에도 그렇게 민감해지는 거야, 그렇지 않아?"

★

작은 선창가에 걸터앉아 엘러리는 깊은 물속을 뚫어져라 바라보고 있었다.
"정말 마음에 걸려요, 엘러리 선배."
곁에 선 르루가 말을 걸었다.
"뭐가?"
"알잖아요? 오늘 아침의 그……."
"아아."
"설마 엘러리 선배가 범인은 아니겠죠?"
"그만 둬."
이 두 사람은 조금 전부터 계속 이런 대화만 주고받고 있다. 르루가 뭔가 질문을 던지면 엘러리는 얼굴도 돌리지 않고 시큰둥한 대답만 던질 뿐이다.
"'탐정'과 '살인범'이란 역할까지 있는 게 어쩐지 엘러리 선배 같은 느낌이 들어서요."
"내가 어떻게 알아."
"그렇게 남의 일처럼 말하지 마세요. 그냥 한번 말해 본 것뿐이니까요."
르루는 둥근 어깨를 쭈그리더니 그 자리에 앉았다.
"어차피 그건 단순한 장난에 지나지 않을 테니까요. 그렇게 생각하지 않아요?"
"그렇게 생각하지 않아."
딱 잘라 말하면서 엘러리는 코트 주머니에 양손을 찔러 넣었다.
"물론 그러기를 바라고는 있지만……."

"어째서 장난이 아니란 말이죠?"

"아무도 자기가 했다는 사람이 없으니까."

"그건 그렇지만……."

"게다가 너무 치밀하다는 생각이 안 들어?"

엘러리는 고개를 돌려 르루를 바로 보았다.

"두꺼운 종이에다 사인펜으로 쓴 것이라면 몰라도, 일부러 플라스틱 판자까지 구해서 고딕체로 종이를 자르고 거기에다 빨간 물감을 스프레이로 뿌렸으니……, 다른 사람들을 놀라게 할 생각이라면 그러진 않았을 거야. 나라면 그런 귀찮은 짓은 절대로 하지 않아."

"그렇지만……."

르루는 안경을 벗고 어색하게 렌즈를 닦았다.

"그럼 정말로 살인 같은 것이 일어난다는 말인가요?"

"가능성은 다분히 있다고 생각해."

"그, 그런……! 그런 무서운 말을 정말 간단히도 하는군요. 살인이란 사람이 죽는다는 의미죠? 그것도 한 사람도 아닌데, 그것이 살인예고라면 다섯 명이나……. 설마 그런 일이 있을라구……."

"너무 어이없다는 말이니?"

"당연하죠. 소설이나 영화도 아닌데……. 그 플라스틱 조각이 인디언 인형과 같은 역할을 한단 말이죠? 거기에다 '범인'이 '탐정'까지 죽이고 자살해 버린다고 해 봐요. 그야말로 『그리고 아무도 없었다』처럼 되어 버리겠네요."

"그렇겠지 뭐."

"도대체 왜 우리가 죽어야 한단 말이지? 왜죠? 엘러리 선배."

"낸들 어떻게 알아?"

그리고 잠시 두 사람은 묵묵히 바위를 쓰다듬는 파도만 멍하니 내려다보았다. 마음 탓인지 어제보다 파도소리가 더 거칠었고 물빛은 더 어두웠다.

"난 들어갈 거야, 르루, 여긴 추워."

3

파도소리는 구름에 메아리친다.
그 울림은 마치 거대한 거인이 코를 고는 소리처럼 들린다. 불안 속으로 가라앉는 그들의 마음을 마구 뒤흔드는, 그리고 불길한 예감 쪽으로 마음을 이끌어 가는…….
저녁식사를 막 마친 십각형의 홀은 어렴풋한 램프 불빛만이 깜박이는 어둠 속에 잠겨 들고 있었다.
"왠지 음침하지 않니?"
식후 커피를 나누어주면서 아가사가 말했다.
"이 홀의 벽 말이야. 눈이 이상해질 것 같아."
램프 불빛을 받아 마치 공중으로 붕 떠오른 듯이 보이는 열 개의 벽. 각각의 벽면은 정확히 144도의 각도로 접하고 있지만 빛의 강약에 따라 굽어보이기도 하고 예각으로 보이기도 한다. 반듯한 십각형을 그대로 드러낸 중앙 테이블 때문에 홀을 둘러 싼 벽은 더욱 비뚤어진 모습으로 눈에 비쳤다.
"정말이네. 구불구불하게 보여."
반은 손으로 충혈된 눈을 눌렀다.
"빨리 자, 반. 안색이 정말 안 좋아." 하고 포가 재촉했다.
"아직 낫지 않았니?"

아가사가 반의 이마에 손을 갖다 댔다.

"열이 있잖니. 안 돼, 반. 빨리 들어가서 자."

"아직 괜찮아. 일곱 시밖에 안 됐는데 뭘."

"그래도 안 돼. 무인도라구, 여긴. 의사도 없잖니. 만일 무슨 일이라도 생기면 어떡하려고 그래."

"응……."

"약은 먹었니?"

"자기 전에 먹을 거야. 그걸 먹으면 잠이 잘 오니까."

"그럼 지금이라도 먹고 자도록 해. 조심하는 게 좋아."

"알았어."

엄마에게 꾸지람을 들은 아이처럼 반은 풀죽은 모습으로 자리에서 일어났다. 아가사가 부엌에서 물병과 컵을 들고 와 건네주었다.

"그럼 먼저 잘게." 하고 반은 방문을 향해 걸어갔다.

바로 그때였다.

"그 어두운 방에 이렇게 빨리 들어가서 도대체 뭘 하는지 몰라."

낮고 뼈있는 목소리의 주인공은 카였다. 반은 손잡이를 잡으려던 손을 멈추고, 카를 돌아보았다.

"나는 그냥 자는 것뿐이야, 카."

"흥! 나는 네가 어둠 속에서 칼을 갈 것 같은 느낌이 드는데."

"뭐라고?"

"오늘 아침의 살인예고는 너의 소행이잖아."

"반, 상대하지 말고 빨리 들어가." 하고 엘러리가 말했다.

"어이, 참견하지 마, 엘러리."

그러는 카의 목소리는 소름이 끼칠 정도로 무섭게 들렸다.

"이런 상황에서 누구보다 먼저 반을 의심하는 것이 상식 아닐까?"

"그래?"

"생각해 봐. 이렇게 여러 사람이 한 군데 모여 있는데, 여기서 연속살인이 일어났다고 하자. 그럴 경우 대체로 그 모임의 초대자 아니면 주최자가 범인 또는 관련자라고 보는 것이 타당하지 않을까?"

"미스터리 소설이라면 그렇겠지."

"살인예고의 플라스틱 조각은 그야말로 미스터리에 쓰이는 도구에나 어울리는 거잖아. 그건 범인이 놓아둔 거야. 그런데 미스터리 방식으로 추측하는 게 뭐가 잘못 됐다는 거야?"

카는 턱을 치켜들었다.

"내 말이 틀려? 초대자 반!"

"농담은 그만뒀으면 좋겠어."

반은 물병과 컵을 팔에 낀 채 한 쪽 발로 바닥을 '탕-' 하고 굴렀다.

"잘 들어. 나는 그런 초대를 한 적이 없어. 백부가 이 섬을 손에 넣었다는 것을 알렸을 뿐이야. 여행의 주최자는 어디까지나 차기 편집장인 르루······."

"그 말이 맞아. 르루의 말을 듣고 우리 멤버와 함께 섬으로 가자고 적극적으로 일을 진행시킨 것은 바로 나야."

엘러리는 강한 어조로 말을 이었다.

"반을 의심한다면 같은 이유로 나와 르루도 의심할 필요가 있어. 그렇지 않다면 논리적으로 말이 안 돼."

"나는 사람이 죽고 난 다음에 이런저런 논리를 내세우는 탐정 따위는 꼴도 보기 싫어."

엘러리는 그 말에 어이가 없다는 듯 어깨를 으쓱했다.

"그러나 초대자가 범인이라는 패턴은 너무 치졸하잖아. 머리 좋은 범인이라면 취할 방법이 아니야. 나라면 초대를 받았을 그때를 멋지게 이용하겠는데……."

"도대체 무슨 말들을 하는 거야! 젠장."

반쯤 피다만 담배를 거칠게 비벼 끄면서 포가 고함을 쳤다.

"명탐정이니 머리 좋은 범인이니, 도대체 너희들 소설과 현실을 구별도 못 해? 어이, 반. 이런 나사 빠진 멍청이들은 상대도 할 필요 없어. 빨리 들어가서 자."

"뭐, 나사 빠진 멍청이라고?"

카는 끊임없이 달달 떨고 있던 발을 바닥에다 탁- 치며 내려놓았다.

"어느 나사가 빠졌단 말이냐?"

"왜, 내 말이 틀렸어? 조금만 상식적으로 생각해 보면 알 것 아냐?"

포는 불퉁한 표정으로 새 담배에 불을 붙였다.

"우선 지금과 같은 논쟁은 아무 소용이 없다는 것. 우리들이 이렇게 모인 것은 오늘만의 일이 아니야. 물론, 카의 말대로 반이 범인이고, 멋진 미끼를 던져 우리들이 걸려들기를 기다렸을 수도 있어. 엘러리 아니면 르루가 범인으로, 솔선해서 여행 계획을 세웠을 수도 있고. 아니면 카가 범인으로, 어떤 좋은 기회를 기다리고 있다가 이번에 그것을 실행에 옮겼을지도 몰라. 가능성이라면 얼마든지 있어. 그렇잖아?"

"포의 말이 맞아." 하고 아가사가 입을 열었다.

"다람쥐 쳇바퀴 도는 식의 논란일 뿐이야."

포는 태연하게 담배 연기를 뿜어내면서 말했다.

"그런데 말이야, 너희들은 그것을 애초부터 살인예고라고 결정해 버린 것 같은데, 그게 난센스가 아닐까? 미스터리라면 사족을 못 쓰는 사람들이 이런 음산하고 그럴듯한 장소에 모이지 않았니. 그것을 미스터리 놀이의 하나로 생각하지 못할 이유가 어디 있어?"

"예를 들면" 하고 포는 낮에 방에서 반과 나누었던 한 가지 해석을 일동에게 제시했다.

"바로 그거예요, 포 선배. 바로 그것."

르루가 손뼉을 치면서 좋아 했다.

"커피에 소금 말이지."

엘러리는 머리에 양손을 올리고 의자에 등을 기댔다.

"만일 범인이 커피에 진짜로 소금을 넣는다면 난 그의 센스에 감탄하고 말 것 같애."

"낙천적이고 정말 바람직한 의견이로군."

카는 떨떠름한 표정으로 자리에서 일어서더니 쾅쾅거리며 자기 방으로 들어가 버렸다. 그것을 지켜 본 다음 착 깔린 목소리로 반은 인사를 한 다음 자기 방으로 들어갔다.

"범인이 누구인지, 정말 일이 재밌어졌어."

아가사는 올치를 바라보며 웃었다.

"응, 정말 그래."

올치는 눈을 내리깐 채 작은 목소리로 맞장구를 쳤다.

포켓에서 등이 푸른 카드를 꺼내더니 하얀 테이블 위에 리본 모양으로 펼치면서 엘러리가 중얼거리듯 말했다.

"자, 누가 '제 1피해자'일까? 이건 정말 재미있는 게임이 되겠어."

그것은 씻을 수 없는 불안의 역설적인 표현이었는지도 모른다. 모두들 포의 의견에 귀가 솔깃한 듯했다. 오늘 아침부터 계속되었던, 질식할 것만 같던 긴장감이 일시에 해소되어 버린 듯이 보일 정도로.

그러나…….

적어도 그 시점에서, 그 살인예고의 글자가 문자 그대로의 의미를 가진다는 것을 아는 한 사람이 분명히 그 섬에 존재하고 있었던 것이다.

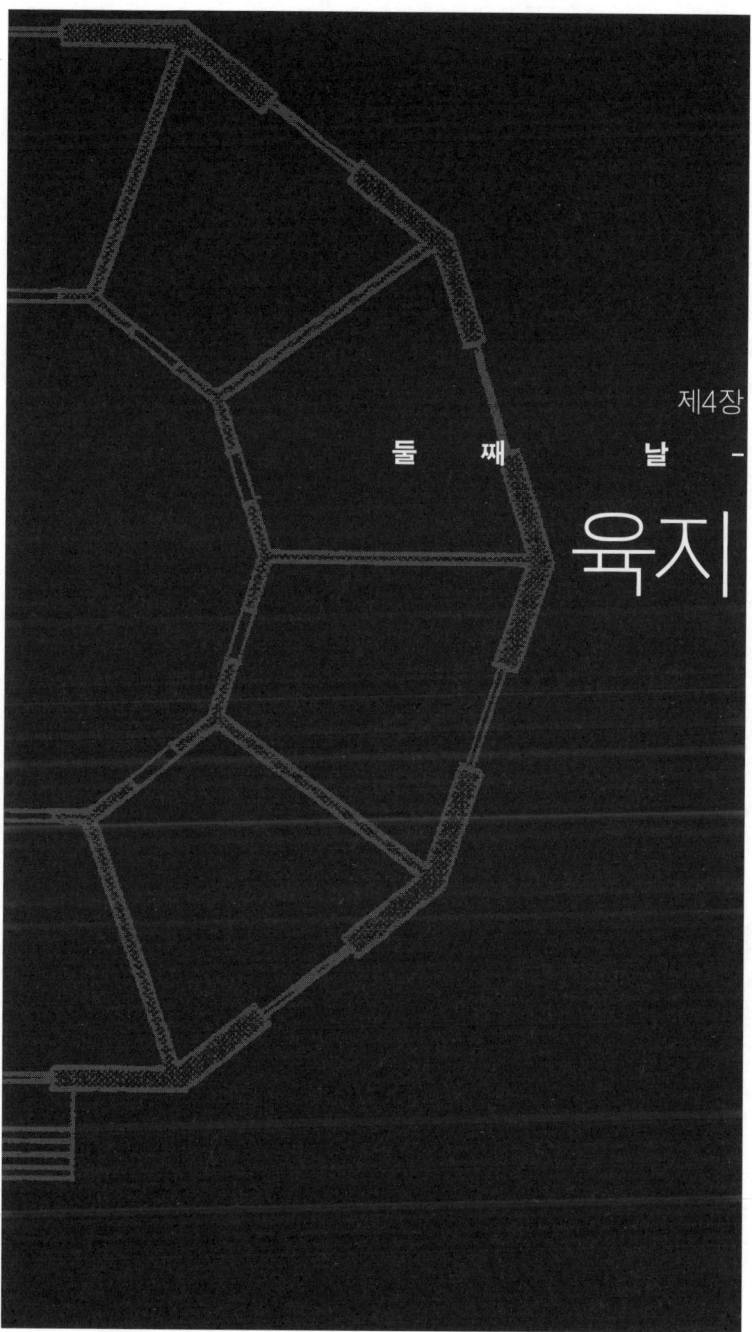

제4장

둘째 날 —

육지

1

 차는 19번 국도를 서쪽으로 달리고 있었다.
 곁에서 핸들을 잡고 있는 시마다 키요시의 얼굴을 곁눈으로 살필 때마다 가와미나미는 왠지 솟구치는 웃음을 참을 수가 없었다.
 대처승의 셋째 아들이 모는 이 차. 빨강색 패밀리아. 스웨터에 청바지의 터프한 차림에서 일변하여, 오늘은 회색 슈트, 화려한 선글라스. 그 하나하나가 어색하기 짝이 없었지만 시마다라는 남자의 분위기에 의해 묘하게 하나로 통일되는 듯한 느낌을 주었다.
 시마다에 의하면 행방불명된 정원사 요시가와 세이치의 아내 마사코는 지금도 아지무에 살고 있다고 한다. 오전 중에 주소를 확인하고 내친 김에 방문 약속까지 받아 두었다.
 벳부에서 산 쪽으로 들어가 울퉁불퉁한 길을 빠져 나간다.
 그리 넓지 않은 도로의 양쪽에 짚으로 엮은 텐트 같은 집이 늘어서 있다. 짚더미 사이로 하얀 김이 모락모락 피어오르고 있다. 그 속에서 입욕제 '유노하나〔湯花〕'를 채집하는 것이다.
 이윽고 우사 군으로 향하는 언덕길에 접어들었을 때 시마다가 입을 열었다.

"그런데 가와미나미 군. 그쪽은 어땠어?"

"에? 아, 미안합니다. 아직 보고 드리지 않았군요."

창에 기대 바깥 경치를 바라보던 가와미나미는 머리를 긁적이며 자리를 고쳐 앉았다.

"확인하지 못한 것도 있지만 그때 3차에 참가한 전원이 그 편지를 받은 것이 분명한 것 같습니다."

"흠. 그런데 그 가운데서 몇 명이나 그 섬에 갔을까?"

"확실한 숫자는 몰라요. 혼자 사는 학생이 많아서요. 그렇지만 3차 도중에 빠져나온 모리스와 나를 제외한 전원이……."

"역시 뭔가 냄새가 나는군."

"저도 그렇게 생각합니다. 모리스가 만일 여기 있었더라면 조금 더 신중하게 생각하여 정반대의 결론을 냈을지 모르겠지만요."

"정반대?"

"예. 즉, 그때 3차에 참가한 멤버가 우연히 지금 섬에 가 있는 것이 아니다. 원래 자주 모이는 사람들이기 때문에 모두 3차까지 갔을 것이고, 또 섬에도 갔을 것이다. 따라서 편지 건과 그들이 섬으로 간 사실에 어떤 의미를 두는 것은 무리라는 것이죠."

"하아, 묘한 논리로군."

"그 친구는 신중하니까요. 원래가 성실하고 곧장 앞만 보고 달리는 타입입니다. 그래서 매사에 더욱 신중해지는 것인지……."

"그렇다고 해도 어젯밤은 대단히 적극적인 탐정 역을 해내더군."

"예. 그래서 나도 조금 놀랐습니다. 원래 머리가 대단히 샤프한 친구이긴 하지만……."

가와미나미와 모리스는 가와미나미가 연구회에 소속되어 있을 때부터 명 콤비였다.

가와미나미는 호기심이 왕성하고 행동적인 남자다. 어떤 사물에 일단 흥미를 가지면 도저히 가만있지를 못한다. 그러나 너무 왕성한 호기심이 종종 사고를 단락화시키고, 직관에 의존하는 경향을 갖게 한다는 것을 그 자신도 너무나 잘 알고 있었다. 그리고 또 금방 불타올랐다가도 금방 식어 버리기 쉬운 나쁜 습성이 있다는 것도 스스로 잘 알고 있다.

한편 모리스는 가와미나미와는 다른 의미에서 대단히 정열적이지만, 평상시에는 절대로 그것을 밖으로 드러내지 않는다. 스스로 완전히 납득할 때까지 생각에 생각을 거듭하는 타입이다. 그 때문에 가와미나미에게 있어 모리스는 늘 성급한 판단과 행동에 브레이크를 걸어 주는 좋은 어드바이저이기도 했다.

'일단 안락의자 탐정 역을 맡겠다고 했지…….'

모리스에 너무도 어울리는 역할이라고 생각했다. 꼭 자신의 자질을 비하할 생각은 없지만, 아무래도 가와미나미 자신은 '왓슨' 역에 어울린다는 생각이 들었다. '홈즈' 역은 역시 모리스였다.

그런 생각을 하면서 가와미나미는 다시 시마다 키요시의 옆얼굴을 슬쩍 보았다.

'이 사람은 왓슨이나 레스트레드에 만족할 그릇이 아닌 것 같아.'

차는 이윽고 앞이 탁 트인 고원에 이르렀다. 키 큰 풀에 뒤덮인 경사지가 물결처럼 죽 이어져 있다.

"왼편에 보이는 산이 츠루미다케로군요."

"응……, 최근에는 행글라이더의 메카가 됐어."

"아직 멀었나요? 아지무까지는."

"조금만 더 가서 내리막길을 빠져나가면 우사 군으로 들어가. 거기서부터 다시 오르막길을 따라가면 아지무 고원이야. 지금이 한

시 반이니까, 도착하면 거의 세 시가 되겠군."

가와미나미는 허리에 손을 갖다대고 등을 쭉 펴면서 크게 하품을 했다.

"피로한가, 가와미나미 군?"

"아, 죄송합니다. 원래 올빼미 스타일이라 아침 일찍 일어나는 것이 무척 괴로워요."

"자도 괜찮아. 도착하면 깨울 테니까."

"죄송합니다."

가와미나미가 시트를 뒤로 눕히자, 시마다는 힘차게 엑셀을 밟았다.

2

가와미나미의 막연한 예상과는 달리, 현관에 나온 요시가와 마사코는 잔잔한 무늬가 든 기모노 차림의 겸손한 여자였다. 사악한 질투 때문에 네 명의 인간을 죽이고 잠적해 버린 한 남자의 부인이라는 선입견 때문에, 어딘가 끈적끈적한 느낌을 주는 여자일 것이란 예상이 완전히 빗나갔다.

실제 나이는 사십 초반 정도일 텐데, 마음고생이 심했던 탓인지 마사코의 얼굴은 피로에 절어 늙어 보였다.

"오늘 아침 전화를 했던 시마다라고 합니다. 이렇게 갑자기 무례한 용건으로……"

시마다의 말을 들으면서 부인은 공손히 머리를 숙였다.

"코지로 님의 친구 분이시라고요. 이렇게 먼 곳까지 일부러……."

"나카무라 코지로와는 면식이 있으시다고 들었습니다만."

"예. 정말 많은 신세를 지고 있습니다. 잘 아시겠지만 저는 요시가와와 결혼하기 전에 츠노시마의 저택에서 일을 하고 있었습니다. 세이지 님께서 그곳에 자리를 잡았을 때부터였습니다. 그것도 코지로 님의 소개로……."

"아, 그랬군요. 바로 거기서 남편과 알게 되셨군요."

"그렇습니다. 남편도 그 당시부터 저택을 출입하고 있었습니다."

"이 집은 남편이 원래 사시던 곳입니까?"

"예, 결혼했을 당시는 O시에 살고 있었지만, 이곳의 부모님 건강이 좋지 않으셔서……."

"꽤 먼 곳에서 출퇴근을 하셨군요."

"이쪽으로 이사를 하고부터 정원 일은 츠노시마의 저택과 코지로 님 댁밖에 하지 않았습니다."

"아, 저쪽 정원도 남편께서?"

"예……."

"그런데 오늘 이렇게 찾아뵙게 된 것은 이런 것이 여기 있는 가와미나미 군에게 날아왔기 때문입니다."

시마다는 가와미나미가 받은 그 편지를 부인에게 보여 주었다.

"이것은?"

"누군가가 돌아가신 세이지 씨의 이름을 도용해서 쓴 편지입니다. 코지로 씨에게도 이와 비슷한 편지가……."

"아……."

"그래서 이것이 츠노시마의 사건과 어떤 관계가 있지 않을까 해서 말이죠. 혹시 뭔가 참고가 될 만한 이야기라도 들을 수 있지 않을까 하는 생각으로…….”

"예…….”

마사코는 당혹감을 감추지 못하다가 이윽고 얼굴을 들어 올리면서 입을 열었다.

"자, 안으로 들어오시지요. 괜찮으시다면 남편의 영전에 향이라도…….”

★

시마다와 가와미나미는 어두컴컴한 집 안으로 들어갔다.

두 사람과 마주하고 정좌를 한 마사코의 등 뒤로 작은 불단이 보였다. 새 위패가 어둠 속에 하얗게 떠올라 있었다.

"결국 남편은 발견되지 않았습니다. 해가 바뀌고 지난달에는 돌아가셨을 것이라 체념하고 장례식을 치렀습니다.”

그렇게 말하고 마사코는 눈두덩을 손으로 눌렀다.

"그러나 부인, 남편이 어딘가에 살아계실 가능성은 아직…….”

"살아 있다면 당연히 연락이 있었겠지요.”

"그러나…….”

"이것만은 분명히 말씀드려 두고 싶군요. 남편은 절대로 그런 무서운 짓을 저지를 분이 아니라는 것을. 세상에 떠도는 소문은 여러 가지로 듣고 있지만 저는 결코 믿지 않습니다. 남편을 직접 아시는 분은 모두 그런 말들을 하십니다.”

마사코의 어조는 단호했다. 시마다는 가만히 고개를 끄덕였다.

"남편이 츠노시마로 간 것이 그곳 저택에 불이 나기 사흘 전이었다고 하는데, 정확히 언제였지요?”

"9월 17일, 이른 아침에 출발했습니다."

"그 후 20일 아침에 불이 나기까지 혹시 남편이 연락하지는 않았습니까?"

"예, 출발한 그날 오후에 한 번……."

"전화로……?"

"예, 무사히 도착했다고."

"그때 뭐 이상한 점은 없었던가요?"

"평상시와 다름없었습니다. 단지 부인께서 편찮으신 것 같다고."

"카즈에 부인이?"

"예. 모습이 보이지 않아 세이지 님에게 물어보았더니 몸이 아파 누워 있다고 하더랍니다."

"아하."

시마다는 코끝을 손가락으로 문지르면서 입술을 뾰족 내밀었다.

"실례인 줄 알지만 한 가지 물어보겠습니다. 남편이 그 카즈에 부인에게 호의를 품고 있었던 것으로 볼 만한……."

"남편도 서노 부인을 정말 좋아했습니다."

마사코는 창백한 표정으로 그렇게 말했다.

"아까도 말씀드렸지만, 남편은 결코 세상 사람이 추측하는 그런 짓을 할 사람이 아닙니다. 남편이 부인에게 연정을 품는다는 것은 있을 수 없는 일입니다. 게다가……."

"뭡니까?"

"남편이 세이지 님의 재산을 노렸다는 소문도 정말 터무니없는 것입니다. 무엇보다 생명이 위태로울 정도의 재산은 이미……."

"이미? 거기에는 없었다는 말인가요?"

"정말 쓸데없는 말을 했나 보군요."

"아닙니다. 마음에 두지 마십시오. 그 심정 충분히 이해합니다."

시마다의 푹 꺼진 눈 저 깊은 곳에서 빛이 번득였다.

"세이지의 재산은 이미 남아 있지 않았다······."

입 속으로 중얼거리다가 문득 생각났다는 듯이 다시 질문했다.

"세이지 씨와 동생 코지로 씨는 사이가 그리 좋지만은 않았다는 이야기가 있는데, 거기에 관해서는 어떻게 생각하십니까?"

"저······."

마사코는 모호하게 말을 얼버무렸다.

"세이지 님은 아시는 것처럼 좀 특이하신 분이라서······."

"코지로 씨가 섬을 방문하는 일은?"

"제가 일을 하고 있었을 때는 비교적 자주 왔었지만, 그 후는 거의 방문하는 일이 없었다고 합니다."

"부인께서 일을 하고 계실 때까지, 흠."

"저······."

그때까지 가만히 두 사람의 대화를 듣고만 있던 가와미나미가 끼어들었다.

"나카무라 치오리를 아시는지요? 실은 같은 대학에서 알고 지내던 사이입니다. 그 때문에 시마다 씨가 보여주었던 편지를 받게 되었던 것입니다."

"그 따님 말씀이군요."

마사코는 낡은 다다미로 눈길을 떨어뜨렸다.

"어릴 적 얼굴은 지금도 분명히 기억하고 있습니다. 내가 섬을 나온 다음에 남편에게서 이야기만 전해 들었지요. 불쌍하게도, 그렇게 젊은 나이에, 그런 일이······."

"치오리는 몇 살 때까지 섬에 살았습니까?" 시마다가 물었다.

"유치원 들어가는 해에 할아버지 댁에 맡겨졌을 겁니다. 섬으로 오는 일은 거의 없었고, 가끔 부인께서 O시로 가서 만난다고 남편이 그러더군요. 부인은 그 애를 정말 귀여워했다고……."

"세이지 씨는?"

시마다는 몸을 앞으로 기울였다.

"아버지인 세이지 씨는 어땠습니까? 딸에 대해서."

"그건……."

마사코는 그 질문에 무척 당혹스러워 했다.

"아마도 세이지 님은 아이를 그렇게 좋아하지 않았던 것 같았습니다."

3

그럭저럭 2시간 넘게 이야기를 나눈 셈이었다. 아지무의 요시가와 집을 나선 것은 5시가 넘어서였다. 두 사람이 벳부에 도착한 것은 도중에 저녁 식사를 한 탓도 있고 해서 9시가 넘었을 때였다.

장시간 운전 때문에 시마다는 피로에 지친 듯했다. 간혹 앞에서 다가오는 자동차의 헤드라이트 불빛을 받을 때마다 혀를 차기도 했다.

"잠시 코지로의 집에 들르고 싶은데, 괜찮겠지?" 하고 시마다는 가와미나미의 의견을 물었다.

괜찮다고 대답은 했지만 솔직히 썩 내키는 일은 아니었다. 아지무를 나선 이후로 허탈감에 사로잡혀 있었기 때문이다.

수면부족과 피로가 원인이었다.

그러나 정신적인 면에서도 뭔가 김이 새 버린 듯한 나른함을 느끼고 있었다.

부푼 가슴으로 먼 길을 나서긴 했지만 거의 아무런 소득도 얻지 못했기 때문일 것이다. 물론 처음부터 명확한 단서를 얻으리라는 기대는 하지 않았다 하더라도, 조금이나마 유용한 정보를 얻을 수 있을 것이란 기대는 했었다.

'그렇다면 요시가와 마사코에게도 세이지 이름으로 편지가 와 있었더라면 나는 만족했을까?'

가와미나미는 왠지 자기 혐오감에 빠져 들었다.

뜨거워지기도 쉽고, 식기도 쉬운 그런 자신의 습성은 잘 알고 있다. 결국 자신이 어린애 같다는 결론에 도달했다. 어린아이가 새 장난감을 원하듯이 자신은 늘 자극적인 것을 추구하였고, 그 새로운 것의 움직임이 단조로워지면 금방 싫증을 내버리는 것이다.

드디어 두 사람은 칸나와의 코지로 집에 도착했다.

조용한 밤이었다. 하늘에는 엷은 구름이 깔려 있었고, 누르스름한 빛을 내며 어둠에 빨려들 것만 같은 달이 떠있었다.

시마다가 벨을 눌렀다. 집 안에서 벨이 울리는 소리를 밖에서도 들을 수 있었다. 그러나 아무런 대답이 없었다.

"이상한데? 불은 환히 켜져 있는데 말이야."

이상하다고 중얼거리면서 시마다는 한 번 더 벨을 울리고, 두세 번 문을 두들겼다.

"벌써 잠들었나?"

뒤로 돌아가려다 시마다는 문득 가와미나미 쪽을 바라보았다. 가와미나미는 문기둥에 기대어 눈을 감고 있었다.

"아니, 오늘은 이만하지. 다음에 오자구. 가와미나미 군, 오늘 참

고생이 많군. 무척 피로해 보여. 빨리 가세."

★

국도로 나와 O시로 향했다.

시마다가 창문을 조금 열었다. 바다 내음을 실은 밤바람이 차 안으로 밀려들었다.

"가와미나미 군, 춥나?"

"아닙니다. 괜찮은데요……."

여전히 허탈감과 자기 혐오감에 사로잡힌 채였다.

"미안하이. 아침부터 너무 고생을 시켜서."

"아닙니다. 제가 오히려 죄송할 따름입니다. 마치 얼이 빠진 듯한 기분입니다."

"마음에 두지 말게. 너무 피로해서 그럴 뿐이니까."

말 그대로 시마다는 그리 나쁜 기분은 아닌 듯했다. 왼손을 핸들에서 떼고 잔잔히 눈을 비비고 있었다.

"나도 잠시 맥이 빠졌지만, 오늘의 아지무 방문은 대단한 수확이었다는 확신을 가지게 되었지."

"그건 또 왜요?"

"예상이 빗나간 것은 요시가와 세이치의 소식에 관해서야. 즉, 요시가와가 어떤 식으로든 살아 있다면 아내에게 연락을 취할 가능성이 있을 것이란 생각을 했지. 그런데 그런 기색이 전혀 없었단 말이야."

"아무리 그렇지만 행방불명된 지 반년밖에 안 되었는데 벌써 장례식까지 치렀다니 오히려 뭔가 있는 것 같은 느낌이 들지 않습니까?"

"물론 그럴 수도 있겠지만 내가 보는 한, 그 마사코라는 여자는 절대 거짓말을 할 수 없는 성격이야. 정직하고 마음 좋은 것이 그녀의 최상의 미덕일세."

"아……."

"이래봬도 사람 보는 눈 하나만큼은 날카롭다고 자부해. 다시 말해 스님의 감이란 것이지."

시마다는 혼자서 픽- 하고 웃었다.

"어쨌든 오늘 만난 것만 가지고 보면 우리의 예상이 완전히 빗나갔다고 할 수 있어. 가와미나미 군, 담배 한 대 줄래?"

"담배요?"

가와미나미는 놀라서 물었다. 시마다가 담배 피우는 것을 본 적이 없기 때문이다.

"제 담배는 세븐스타입니다."

갑째 내밀자 시마다는 전방에서 시선을 떼지 않고 능숙하게 한 개비를 빼 들고 입에 물었다.

"몇 년 전까지는 정말 대단한 줄담배였지. 그러다 한번 폐에 이상이 생기고부터 딱 끊었어. 하루에 한 개비. 권태로운 생활 속에서 이것 하나만큼은 철저히 지켜."

불을 붙이자 시마다는 정말 맛있게 연기를 빨아들였다.

"그런데 말이야, 큰 수확이란 무엇인고 하니, 세이지에게는 재산이라 할 만한 것이 거의 없었다는 것이야. 그것이 사실이라면 요시가와 범인설은 거의 설득력이 없어지고 말아."

"카즈에 부인을 사랑했다는 가설은?"

"왠지 그 가설은 처음부터 무리라는 생각이 들었어. 억지로 끼워 맞춘 듯한 느낌말이야. 언젠가 코지로와 이 사건에 대해 이야기를 나눌 때 그가 강하게 말하던 사실이 하나 있었어. 카즈에는 집을 들락거리는 정원사와 정을 통할 그런 사람이 아니라고. 요시가와에 대해서도, 코지로는 그 남자가 부인에게 연정을 품으리라고 볼 수 없다고, 오늘 마사코 부인과 같은 이야기를 하더군."

"그럼 요시가와 씨는 범인이 아니겠군요?"

"거의 확실하다고 봐야겠지."

시마다는 필터 바로 위까지 재로 변해 버린 담배를 아깝다는 듯이 조심스럽게 재떨이 속에 밀어 넣었다.

"거기에 한 가지, 오늘 이야기를 듣고 떠오른 생각인데 왠지 세이지와 코지로 형제의 사이가 나빴던 데에는 그 사이에 카즈에 부인이 있었기 때문이 아닐까 하는 생각이 든단 말이야."

"카즈에 부인을 사이에 두고?"

"즉, 그녀에게 불륜의 상대가 있었다고 한다면 그것은 요시가와가 아니라 바로 코지로라는 것이야."

"고지로 씨와 카즈에 부인이 말입니까?"

"그래. 생각해 보니 그런 것 같애. 작년에 사건이 터지자 코지로는 일주일, 아니 이주일이나 집에 틀어박혀서 마치 폐인처럼 지냈어. 그것은 세이지의 죽음보다도 오히려 카즈에 부인의 죽음에 쇼크를 받았기 때문이 아닐까, 그런 생각이 드는 거야."

"그럼 시마다 씨, 그 사건의 범인은……?"

"한 가지 생각을 갖고 있긴 해. 때가 되면 이야기 할게. 오늘 일을 모리스에게 보고해야겠지?"

"아, 그렇군요."

가와미나미는 핸들 옆의 시계를 보았다. 10시 40분.

해안을 따라 O시로 이어지는 국도를 달리는 차는 몇 대 되지 않았다. 깜빡이는 빨간 미등을 켜고 달리고 있는 커다란 트럭, 도로 곁의 선로 위를 달리는 열차의 길다란 빛…….
"전화해 달라고 했는데, 어차피 지나는 길이니 들러 볼까요?"
시마다의 은근한 말솜씨에 가라앉았던 기력이 조금 회복된 것 같기도 했다. 그것을 알았는지 몰랐는지 시마다는 눈을 가늘게 뜨면서 입을 연다.
"모리스. 괜찮은 이름이야."

4

"오늘 하루 탐정놀이에 지쳐 버릴 줄 알았는데 잘도 견뎌내네."
홍차를 넣은 컵에 뜨거운 물을 부으면서 모리스는 반쯤 놀리는 듯한 말투로 말했다.
"생각 밖인데. 시마다 씨가 같이 있어서 그런가?"
"넌 너무 아는 게 많아."
가와미나미는 조금 겸연쩍은 듯이 웃었다.
"조사 보고를 하려고, 탐정님."
가와미나미는 오늘 두 사람이 입수한 정보를 요령 있게 정리해서 보고했다.
"흠, 그랬었군."
모리스는 벌써 두 잔째의 홍차를 설탕도 넣지 않고 깨끗이 마셔 버렸다.
"그래서 내일은 뭘 할 생각이지? 왓슨 군."

"그런데 내가 왜 이러는지 모르겠어."

가와미나미는 그 자리에서 몸을 기울였다. 한쪽 다리를 세워 그 위에 머리를 기댔다.

"솔직히 말해 조금 김이 빠진 느낌이야. 봄 방학이 너무 길어서 심심해진 것 같기도 하고. 매일 밤 마작만 해댔으니. 거기에다 '사자로부터 온 편지' 사건까지. 그걸 어떻게 무시할 수 있겠니. 이건 뭔가 있다고, 내가 누구니, 안 나설 수야 없었지만서도……."

"어이, 별볼일없는 자기 분석은 그만둬. 시마다 씨가 재미없어 하잖아."

시마다는 툭 튀어 나온 턱을 손가락으로 집으면서 빙긋 웃었다.

"심심풀이로 이보다 더 좋은 놀이가 어디 있을까. 너무 바빠서 상상력을 죽여 버리는 것보다는 훨씬 더 건전하다고 생각해. 나나 가와미나미 군이나 똑같아. 시간이 남아서 미칠 지경이 아닌 다음에야 이런 일에 뛰어들 사람이 누가 있겠어? 물론 호기심이 왕성해서 이런 일을 좋아하는 탓도 있지만 말이야. 그런데 모리스 군."

"예?"

"안락의자 탐정에게 한 가지 묻고 싶은데?"

"내 그럴 줄 알았어요."

모리스는 마른 입술을 침으로 축이면서 싱긋 웃었다.

"사실 어제 이야기를 들을 때부터 한 가지를 줄곧 생각하고 있었습니다. 단, 이것은 추리를 떠나 거의 억측에 가까운 일이라 함부로 이야기해서 그대로 받아들이면 곤란하지만 말입니다."

"흠, 가와미나미 군의 말대로 자네는 역시 신중파로군. 뭔데?"

"신중파치고는 대담한 억측인데……, 의외로 시마다 씨도 같은 것을 생각하고 있는지 모르겠습니다."

"그런 느낌이 들어."

"그럼 말을 하죠. 뭐냐 하면……."

모리스는 시마다에서 가와미나미 쪽으로 눈길을 돌렸다.

"왜 네가 이런 말을 안 하는지 정말 이상해. 츠노시마 사건의 패턴은 저 유명한 '얼굴 없는 사체'가 아닐까 하는 거죠."

"앗!" 하고 가와미나미가 비명을 질렀다.

"물론 단언하는 것은 아니야. 어디까지나 이것은 하나의 가능성에 지나지 않기 때문에……."

모리스는 세 번째의 홍차 팩을 넣으면서 천천히 말을 이어갔다.

"피고용인인 기타무라 부부는 도끼로 머리를 맞아 죽었어. 화재로 사람 얼굴을 식별하는 데는 어려움이 따르긴 하지만, 여기에는 이른바 '얼굴 없는 사체'의 트릭이 파고들 여지는 거의 없는 것 같아. 카즈에 부인의 사체도 사라진 손목 이외에는 문제로 삼을 만한 것은 없어. 여기서 주목해야 할 것은 아무리 생각해도 세이지의 것으로 판명된 사체가 아닐까? 그렇잖아? 전신에 석유를 뿌려 불에 탄 사체야. 머리는 물론이고 몸의 상처나 수술 자국 같은 것이 있었다 하더라도 확인할 방법이 없어. 경찰이 무슨 증거로 세이지의 사체라고 단정했는지는 몰라도, 그것이 전혀 다른 사람의 사체였을 가능성도 생각해 볼 수 있어. 게다가 때맞춰 행방불명된 정원사가 있단 말씀이야, 시마다 씨?"

"뭔가? 명탐정."

"혹시 세이지와 요시카와 세이치의 나이나 체격을 이미 조사해 보지 않았습니까?"

"하하하, 과연 날카로워."

시마다는 기분 좋게 이를 드러내고 웃었다.

"요시가와는 세이지와 같은 나이로 당시 마흔 여섯이었어. 체격은 둘 다 중키에 보통. 덧붙여 혈액형도 같은 A. 불에 탄 사체의 혈액형도 물론 A."

"어떻게 그런 것을 조사할 수 있었지요?"

가와미나미가 놀라서 묻자 시마다는 겸연쩍은 듯이 볼을 문지르며 말했다.

"아, 아직 말하지 않았었지? 경찰에 조금 아는 사람이 있어서 말이야. 그런데 모리스 군. 가령 나카무라 세이지와 요시가와 세이치가 바뀌었다고 하자. 그렇다면 어떻게 그 사건의 경위를 재현할 수 있지?"

"그렇습니다. 우선……."

모리스는 이마에 손을 대고 허공을 올려다보았다.

"처음에 살해당한 사람이 카즈에 부인이라고 했죠. 추정 사망시각은 17일에서 18일 사이. 요시가와 세이치가 섬에 도착하여 마사코에게 전화를 한 것이 17일 오후니까, 아마도 이 시점에서 부인은 이미 살해당했을 것입니다. 그녀의 모습이 보이지 않는다고 이상하게 생각하는 요시가와에 대해 세이지는 아파서 누워 있다고 속였습니다. 사실은 이미 수면제를 먹여서 잠을 재운 다음 교살한 상태였을 겁니다.

그 다음으로, 발각될 것을 두려워 한 세이지는 기타무라 부부와 요시가와를 죽일 결심을 한 것입니다. 세 사람에게 약을 먹이고 밧줄로 묶습니다. 그리고 19일, 기타무라 부부를 도끼로 살해합니다. 그 후 잠을 재워 둔 요시가와를 카즈에 부인의 사체와 같은 방으로 옮겨 밧줄을 풀고, 자신의 옷으로 갈아입힌 다음 등유를 뿌립니다. 그리고 집에다 불을 지르고 섬을 탈출하는 것입니다.

이렇게 해서 범인 세이지와 피해자인 요시가와의 '바꿔치기'가 성립한 것입니다. '얼굴 없는 사체'의 전형적인 패턴이죠. 단, 이렇게 추론을 해도 불명확한 점이 몇 가지 남습니다. 당장 떠오르는 것만도 네 가지."

"흠, 그게 어떤 거지?"

시마다가 그 다음을 재촉했다.

"첫째, 그 동기입니다. 도대체 세이지는 무슨 이유로 20년이나 같이 살아 온 부인을 죽여야 했을까? 광기라고 하면 그만이겠지만, 미친 사람에게도 나름대로 이유가 있는 법입니다.

둘째, 이것은 어젯밤에도 했던 말인데, 잘려진 손목입니다. 세이지는 왜 부인의 손목을 잘라야 했을까? 그리고 그것을 어디에 두었을까?

셋째, 범행시간의 간격입니다. 처음에 부인을 죽인 것이 17일. 마지막으로 요시가와를 살해한 것이 20일 미명. 그 사흘간 세이지는 도대체 무엇을 했을까?

마지막으로 그런 범행을 저지른 세이지는 어떻게 섬을 탈출했고, 지금은 어디에 몸을 숨기고 있는가 하는 것입니다."

시마다가 입을 열었다.

"자네가 지금 열거한 의문점 가운데 첫 번째 건에 관해서는 대답을 할 수 있을 것 같은 생각이 들어."

"카즈에 부인을 죽인 동기에 대해서 말인가요?"

"그래. 물론 이것도 아까 자네가 말했던 억측의 범위를 벗어나지 못하는 것인지도 모르겠지만."

"질투?"

모리스가 나지막하게 말하자 시마다는 입술을 오므리면서 고개를 끄덕였다.

"아무렇지도 않은 감정이라도 그것이 오랜 세월을 지나면서 세이지와 같은 천재의 마음속에 쌓이고 쌓이면 엄청난 광기로 변할 수 있는 법이라네, 어때, 가와미나미 군?"

"뭘 말씀입니까?"

"오늘 요시가와 마사코가 나카무라 치오리에 관해 말한 내용을 기억하고 있어?"

"예, 물론 기억하고 있습니다."

"그녀는 이렇게 말했다네, 치오리가 섬으로 돌아오는 일은 거의 없었다고. 그리고 카즈에 부인은 딸을 무척 사랑했지만, 세이지 쪽은 어떻다고 했지?"

"그는 어린아이를 그다지 좋아하지 않는 성격인 것 같다고 말하더군요."

"바로 그거야. 세이지는 딸을 그리 귀여워하지 않았다는 사실."

"그러고 보니 치오리의 장례식 때도 상주의 이름은 그녀의 아버지가 아니었어요."

"내가 무슨 말을 하고 싶은지 이제 알겠지?"

시마다는 가와미나미와 모리스의 얼굴을 번갈아 바라보았다. 가와미나미는 고개를 끄덕였다. 모리스는 눈길을 돌렸다.

"치오리는 세이지의 딸이 아니었다는 말씀이군요?"

"바로 그거야, 모리스 군."

"그럼 누구의 딸이죠?"

"나카무라 코지로. 마사코의 말에 따르면 그녀가 요시가와와 결혼하여 그 집을 떠나기 이전에는 코지로 씨가 가끔씩 섬에 들렀다고 했어. 즉, 처음부터 형제 사이가 나빴던 것은 아니야. 그리고 추측건대 코지로가 갑자기 섬에 나타나지 않게 된 시점이 치오리가 태어나는 시점과 거의 일치하지 않을까 하는 생각이 들어. 어때? 모리스 군."

"글쎄요……."

모리스는 유리 테이블 위의 담배를 집으면서 말했다.

"그래서 오늘 돌아오는 길에 코지로의 집에 들러 보았습니까?"

"그래. 코지로를 만나 한번 마음을 떠볼 참이었지."

"시마다 씨."

도저히 견딜 수 없는 기분으로 모리스는 말했다.

"그런 건 그만두는 게 좋을 것 같습니다."

"아니, 갑자기 왜?"

시마다는 조금 당황한 듯이 물었다.

"주제넘은 말일지 모르겠지만, 아무리 시마다 씨가 코지로 씨와 친한 사이라 해도 거기까지 파고드는 것은 좀 심하지 않을까요?"

모리스는 조용한 눈길로 시마다의 얼굴을 바라보았다.

"우리 셋이서 이런저런 이야기를 나누는 것은 아무런 죄가 되지 않을 것입니다. 그러나 우리들의 추측으로 타인의 프라이버시를, 게다가 그 사람이 가장 숨기고 싶어 하는 부분을 건드리는 것만큼은 피해야 한다고 생각합니다."

"그러나 모리스, 어제 요시가와 세이치의 아내를 실제로 방문해 보는 게 좋겠다는 의견을 낸 것은 너잖아." 하고 가와미나미가 반론을 펼쳤다.

모리스는 작게 한숨을 내쉬었다.

"경솔한 말을 했다고 오늘 하루 종일 후회했었어. 나도 호기심과 양심 사이에서 정말 복잡한 심경이었어. 어제는 아무 생각 없이 그냥……, 역시 재미로 그런 일을 하는 것은 좋지 않은 것 같애. 특히 하루 종일 산에서 석불을 마주하고 있노라면 더욱 그런 느낌이 들어.”

모리스는 벽에 기댄 이젤을 바라본다. 캔버스의 그림은 팔레트 나이프로 두터운 색칠이 가해지고 있는 단계다.

“실례인 줄 알지만 난 이 시점에서 빠지고 싶습니다. 자진해서 안락의자 탐정 역을 맡아서 나름대로 추리는 해 보았으니까요.”

시마다는 기분 나쁜 기색도 하지 않고 말했다.

“그럼 자네의 결론은 역시 세이지는 살아있다는 것이로군.”

“결론이라면 어폐가 있겠지요. 내가 지적한 것은 단 하나, 지금까지 아무도 주목하지 않았던 하나의 가능성일 뿐입니다. ‘그렇다면 세이지가 정말 살아있는가’라고 묻는다면, 아마 나는 ‘노’라고 대답할 것입니다.”

“그럼 편지는? 어떻게 해석하지?”

“섬으로 간 애들 중 누군가의 장난입니다. 차, 마시겠습니까?”

“아니, 됐네.”

모리스는 자신의 컵에 네 번째의 홍차를 넣었다.

“가령 정말로 세이지가 살아있다고 합시다. 그렇다고 해도 자신이 그다지 사랑하지도 않았고, 오히려 미워했을 딸 치오리의 죽음에 대해 그런 고발문을 썼을까요?”

“아…….”

“그리고 이런 생각도 듭니다. 살의와 같은 극단적인 감정을 오랜 세월 가슴에 품고 산다는 것은 상상도 할 수 없을 만큼 어려운 일이라고.

만일 반년 전의 그 사건을 일으킨 것이 세이지이고, 그가 또 카즈에 부인뿐만 아니라 치오리를 죽인 젊은이들이나 동생 코지로에 대해서도 살의를 품고 있었다고 한다면, 그리고 그 살의가 광기의 형태로 폭발했다고 한다면, 그는 부인을 죽인 그 참에 코지로와 젊은이들을 죽이려 하지 않았을까요. 일단 몸을 숨겼다가 지금에 와서 그런 협박장을 보낸 다음 복수를 시작한다는 것은 인간의 마음과 신경으로서는 거의 불가능한 일이 아닐까요?"

"음……."

"뜨거운 물 아직 있어? 모리스." 하고 가와미나미가 입을 연 것은 침묵을 지키는 시마다에게 잠시 여유를 만들어주기 위해서였다.

"물을 올릴까? 없는데."

"아니, 그럼 됐어."

가와미나미는 벌렁 뒤로 누워 팔짱을 꼈다.

"어차피 시마다 씨나 나나 시간이 남아서 탈이니까, 너는 그렇다 치고 우리는 조금 더 탐정놀이를 해볼 테니까……."

"억지로 그만두라는 말은 않겠어."

모리스는 목소리를 조금 부드럽게 고쳐서 말을 이었다.

"그렇지만 남의 가슴을 무참히 짓밟는 것만큼은 그만두는 게 좋다고 생각해."

"알고 있어."

가와미나미는 하품을 하느라 손으로 입을 막았다가 혼잣말처럼 중얼거렸다.

"츠노시마의 녀석들, 지금 뭘 하고 있을까……."

그들은 지금 아무것도 모르고 있었다.

몇 개의 마을과 바다 사이에 떠있는 작은 그 섬을 무대로 폭발 직전의 살의가 바로 눈앞에 다가오고 있다는 것을.

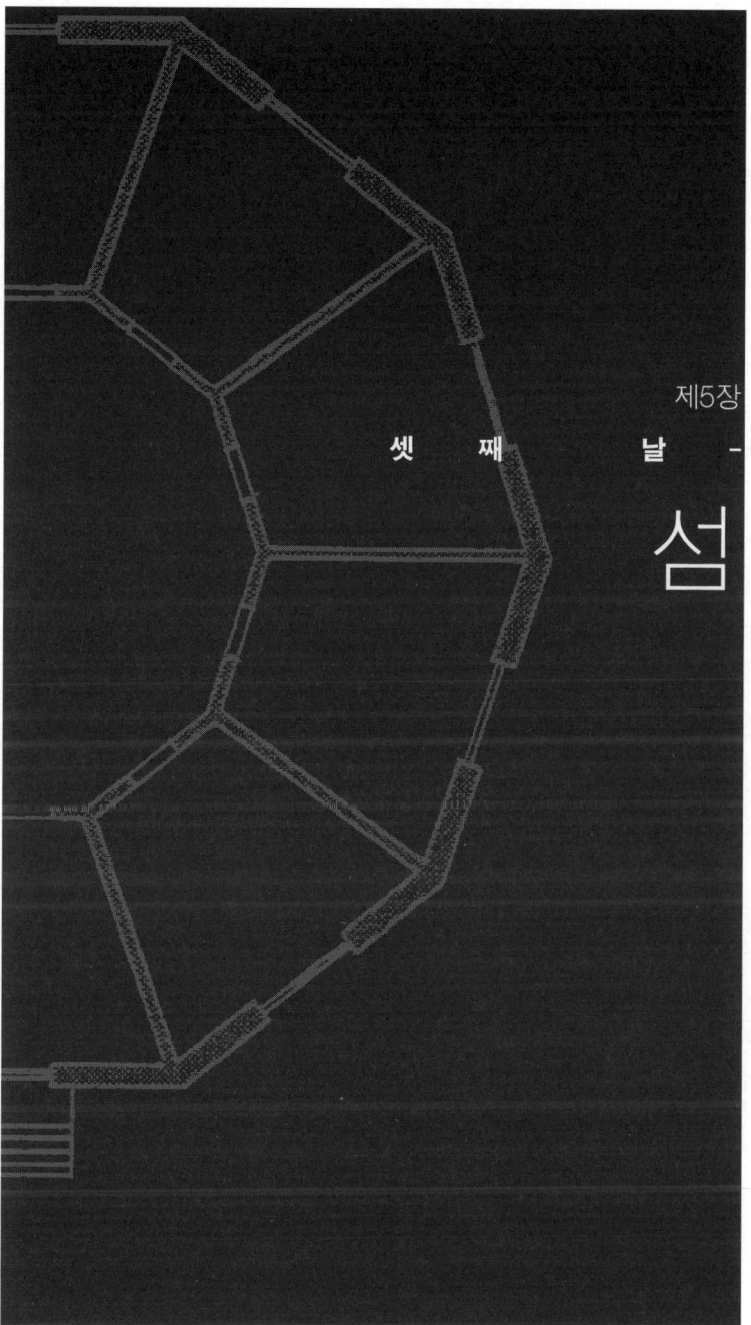

제5장

셋째 날 -

섬

1

눈을 뜨니 벌써 정오에 가까웠다. 어젯밤에 너무 늦게 잤기 때문이다.

아가사는 시계를 보고 다급하게 자리에서 일어났다. 그러나 다른 사람이 움직이는 듯한 기색은 전혀 없었다.

그래서 다시 이불을 두르고 침대에 드러누웠다.

어제 잠자리에 든 것은 새벽 3시가 넘어서였다. 일찍 방으로 들어간 카와 만을 제외하고는 모두 함께였다.

아무리 여행지라고는 하지만 혼자 늦잠을 잔다는 것은 그리 좋은 일이 아니라고 생각한 아가사는 은근히 마음이 놓였다. 아가사는 침대 곁 테이블에 놓인 담배를 빼 들었다.

그녀는 혈압이 낮다. 아침에 일어나 완전히 정신을 차릴 때까지 거의 한 시간이나 소요된다.

'정말 아무도 안 일어났을까.' 하고 아가사는 의구심이 들었다.

'올치도 아직 안 일어났을까?'

아무리 늦게 잤다고는 하지만 이런 시간이 되도록 일어나지 않았다는 것은 좀 이상하다. 어디 몸이라도 불편한 것일까. 아니면 일어났다가 아무도 없자 그냥 방으로 돌아간 것일까. 또는…….

엷은 보라색 담배 연기가 천천히 피어오른다. 담배는 좋아하지만 사람들 앞에서는 피우지 않고 있다.

두 개비째의 담배를 조금 빨아들인 다음에 아가사는 잠에서 덜 깬 몸을 일으켜 침대 아래로 내려섰다.

검정색 블라우스 위에 베이지색 점퍼와 스커트를 입고 거울 앞에 선다. 흐트러진 곳이 없음을 확인한 다음에 세면도구와 화장품이 든 손가방을 들고 방을 나선다.

인기척이 없는 십각형 홀은 정오가 되었는데도 여전히 어두침침하다. 중앙테이블만이 하얗게 공중에 떠오른 듯이 눈에 들어온다. 천창을 통해 보이는 하늘은 어제와 마찬가지로 엷은 먹색이다.

아가사는 곧장 세면장으로 가서 정성들여 얼굴을 씻고 화장을 끝냈다. 그리고 홀로 돌아와서는 테이블 위에 뒹굴고 있는 컵, 재떨이 따위를 치운다.

그때 그녀의 눈에 어떤 물체가 비쳐 들었다.

'뭘까?'

그 생각과 얼굴을 그쪽으로 돌리는 행동, 그 빨간 물체가 무엇인지 기억을 더듬는 것이 거의 동시에 진행되었다. 얼굴에서 핏기가 빠져나가는 것을 스스로 알 수 있을 정도였다. 그리고 기억에 있는 것과 똑같은 물체가 그 하얀 문 위에 드러났다.

[제 1 피해자]

어디선가 탁-하는 물건 부서지는 소리가 들리는 듯했다. 그 순간, 아가사는 홀이 떠나갈 듯이 비명을 질렀다.

콰당-하는 소리와 함께 문이 열리면서 아가사의 등 뒤에서 맨 처음 뛰어나온 사람은 카였다. 이미 일어나서 옷을 갈아입은 모습이었다. 막대기처럼 뻣뻣하게 선 아가사를 발견하고, 그 다음 그녀가 응시하는 물체에 눈길을 던졌다.

"누구 방이야?"

그는 노도와 같은 목소리로 물었다.

아가사는 입을 열 수 없었다. 붉은 글씨가 적힌 플라스틱 조각이 방의 명찰을 감추듯이 붙어 있었다.

십각형을 둘러싼 각 방문이 차례로 열리면서 다른 사람들도 뛰어나왔다.

"누구 방이야? 아가사!"

카는 다시 물었다.

"오…… 올치의……!"

"뭐?"

고무공처럼 튀어 올라 그 방 앞으로 달려간 사람은 포였다. 파자마 차림으로, 헝클어진 머리카락 그대로 번개처럼 손잡이를 잡았다.

문은 잠겨 있지 않았다. 거침없이 문을 열어 젖혔다.

어두운 방. 창틈으로 비쳐드는 몇 줄기의 햇살이 날카로운 칼날처럼 어둠을 가르고 있었다.

"올치!"

포는 떨리는 목소리로 불렀다.

"올치……."

어렴풋이 시야에 드러나는 벽에 붙은 침대 위에, 그녀는 조용히 누워 있었다. 가슴께까지 모포가 단정하게 덮여 있었다. 그리고 그 얼굴 위에는 그녀의 감색 카디건이…….

"올치!"

포효하면서 포는 방 안으로 뛰어들었다. 그러나 침대 위의 몸은 꼼짝도 하지 않았다.

"왜 이러고 있어, 올치……."

얼굴을 덮고 있는 카디건을 힘껏 벗겨내는 순간 포의 널찍한 어깨가 부들부들 떨리기 시작했다. 그를 따라 방 입구까지 다가와서 얼어붙은 듯이 서 있던 다른 다섯 명도 안으로 뛰어들려 했다.

"오지 말아 줘."

애원하듯이 포는 다른 사람들을 저지했다.

"제발 부탁이야, 이 얼굴을 보지 말아 줘."

다섯 명은 포의 말에 감전이라도 된 듯, 다시 그 자리에 얼어붙었다.

포는 어깨를 들썩이며 크게 숨을 몰아쉬었다. 그리고 다시 한번 천천히 카디건을 들어올려, 이미 숨이 끊어진 그녀의 몸을 찬찬히 살피기 시작했다.

이윽고 일을 끝낸 포는 카디건을 원래 자리에 올려놓았다. 천천히 몸을 일으키고 그대로 천장을 올려다보며 신음에 가까운 긴 한숨을 토해냈다.

"모두, 나가자." 하고 포는 다섯 명을 돌아보았.

"현장을 보전해야 하니까 잠그는 것이 좋겠어. 열쇠는……."

"여기 있어."

언제 들어와서 그것을 발견했는지, 엘러리가 창가의 책상 위에서 열쇠를 집어 들었다.

"창문 고리가 벗겨져 있는데 어떡하지?"

"걸어두는 것이 좋겠어. 나가자, 엘러리."

"포, 올치는……?" 하고 반이 물었다. 포는 엘러리에게 받은 열쇠를 꼭 쥐면서 감정을 억누른 목소리로 말했다.

"죽었어, 교살이야."

아가사가 비명을 질렀다.

"거짓말!"

"정말이야. 아가사."

"설마……, 포, 올치를 봐야겠어."

"그건 안 돼!"

포는 눈을 감고 괴로운 듯 고개를 저었다.

"올치는 목이 졸려 죽었다. 아가사, 부탁이니 보지 말아 줘. 죽긴 했지만, 올치가 젊은 여성임에는 변함이 없어."

아가사는 포가 말하는 뜻을 알 수 있었다. 교살된 사체의 처참한 모습에 대해 그는 말하고 있는 것이다. 그녀는 고개를 끄덕이고는 방을 나섰다.

그리고 문을 잠그려고 포가 손잡이에 손을 대는 순간, 한 사람이 마치 게처럼 아래서 위로 솟구치며 포를 가로막고 섰다.

"왜 그리 서둘러 우리를 내쫓으려 하지?"

카였다. 눈을 치켜뜨고, 포의 얼굴을 노려보면서 여유 있는 표정을 지으려 애를 쓰고 있었다.

"우리는 어떤 의미에서 살인사건의 전문가라 할 수 있어. 올치를 죽인 범인 정도는 우리의 손으로 잡을 수도 있단 말이야. 보다 자세히 현장을 조사하게 해 줘야지."

"멍청한 자식!"

포는 새파랗게 질린 얼굴로 전신을 부들부들 떨면서 화를 냈다.

"너는 친구의 죽음을 자신의 위안으로 삼을 생각이야? 경찰에게 맡기면 돼!"

"무슨 잠꼬대 같은 소리 하는 거야. 경찰이 언제 오는데? 어떻게 경찰에게 알려? 그 플라스틱 조각을 기억하고 있겠지? 경찰이 이곳에 올 때쯤이면 '살인범' 과 '탐정' 을 제외한 전원이 죽게 되어 있는 것도 몰라?"

포는 더 이상 상대를 하지 않고 억지로 문을 잠그려고 손에 힘을 주었다. 그 팔을 카의 누런 손이 저지했다.

"잘 생각해 봐, 포. 이렇게 얼렁뚱땅 처리해서 될 일인가를! 다음에는 네가 죽을지도 모르잖아?"

"이 손 놔, 카."

"그럼 뭐야? 너만은 죽지 않을 자신이 있다는 말인가? 그런 확신을 가질 수 있는 사람은 범인밖에 없잖아."

"뭐라고?"

"핵심을 찌른 모양이군."

"이 자식이!"

"그만둬, 두 사람!"

멱살을 잡으려는 포. 긴장된 얼굴로 싸울 태세를 취하는 카. 반이 카의 팔을 잡고 문 옆으로 끌고 갔다.

"왜 이래, 임마."

"카가 새빨개진 얼굴로 신음소리를 냈다. 그 사이에 포는 재빨리 문을 닫고 열쇠로 잠갔다."

"카, 정말 보기 흉해."

언제 부엌으로 갔었는지 나머지 여섯 장의 조각을 손에 들고 엘러리가 말했다.

"미안하지만, 포의 말이 맞아."

2

 "정말 어처구니가 없어요. 누가 이런 짓을 하는 거지? 이건 현실이 아니야……."

 "르루!"

 "살인이라니, 이건 말도 안 돼! 악몽이야. 뭐가 잘못된 거야……."

 "르루! 제발 그만둬!"

 아가사의 날카로운 고함소리에 놀라 르루는 어깨를 부르르 떨면서 얼굴을 들어올렸다. "미안합니다" 하고 작은 목소리로 중얼거리고는 다시 고개를 바닥을 향해 푹 떨어뜨렸다.

 여섯 명은 홀 테이블을 둘러싸고 앉아 있었다. 아무도 상대방의 얼굴을 정면으로 바라보려 하지 않았다. 어젯밤까지, 수줍음을 잘 타던 그 아가씨가 다소곳이 앉아 있던 빈 자리만이 눈길을 사로잡았다.

 "올치를 죽인 사람이 누구야?"

 로즈 핑크의 립스틱을 칠한 입술로 저주를 퍼붓는 듯한 아가사의 목소리만이 어두침침한 공간 속으로 길게 꼬리를 이으며 퍼져 나갔다.

 "내가 죽였다고 나설 살인범이 어디 있겠어." 하고 엘러리가 그 말에 대답했다.

 "그렇지만 범인은 이 가운데 있잖아? 이 여섯 명 중에……! 누가 올치를 죽였어? 모른 척하지 말고 정정당당히 나서 봐."

 "그렇게 밝힐 바에는 누가 처음부터 살인을 저지르겠니."

 "그렇지만 엘러리……."

"알고 있어, 아가사. 알고말고."

엘러리는 주먹으로 가볍게 테이블을 쳤다.

"역시 우리는 범인을 찾지 않으면 안 돼. 포, 어때? 자네가 본 것을 말해줄 생각은 없어?"

잠시 망설이다가 포는 두터운 입술을 꼭 다물더니 큰 동작으로 고개를 끄덕였다.

"아까도 말했듯이 올치는 목이 졸려 죽었어. 목에는 어디서나 쉽게 볼 수 있는 나일론 끈이 감겨 있었고, 그 아래에는 졸린 자욱이 선명했어. 타살임에 틀림없어."

"저항한 흔적은?"

"없었어. 불시에 공격을 받았든지, 자고 있는 사이에 당했든지 둘 중 하나일 거야. 머리를 맞은 흔적이 없는 것으로 봐서 먼저 기절한 것도 아니야. 단, 한 가지 이해 못 할 일은……."

"뭔데, 그건?"

"아까 본 대로야. 범인은 무슨 생각을 했는지 사체를 깨끗하게 침대에 눕혀 두었다는 거야. 똑바로 위를 향하도록 해서 침대에 눕히고 이불을 정리한 다음 얼굴에 피해자의 카디건을 덮었어. 그것은 범인의 마지막 예절이라 해석해도 좋지만, 문제는 올치의 사체에는 왼쪽 손목이 잘려나가고 없다는 거야."

"뭐라고?"

"그게 무슨 말이니, 포?"

포는 웅성거리는 일행을 천천히 둘러보았다. 그리고 자신의 양손을 테이블 위에 올리고 손바닥을 위로 향하게 했다. 그의 손가락에는 검붉은 피가 조금 묻어 있었다.

"나이프나 부엌칼 같은 꽤 날이 큰 칼을 사용한 것 같애. 범인은 상당히 고생했음에 틀림없어. 절단면이 고르지 못해."

"당연히 죽인 다음에 잘랐을 거야." 하고 엘러리가 말했다.

"단정할 수는 없지만 거의 그 말이 맞을 거야. 심장이 움직일 때 잘랐다면 그 정도의 출혈로 그치지는 않을 테니까."

"그런 칼은 방에서 발견되지 않았지?"

"그래. 잘린 손목도 내가 살펴본 바로는 없었어."

"범인이 가지고 갔군."

엘러리는 길다란 양 손가락을 깍지 끼고 자문하듯이 중얼거렸다.

"범인은 왜 그런 짓을 했을까?"

"미쳤을 거야."

아가사가 쉰 목소리로 말했다. 엘러리는 가볍게 코웃음을 쳤다.

"그렇지 않다면 놈은 대단히 악질적인 장난꾼이야. 흉내를 낸 거야. 범인은 작년에 이 섬에서 일어난 그 사건을 흉내 내고 있어."

"아……!"

"청옥부의 4중 살인. 피해자의 한 사람인 나카무라 카즈에는 교살당한 다음, 왼쪽 손목이 잘렸었지."

"엘러리, 왜 그런……."

"흉내를 내는 이유가 어디 있냐고?"

엘러리는 어깨를 으쓱했다.

"어쨌든 이야기를 더 들어보자. 포, 사망시간을 추정할 수 있겠니?"

"사반(死班)은 경미해. 맥을 짚어 보았을 때, 사후 경직이 시작되었음을 알았어. 꼭 쥐고 있는 오른 손가락을 비교적 쉽게 펼 수 있었으므로 경직은 아직 관절까지 미치지 않았어. 그리고 혈액의 응고상태를 볼 때, 사후 너댓 시간. 사망시간은 오늘 아침 7시에서 8

시 경. 충분히 잡아서 6시에서 9시 사이라고 하면 정확할 거야. 단 이것은 어디까지나 아마추어의 의견이므로 그대로 받아들이지 않는 게 좋을 거야."

카가 원숭이처럼 이빨을 드러내며 웃었다.

"신용할 수 있고말고. 종합병원의 상속 예정자이면서 K대학 의학부의 유명한 수재의 말씀이니까. 물론 그 당사자가 범인이 아니라는 것을 전제로."

포는 입을 다문 채 카에게는 눈길 한 번 주지 않았다.

"오늘 아침 6시에서 9시, 자신의 알리바이를 주장할 수 있는 사람은?"

엘러리가 일동을 둘러보았다.

"사건과 관련해서 뭔가 마음에 걸리는 것이 있는 사람은?"

대답하는 사람은 아무도 없었다.

"그럼 동기에 대해 짚이는 게 있는 사람은?"

르루와 반, 그리고 아가사의 시선이 카 쪽으로 옮겨갔다.

"그렇지?"

엘러리가 내뱉듯이 말했다.

"아무래도 카뿐인 것 같군. 당연히 그럴 듯한 동기가 있을 때에 한해서 범인을 지목해야겠지만 말이야."

"뭐라고? 왜 내가……!"

"채였잖아? 올치에게."

카는 침을 꿀꺽 삼키더니 피가 배일 정도로 세차게 입술을 깨물었다.

"그렇지만 엘러리, 카가 범인이라면 사체를 깨끗이 정돈하지는 않을 거야."

아가사가 경멸스런 목소리로 말했다.

"카는 정돈을 하지 않는 유일한 인간이니까."

3

"개자식!"

바위에 걸터앉아 앞의 고양이 섬을 바라보면서 카는 침을 뱉었다. 바위틈에 자란 잡초를 거칠게 뽑아서는 손이 더러워지는 것도 개의치 않고 마구 쥐어뜯었다.

"나쁜 놈!"

분을 참지 못해 끊임없이 욕을 퍼부어대고 있다. 쥐어뜯은 풀잎이 바람에 날려 바다로 떨어져 내린다.

'자식들, 보통 때는 각각 제멋대로 놀더니 나를 공격할 때는 한통속이 되어서 말이야. 포 자식까지 시건방진 말만 늘어놓고……'

그때 현장의 사체를 조사해 보고 싶은 생각을 한 사람은 자신뿐만이 아니었을 것이라고 카는 생각했다. 특히 엘러리는 사체를 보고 싶어서 안달을 하는 게 눈에 띌 정도였다. 르루도, 반도 마찬가지다. 결국 포 한 사람에게 모든 것을 맡겨 버린 꼴이……, 그것이 얼마나 위험한 일인지 놈들은 정말 모른단 말인가?

눈 아래서 들려오는 파도소리까지 화를 치밀게 했다. 다시 한 번 지면에 침을 뱉은 다음, 그는 입을 꼭 다물고 주먹으로 자신의 무릎을 쳤다.

'올치도 정말 웃겨. 내가 개에게 채였다고? 흥! 심심해서 그냥 한번 말을 걸어봤을 뿐인데. 그것을 진짜인 줄 알고, 착각도 심하

지……. 정말 어처구니가 없어. 지가 뭐라고. 흥! 그까짓 일로 내가 사람을 죽인다니 참…….'

분노와 굴욕감으로 몸을 부르르 떨면서 카는 바다 풍경을 원망스럽게 노려보고 있었다.

★

"역시 배 따위가 있을 리 없지. 나무를 베어 뗏목을 만들고 싶어도 도구가 없어. 설령 만들었다 해도 도대체 그런 것을 타고 육지에 도착할 수 있을지 없을지……, 피울래? 반."

어떻게든 육지에 연락을 취할 방법이 없을까 하고 두 편으로 나뉘어 섬을 탐색하기로 했다. 이쪽은 포, 반, 아가사 세 사람. 섬의 남쪽에서 동쪽에 걸쳐 조사하고 있다.

반에게 담배를 권하고 자신도 한 개비 문 다음 포는 침통한 표정으로 팔짱을 꼈다.

"결국 불이라도 피워 사람들의 눈을 끌 수밖에 없단 말이군."

"그렇게 해서 가능하다면 좋게."

담뱃불을 붙이면서 반은 하늘을 올려다보았다.

"아무래도 하늘색이 수상쩍어. 오늘 밤에 비가 올지도 몰라."

"젠장. 만일의 경우를 대비해서 연락 방법을 마련해 두었어야 했어."

반은 어깨를 푹 떨어뜨렸다.

"겨우 열도 내려 기분이 좋아진 참에, 도대체 이게 무슨 일이람."

"아까부터 어선 한 척 지나가지 않는군."

비통한 목소리로 아가사가 말했다. 엷은 구름이 깔린 하늘 아래,

무겁고 어두운 그림자를 끌어안고 끝도 없이 퍼져 나가는 바다.

"설마 이 부근을 지나는 어선 한 척이야 없을라고. 보초를 서는 게 좋겠어. 두 사람이 한 조로, 3교대."

"싫어! 포."

아가사가 신경질적으로 목소리를 높였다.

"살인자일지도 모를 놈하고 둘이서 뭘 한단 말이야!"

"그럼 세 명이서……."

"전원이 한 자리에 모이면 되잖아, 반. 어차피 이 주변을 지나는 배는 항구로 출입하는 것이 목적일 테니까, 새벽 아니면 저녁일 거 아냐."

"그렇지만은 않을 것 같은데?"

"어차피 배가 지나간다 하더라도 우리를 발견할 가능성은 거의 없다고 봐야 해. 이 섬에 올 때, 어부 부자가 말했잖아. 이 부근의 어장은 여기서 훨씬 남쪽으로 가기 때문에 섬에 접근하는 배는 거의 없다고."

"그래도 달리 방법이 없으니까. 불 지필 나무는 있을까?"

"그것도 문제야."

포는 등 뒤의 소나무 숲을 돌아보았다.

"소나무뿐이야. 생나무는 불에 잘 타지도 않아. 바닥에 깔린 솔가리라도 긁어모아서 불을 지필까? 그래도 육지에서 그것이 보일 리가 없어. 역시 이 부근으로 배가 접근해 주지 않으면……."

"우리 정말 어떻게 되는 거야?"

아가사가 겁먹은 눈으로 두 사람을 바라보았다. 평소 때의 자신만만한 모습은 눈곱만큼도 찾아 볼 수 없었다.

"괜찮아. 무슨 수가 있겠지 뭐."

포는 아가사의 어깨를 탁 두드리며 수염투성이 얼굴에 어색한 미소를 지었다. 그러나 그녀의 표정은 더욱 굳어졌다.

"그렇지만 여기 있는 포나 반이 올치를 죽인 범인인지도 모르잖아."

포는 말없이 담배를 빼 물었다.

"카, 르루, 엘러리……, 그 가운데 누가 올치를 죽였을까? 죽여서 손목까지 자르다니."

새파랗게 질려 부들부들 떨고 있는 아가사를 향해 험악한 표정으로 반이 말했다.

"그렇게 말하는 아가사도 용의자 중 한 사람이란 것을 잊지 말았음 좋겠어."

"난 아니야!"

아가사가 숲이 있는 쪽으로 뒷걸음질을 치면서 머리를 감싸 안았다.

"정말 믿을 수가 없어. 세상에 이런 일도 있다니. 반, 포. 올치는 정말 죽었니? 정말 우리 가운데 범인이 있는 거니?"

★

"르루, 난 다른 가능성도 있다고 생각해."

"다른 가능성이라니?"

"그건, 이 섬에 제3의 인물이 잠입해 있을 가능성."

"뭐?"

엘러리와 르루는 선창이 있는 후미진 곳과 청옥부 주변을 보러 갔다가, 숲을 빠져나오는 작은 길을 지나, 고양이 섬 쪽을 향해 나

아가고 있었다.

"그게 무슨 말이에요? 엘러리 선배."

저도 모르게 발길을 멈추고 르루는 다그쳐 물었다.

"외부인의 범행 가능성 말이야."

뒤를 돌아보면서 엘러리는 빙긋이 웃었다.

"그럼 넌 우리 가운데 진짜 살인범이 있는 게 좋단 말이냐?"

"무슨 말을……, 농담하지 마세요. 그렇지만 섬에 잠입했다면 도대체 누가?"

"내 생각에는……."

엘러리는 아무렇지도 않게 툭 말을 던졌다.

"나카무라 세이지."

"엣?"

"그렇게 놀랄 일도 아니야."

"그렇지만 엘러리 선배. 나카무라 세이지는 작년에 죽었는데……."

"그러니까 내당초 그게 살못 되었다는 거야. 잘 생각해 봐. 반년 전의 사건 때 발견된 세이지의 사체, 그건 '얼굴 없는 사체'의 표본 같은 거잖아. 더욱이 그와 때를 같이하여 행방을 감춘 정원사라는 존재도 있으니까."

"사실은 세이지가 범인이고, 그 사체는 범인으로 지목받고 있는 정원사라는 말이에요?"

"맞았어. 단순한 사람 바꾸기 트릭이지."

"그러니까 세이지는 살아있고, 게다가 지금 이 섬에 와 있다는 거죠?"

"그럴지도 몰라. 혹시 이 섬에 살고 있을지도 모르고."

"살고 있다고요?"

"며칠 전, 어부 부자의 말을 기억하고 있겠지? 십각관에 불이 밝혀지기도 한다는 말을. 여기 사는 세이지가 거기에 불을 밝혔을 수도 있잖아."

"그런 유령 이야기를 그대로 받아들이면 끝도 없어요. 그 사건으로 경찰이나 보도진이 이 섬에 와 있을 때 보았던 불인지도 모르잖아요. 그리고 이 섬에 산다면 도대체 어디서 산단 말이에요?"

"그러니까 이렇게 섬을 둘러보고 있잖아. 아까도 선창가의 보트 넣는 곳을 들여다보았잖니. 물론 이상한 점은 아무것도 없었지만서도. 무엇보다 육지에 연락을 취할 방법을 강구하는 것이 우선이지만, 혹시라도 사람이 숨어 사는 흔적을 발견할 수 있을까 해서. 고양이 섬을 둘러보고 싶은 것도 그 때문이야."

"아무리 그렇지만 세이지가 범인이라니……, 그건 말이 안 돼요."

"과연 그럴까? 올치의 방에 창문 걸이가 내려져 있었다고 했지? 올치가 잠그지 않은 그 창문을 통해 외부인이 들어왔다는 추리를 너무 안이하다고만은 할 수 없을 거야."

"방문은 어떻게 열었을까요?"

"범행 후에 범인이 안에서 열었을 거야. 홀로 나와서 그 플라스틱 조각을 붙이기 위해서."

"그건 말이 안 돼요. 외부인이 범인이라면 어떻게 엘러리가 부엌 서랍에 둔 그 플라스틱 조각의 위치를 알 수 있겠어요?"

"조각은 외부인이라도 충분히 마련할 수 있잖아? 십각관의 현관은 열쇠가 부서져 있기 때문에 홀 출입은 자유로워. 어제 아침, 조각을 테이블에 늘어놓았던 범인은 우리들이 일어나기를 기다렸다가 부엌 창을 통해 안의 움직임을 살피고 있었을지도 몰라. 또는 우리 가운데 누군가가 그를 인도했을 수도 있고…….″

″설마 그런…….″

″어디까지나 가능성을 논하는 것 뿐이야. 르루, 넌 누구보다 미스터리를 좋아하면서도 상상력이 너무 빈곤한 것 같애.″

″현실과 미스터리는 달라요, 엘러리 선배. 그럼 그 나카무라 세이지가 우리를 죽일 동기는 뭐라고 생각해요?″

″그게 말이야…….″

오솔길을 빠져나와 절벽으로 나서자 거기에 카가 앉아 있었다. 두 사람을 발견하자마자 카는 후다닥 일어서서 다른 쪽으로 얼굴을 돌려 버렸다. 그리고 아무 말 없이 그 자리를 떠나려 했다.

″어이, 카. 단독행동은 안 하는 게 좋아.″

엘러리가 말을 걸었다. 그러나 카는 뒤도 돌아보지 않고 거친 걸음걸이로 숲 속으로 사라져 버렸다.

″어이없는 친구야.″

엘러리는 가볍게 혀를 찼다.

″아까는 모두 신경이 곤두서 있었고, 나도 좀 심했다는 생각은 들어. 아무래도 저 친구, 나를 눈엣가시로 여기는 것 같아.″

″저 심정 알 것 같아.″

르루는 카가 물러나는 모습을 힐끗 바라보았다.

″엘러리 선배는 이런 때도, 그렇게 냉정한 눈으로 한 걸음 물러서서 사람을 관찰하는……, 그런 경향이 있잖아요.″

″그렇게 보여?″

″물론이죠. 그러니까 나 같은 사람은 존경심마저 품게 되는 거죠. 카 선배는 그 정반대. 아마 질투하고 있을 겁니다.″

"흠, 그럴 수도 있겠지."

엘러리는 무표정한 얼굴로 바다 쪽으로 한 걸음 나아갔다.

"관목밖에 없군. 여기서는 시야가 좋지 않아."

정면에 보이는 고양이 섬을 관찰하기 위해서다. 르루는 엘러리 곁에 서서 발아래에 신경을 쓰면서 말했다.

"두세 사람 숨기에는 적당할 것 같기도 하군요. 그렇지만 이 절벽이 있어서……."

"배가 있을지도 몰라. 이 정도 거리라면 작은 고무보트로도 충분할 거야. 저기 바위 쪽에서 나와…… 저기 봐, 르루."

엘러리가 손가락으로 가리켰다.

"섬의 저쪽 절벽, 오를 수 있을 것 같지?"

"아, 그렇군요."

하얀 파도 속에 검게 웅크리고 있는 고양이 섬을 바라보며, 르루는 혼란스런 머리로 열심히 생각해 보았다.

과연 엘러리가 지적한 대로 외부 범인의 가능성을 부정할 수만은 없을 것 같았다. 혹시 누군가가 이 섬의 어딘가에 숨어서 자신들의 목숨을 노리고 있을지도 모른다. 그러나 그 존재를 바로 나카무라 세이지와 연결시킨다는 것은 너무 비약이 심한 것 같았다. 도대체 세이지가 살아있을 가능성은 어느 정도일까? 설령 세이지가 살아 있다 해도, 왜 자신들이 만난 적도 없는 그 남자의 표적이 되어야 한단 말인가?

'역시 그것은 있을 수 없는 일이야…….'

르루는 천천히 고개를 저었다.

그것은 있을 수 없는 일이라고 생각한다. 그러나 기억의 어딘가에 뭔가 마음에 걸리는 것이 있다. 뭔가……, 기억해내지 않으면 안

될 무엇인가가……

 발아래 절벽을 때리고 있는 파도가 마음속에까지 밀려오는 것 같았다. 그리고 그때마다 보일 듯하던 기억의 파편을 씻어가 버리는 듯한 느낌이었다.
 체념하고 르루는 곁에 서 있는 엘러리를 보았다. 그는 묵묵히 바다 저 먼 곳을 바라보고 있었다.
 한 줄기 바람이 저녁노을의 향기를 실어 나르고 있었다.

4

 "기압골의 영향으로 오늘 밤 늦게부터 내일 밤에 걸쳐 넓은 지역에 구름이 깔릴 것 같습니다. 그러나 흐린 날씨도 모레부터는 서서히 회복될 전망입니다. 큐슈 각지의 내일 날씨는……"
 르루가 가지고 온 라디오에서 흘러나오는 목소리는 이어 시끄러운 여성 디스크자키로 바뀌었다.
 "이제 됐어, 꺼지. 듣고 싶지 않아."
 아가사가 성화를 부렸다. 르루는 서둘러 스위치를 껐다.
 무거운 침묵 속에서 간단한 저녁 식사를 막 끝낸 참이었다. 램프가 켜진 십각형 테이블에서 여섯 명은 올치 방 바로 앞의 자리를 비워 두고 둘러 앉아 있다. 문에는 그 〔제 1피해자〕라는 글씨가 그대로 붙어 있다. 강력한 접착제를 사용한 듯, 떼어내려 해도 떨어지지 않았다.
 "엘러리, 카드 마술 다시 한번 해 줄래?"
 아가사는 아까와는 달리 밝은 목소리로 말했다.

"응? 아, 그것도 괜찮겠군."

엘러리는 말없이 만지작거리던 카드를 한 번 세차게 거머쥐더니 케이스에 담아서 윗옷 호주머니 속에 밀어 넣었다.

"보여 달라고 하니까 왜 넣어 버리는 거니?"

"아냐, 아가사. 보여 달라고 하니까 호주머니에 일단 넣는 거야."

"그게 무슨 뜻이야?"

"이런 상태에서 시작해야 하는 마술이니까."

엘러리는 가볍게 기침을 하더니 아가사의 눈을 뚫어져라 바라보았다.

"자, 준비 됐니, 아가사? 지금부터 조커를 제외한 52장의 카드 가운데 한 장을 마음속에 떠올려 봐."

"그냥 생각만 하면 되는 거니?"

"그래. 말은 하지 마. 됐어?"

"응."

"그럼……."

엘러리는 포켓에서 다시 카드를 꺼내 케이스에 든 상태로 테이블에 올려놓았다. 빨간 등딱지의 카드였다.

"이 카드 케이스를 바라보면서 지금 네가 생각했던 카드를 케이스를 향해 강하게 생각하는 거야. 강하게……!"

"알았어. 강하게 생각하면 되는 거지?"

"그래, 좋아. OK."

엘러리는 카드 케이스를 왼손으로 잡았다.

"자, 아가사. 지금 네가 떠올려서 이 케이스를 향해 강하게 생각한 카드가 뭐였지?"

"말해도 돼?"

"다이아몬드 퀸."

"흠, 그럼 케이스에 든 것을 꺼내 볼까?"

엘러리는 케이스 뚜껑을 열고 안에서 카드를 꺼낸다. 그리고 그것을 왼손에서 오른손 사이에 넣고 조금씩 부챗살 모양으로 펼쳐간다.

"다이아몬드 퀸이라, 앗?"

카드를 펼치던 손을 멈추고 엘러리는 주목하라고 재촉했다. 겉이 위를 향한 카드 가운데서 뒤집어진 카드가 한 장 있었다.

"한 장만 뒤집어져 있지?"

"응, 그래."

"그 카드를 빼내 뒤집어 볼래?"

"응, 설마……!"

아가사는 반신반의 하면서 그 카드를 꺼내어 테이블 위에서 뒤집었다. 그것은 어김없는 다이아몬드 퀸이었다.

"이건 정말 믿을 수 없어."

아가사는 눈을 동그랗게 떴다.

"왜 감탄하시?"

엘러리는 빙긋이 웃으면서 카드를 정리하여 다시 포켓 속에 집어넣었다.

"야, 지금 마술은 대단하군요, 엘러리 선배."

"아니, 아직 르루에게 보여주지 않았던가?"

"처음 본 걸요."

"카드 마술 최고 걸작 중의 하나지."

"설마……, 아가사 선배와 짜고 하는 건 아니겠죠?"

"아니야, 르루."

"정말?"

"절대로 짜고 하는 건 아니야. 그렇다고 아가사가 다이아몬드 퀸을 떠올릴 거라는 52분의 1의 확률에 목숨을 건 트릭도 아니지."

엘러리는 셀렘 담배에 불을 붙여 천천히 연기를 뿜어냈다.

"그럼 수수께끼 풀이나 해 볼까? 지난번에 책에서 본 건데, 위를 보면 아래에 있고, 아래를 보면 위에 있으며, 어머니 배를 뚫고 아들의 어깨에 있는 것은 뭐게?"

"뭐라고요?"

르루가 묻자 엘러리는 다시 그 말을 반복했다.

"알았어."

아가사가 손뼉을 쳤다.

"일이야, 한자의 一."

"정답!"

"정말 그렇군요. 한자의 모양이었어."

"일종의 암호라고 할 수 있겠군." 하고 포가 말했다. 그 말을 받아 엘러리가 끼어들었다.

"암호가 최초로 등장하는 문헌은 『구약성서』라고 해. 그 가운데 「다니엘서」라는 것이 있어."

"그렇게 옛날부터 있었어요?"

"물론. 우리 일본에도 옛날부터 암호 비슷한 것이 있었어. 예를 들면, 요시다 겐코〔吉田兼好〕와 돈아〔頓阿〕법사의 유명한 문답가나 「즈레즈레쿠사〔徒然草〕」의 암호 노래가 있지. 그렇잖니, 올치?"

엘러리의 재미있는 이야기에 귀를 기울이고 있던 일동은 순간 얼음처럼 딱딱하게 굳었다. 엘러리도 순간적인 자신의 실수를 알아채고 낭패한 표정을 지었다. 고전에 정통했던 올치였기 때문에 저도 모르게 이 대목에서 올치의 동의를 구했던 것이다. 그다운 실수였다.

"미안해. 나도 모르게 그만……."

저녁식사가 시작되면서 마치 약속이나 한 듯이 올치 이야기를 하지 않던 그들은 엘러리의 순간적인 실수로 피할 수 없는 현실세계로 되돌아 왔다. 어색한 침묵이 찾아왔다.

"저, 엘러리 선배. 그 얘기 계속하세요."

르루가 말을 잃고 있는 엘러리를 돕기 위해 입을 열었다.

"아, 그렇지."

겨우 마음을 가다듬은 엘러리를 향해 비웃음 섞인 미소를 지으며 카가 테이블을 '탕-' 하고 두들겼다.

"아가사, 커피라도 한 잔 하자구."

그리고는 엘러리를 한번 날카롭게 째려본 다음 불만스럽게 입을 비죽거렸다. 엘러리는 뭔가를 말하려 했지만 아가사가 막고 나섰다.

"그래, 커피나 한 잔 하자. 모두 마실 거지?"

아가사는 허둥지둥 자리에서 일어나더니 혼자서 부엌 쪽으로 사라졌다.

"자, 모두들……."

나머지 네 명의 얼굴을 하나씩 쏘아보면서 카가 말했다.

"오늘 저녁은 불쌍한 올치를 위해 철야를 하는 거야. 도망칠 생각일랑 집어치우고 좀 더 경건하게 보내야 하지 않겠어?"

"자, 설탕과 크림은 각자 알아서 넣어."

아가사는 여섯 개의 컵을 담은 쟁반을 테이블 위에 올려놓았다.

"미안해, 매번 이렇게 고생시켜서." 하고 말하면서 엘러리가 자기 앞의 컵을 집어 들었다. 다른 사람들도 손을 뻗었다. 아가사는 자신의 컵을 내려놓고 나머지 하나를 쟁반째 반에게 내밀었다.

"아, 고마워."

컵을 받아든 반은 피우고 있던 세븐스타를 재떨이 위에 올려놓고 양손으로 십각형의 컵을 감싸 쥐었다.

"감기는 다 나았니? 반."

"아, 그래. 덕분에. 그런데 엘러리, 정말 육지와 연락을 취할 방법이 없을까?"

"없는 것 같애."

엘러리는 블랙 커피를 한 모금 마셨다.

"J곶에 등대가 있으니까 밤에 여기서 하얀 깃발이라도 흔들면 어떨까 하고 생각해 봤는데, 그쪽 등대가 무인등대라지?"

"응, 그렇다고 해."

"그렇다면 누군가가 필사적으로 헤엄을 쳐서 바다를 건너가든지, 아니면 위험하긴 하지만 뗏목을 만들든지."

"모두 무리인 것 같애."

"불을 피우는 것을 생각해 봤는데, 엘러리."

포가 말했다.

"그러나 솔가리를 태워서는 멀리서 발견하지 못할 거야."

"그럼 아예 이 십각관을 불태워 버리면 어떻겠어?"

"그건 좀……."

"그건 곤란할 거야. 위험도 있고. 사실은 말이야, 아까 르루와 함께 연락 방법 말고, 또 다른 것을 찾아다녔어."

"찾아다녀?"

"응. 결국 발견하지 못하고 말았지만 말이야. 섬을 대충 훑어보았지만……, 아니, 잠깐만."

"응?"

"청옥부, 불탄 청옥부 말인데……."

손가락으로 미간을 누르면서 엘러리가 중얼거렸다.

"거기 지하실이 없었을까?"

"지하실?"

바로 그때였다.

두 사람의 대화를 가로막으려는 듯이 갑자기 기분 나쁜 신음소리를 내면서 테이블 위에 엎드리는 사람이 있었다.

"뭐야!?"

아가사가 외쳤다.

"왜 그래!?"

모두 한꺼번에 자리에서 일어섰다. 테이블이 덜그덕거리며 세차게 움직였다. 호박색 액체가 마시고 있던 컵에서 튀어 나왔다.

태엽이 끊어진 자동인형처럼 닥치는 대로 내지르는 그의 발길질이 세찬 소리를 내면서 의자를 차 버렸다. 테이블에 착 달라붙은 상체가 이윽고 무너지듯 타일 바닥에 쓰러졌다.

"카!"

고함을 지르면서 포가 달려갔다. 포의 몸에 부딪힌 르루가 비틀거리며 자신의 의자에 쓰러졌다.

"왜 그래? 카!"

그 뒤를 엘러리가 따라왔다. 바닥에 쓰러진 카의 얼굴을 들여다보면서 포는 세차게 고개를 저었다.

"영문을 알 수 없군. 카에게 지병이 있다는 얘기 누구 들은 사람

없니?"
아무도 대답이 없다.
"이게 무슨 일이야."
카의 목에서 갈라진 피리소리 같은 숨소리가 들려왔다. 포가 카의 상반신을 굵은 팔로 받쳤다.
"나를 도와줘, 엘러리. 어쨌든 토하게 해야 해. 독일 거야, 아마."
그러나 카의 몸은 격렬한 경련을 일으키더니 포의 손에서 벗어나 모기처럼 몸을 움츠리고 타일 바닥에서 달달 떨었다. 또다시 격렬한 경련. 무서운 소리를 내면서 갈색 토사물이 꾸역꾸역 입 밖으로 흘러 내렸다.
"설마 죽진 않겠지?"
아가사가 겁먹은 눈으로 포를 올려다보았다.
"낸들 어떻게 알겠니?"
"살릴 수 없단 말이니?"
"독의 종류를 알 수 없어. 알았다 한들 여기서는 어쩔 방법이 없어. 치사량이 아니기를 기도할 수밖에……."

그날 밤, 새벽 2시 반.
카는 자기 방 침대 위에서 숨을 거두었다.

5

 모두 한마디 말할 힘조차 남아 있지 않았다.
 그것은 피로라기보다는 마비에 가까운 것이었다.
 올치의 경우와는 달리, 이번에는 바로 눈앞에서 한 사람이 고통스럽게 쓰러져 처참한 모습으로 죽어갔다. 너무도 생생한 체험, 너무도 거대한 일상의 붕괴감이 오히려 그들의 신경을 둔화시켜 버린 것 같았다.
 멍하니 입을 반쯤 벌리고 허공을 바라보는 아가사와 르루, 한 손으로 얼굴을 받치고 한숨만 짓는 반, 담배 피울 생각도 하지 못하고 뚫어져라 천장만 바라보고 있는 포, 눈을 감고 가면처럼 무표정하게 얼어붙은 엘러리.
 천창에서는 달빛도 비쳐 들지 않았다. 때로 어둠을 가르고 스쳐 가는 것은 등대의 불빛이다. 밀려와서는 멀어지고, 멀어졌다간 다시 밀려오는 단조로운 리듬의 먼 파도소리……
 "일단 삼이나 자자. 난 자야겠어."
 무거운 눈꺼풀을 억지로 들어올리면서 엘러리가 말했다.
 "찬성이다."
 한 박자 늦은 포의 대답에 다른 세 사람도 문득 제정신을 차렸다.
 "내가 알 수 있는 것은 어떤 독약이 사용된 것 같다는 정도뿐이야. 독의 종류는 확실치 않지만."
 "어느 정도 짐작도 못 해?"
 "음, 글쎄……"
 포는 짙은 눈썹을 찡그렸다.
 "급속한 효과로 볼 때 독성이 강한 놈이 분명해. 게다가 호흡곤란과 경련을 일으켰으니, 신경독일 가능성이 커. 독극물 가운데 그런 성질을 가진 것은 청산가리, 스토리키니네, 안트로핀, 니코틴이나 비소일 수도 있어. 단, 안트로핀이나 니코틴이라면 동공이 커지는데, 그것이 안 보여. 청산가리라면 예의 아몬드 같은 독특한 냄새가 날 거야. 그러므로 스토리키니네 또는 비소일 가능성이 많아."

테이블 위에는 마시다 만 커피가 담긴 여섯 개의 컵이 아직 그대로 있었다. 포의 설명을 들으면서 뚫어져라 그것들을 바라보던 아가사가 갑자기 '큭큭' 하고 웃었다.

"이번 경우는 백 퍼센트 내가 범인이 되는군."

"그래, 아가사."

엘러리가 담담하게 그 말에 동의를 표했다.

"그런데, 정말 너니?"

"내가 아니라고 하면 그걸 믿어 줄래?"

"그건 무리야."

"그럼 왜 묻니?"

두 사람은 마치 아무 일도 없었다는 듯이 웃었다. 어딘가 나사가 빠진 것 같아 보였다. 다른 사람도 그 웃음이 정상의 상태를 벗어난 것임을 느꼈음에 틀림없다.

"그만 둬, 두 사람 다."

낮고 험악한 목소리로 나무란 다음 포는 담배를 빼 물면서 갑째 엘러리에게 권했다.

"심각하게 대처해야 할 때야."

"그건 알고 있어. 누군들 좋아서 이러지는 않아."

눈앞의 담배를 밀치고 엘러리는 포켓 안에서 셀렘을 꺼냈다. 한 개비를 꺼내 통통 테이블 표면에 쳐서 잎을 다지면서 말을 했다.

"우선 사실 확인부터. 커피를 마시자고 한 사람은 카였어. 아가사가 부엌에 갔을 때 다른 사람은 모두 여기 있었고. 물을 끓이고 커피를 타서 쟁반에 담은 후에 아가사가 테이블로 돌아올 때까지 약 15분이란 시간이 경과됐어. 아가사는 테이블 위에 쟁반을 놓아 두었고. 쟁반 위에 있는 물건을 정확히 지적하자면, 커피 컵 여섯 개, 각설탕 상자, 크림 병, 그리고 접시 위에 스푼이 일곱 개, 그 중 하난 크림용. 내 말이 맞니?"

아가사는 얌전하게 고개를 끄덕였다.

"다음 문제는 컵을 가진 순서다. 처음에 잡은 것이 나. 다음은?"

"납니다." 하고 르루가 대답했다.

"카 선배와 거의 동시에 잡았죠."

"그 다음이 아마도 날 거야." 하고 포가 말했다.

"그리고 내가 컵을 잡고 쟁반째 반에게 넘겨주었어. 그렇지? 반."

"응, 그래."

"OK. 다시 한번 확인해 두지. 나, 르루와 카, 포, 아가사, 반의 순서, 맞지?"

엘러리는 입술로 담배를 꽉 깨물고 불을 붙였다.

"그럼, 한번 생각해 보자. 카의 컵에 독약을 넣을 찬스를 가진 사람이 누구인지를. 먼저, 아가사."

"독을 넣은 컵을 내가 들 수도 있었어. 게다가 독을 넣은 컵을 카에게 가도록 할 방법이 없잖니?"

아가사는 서늘한 목소리로 이번에는 반론에 나섰다.

"만일 내가 범인이라면, 커피 컵을 내가 돌렸을 거야."

"그러고 보니 여태까지 너는 커피 컵을 직접 손으로 돌렸지. 그런데 왜 이번에는 그렇게 하지 않았어?"

"그럴 마음이 없어서 그랬을 뿐이야."

"그렇지만 말이야, 범인은 딱히 카만을 표적으로 하지 않는다는 거야. 범인의 최종 목적이 우리들 모두를 죽이는 데 있다는 건 너도 알잖아. [제 2의 피해자]가 누구든 아무 상관이 없는 거야."

"재수 없게 제비뽑기에서 당첨된 것이 카였다는 말이니?"

"그렇게 생각하는 것이 가장 논리적인 거야. 카의 양 옆자리는 비어 있었잖아. 그가 컵을 선택한 다음에 독을 넣는다는 것은 불가능한 일이야. 그렇다면 역시 네가 범인일 수밖에 없어."

"설탕이나 크림에 독이 들어가 있었다고 볼 수도 있잖니?"

"그건 아니야. 크림은 너도 넣었으니까. 설탕도 물론이고. 카는 나처럼 블랙으로 마시니까. 당연히 스푼도 사용하지 않지."

"잠깐만, 엘러리 선배." 하고 르루가 말을 막고 나섰다.

"아가사 선배가 커피를 타는 모습을 나는 줄곧 바라봤어요. 부엌 문이 활짝 열려 있었으니까요. 내 자리는 바로 정면이라 아가사 선배의 손놀림이 잘 보이는 위치라 할 수 있어요. 카운터에 촛불이 놓여 있어서 잘 보였지요. 그렇지만 수상쩍은 행동은 아무것도 보이지 않았어요."

"좋은 지적이긴 하지만 결정적인 증거는 될 수 없어. 이 테이블에서 부엌의 카운터까지의 거리가 문제야. 모든 것을 다 볼 수는 없어. 처음부터 아가사를 감시하기 위해 봤을 리는 없었을 테니까……."

"미안합니다."

"사과할 필요는 없어."

"아니, 그런 의미가 아니라……, 실은 나, 아가사 선배를 감시하고 있었습니다."

"르루!?"

아가사가 놀라서 눈을 동그랗게 떴다. 르루가 고개를 푹 떨구고 겁먹은 목소리로 '미안합니다'를 연발했다.

"그렇지만 어쩔 수 없잖아요. 오늘 아침 올치를 죽인 범인이 이 안에 있는 게 분명하고, 혹시 그 범인이 아가사 선배일지도 모르니까요. 그래서 저녁식사 때의 크래커, 통조림도 겁이 나서 잘 먹을 수가 없더군요. 아무렇지도 않게 맨 먼저 그것을 입으로 가져가는 엘러리 선배가 오히려 비정상적이 아닐까요?"

"맞는 말이야."

엘러리는 입을 비틀며 씁쓸하게 웃었다.

"그럼 르루, 너는 절대로 아가사가 범인이 아니라고 단정할 수 있니?"

"그건……"

"방금 카가 죽었어. 분명히 누군가가 독을 풀었어. 설마 카의 죽음을 자실이라 생각시는 않겠지?"

"그건……"

"그러니까 아까도 말했잖아. 내가 범인이라면 어떻게 독이 든 커피 컵을 피할 수 있었느냐는 거야. 나, 내 커피 다 마셨어."

엘러리는 꽁초로 변한 셀렘을 십각형 재떨이에 비벼 끄면서 천천히 눈을 깜박였다.

"커피 컵 수는 겨우 여섯 개야. 독이 든 컵의 위치를 외워 두는 것 정도는 간단하잖아. 넌 자신의 컵을 잡고 마지막 컵을 쟁반째로 반에게 넘겨주었어. 만일 나머지 두 개의 컵에 독이 든 것이 있었다면 충분히 그것을 피할 수가 있어. 만일, 자신이 독이 든 컵을 들었을 때는 마시지 않으면 그걸로 만사형통이고."
"그렇지만 난 아니야!"
긴 머리카락을 마구 흔들면서 아가사는 세차게 고개를 저었다. 테이블을 잡은 손가락이 가늘게 떨리고 있다.
"엘러리!"
반이 조용히 입을 열었다.
"만일 아가사가 범인이라면 자신이 의심을 받을 것이 뻔한 그런 불리한 기회에 일부러 범행을 저지르진 않았을 거야. 아가사는 그 정도로 머리가 나쁜 사람은 아니지. 포는 어떻게 생각해?"
"네 말에 찬성이다."라고 대답하면서 포는 엘러리 쪽을 바라보았다.
"이 홀의 조명은 테이블의 램프 하나 뿐이야. 또한 그때 쟁반에서 커피 컵을 잡는 다른 사람의 손을 주의 깊게 살핀 사람은 아무도 없어."
"무슨 말을 하고 싶은 거지? 포."
"엘러리, 맨 처음 컵을 잡은 것은 너였지? 그때 손에 쥐고 있던 독을 다른 컵에 넣는 것도 가능하지 않겠어? 어때? 마술사 님."
"하하하, 눈치를 채셨구만."
당황하는 기색도 없이 엘러리는 웃었다.
"거기에 관해서는 안 했다고 말할 수밖에 없겠군."
"적당히 넘길 생각하지 마. 다른 가능성도 충분히 생각해 볼 수 있어. 카는 그 커피를 마시기 전에 독약에 당했을지도 몰라."
"지용성 캡슐, 맞지?"
"그래."
"그렇다면 가장 수상한 사람은 너잖아! 의사 선생님. 더욱이 비소니, 스토리키니네니, 그런 독극물을 아마추어가 손에 넣기는 힘든 일이잖아. 의학부에 소속된 너 아니면 이공계인 반, 약학부의 아가사……, 나와 르루는 인문계. 극약, 독약을 놓아 둔 연구실 따위는 없어."

"손에 넣으려면 누군들 못 넣겠어? 우리 대학의 연구실은 관리 상태가 엉망이야. 농학부건, 공학부건 당당하게 들어가면 아무도 잡는 사람이 없어. 게다가 친척이 O시에서 약국을 하고 있다고 말한 건 너잖아, 엘러리."

엘러리는 가볍게 휘파람을 불었다.

"기억력 하나는 좋으시군."

"요컨대 독의 입수 방법에 대해 논한다는 것은 무의미하다는 거야."

포는 느릿느릿 몸을 앞으로 내밀었다.

"그리고 또 한 가지. 독의 투입에 한해서 또 한 가지 방법이 있어. 설마 생각 안 해 본 건 아니겠지? 미리 잔에다 독을 발라두는 방법이나. 이건 누구에게나 기회가 있었을 거야."

"물론 그렇지."

미소 짓는 엘러리를, 얼굴 쪽으로 내려온 머리카락을 손가락으로 쓸어 넘기면서, 아가사가 원망스런 눈길로 째려보았다.

"알고 있었니, 엘러리?"

"당연히. 난 바보가 아니니까."

"너 참 못됐어. 그런데도 나를 범인 취급할 수 있니?"

"다른 사람도 다 걸고넘어질 생각이었으니까."

"너 참 이상한 성격을 가졌구나."

"어차피 우리는 상식적인 상황에 놓인 처지가 아니잖아. 상식적인 신경 운운하는 사람이 오히려 이상한 거야."

"그런 말이 어디 있니?"

"그런데 아가사, 너에게 물어 볼 말이 있어."

"이번에는 뭘?"

"확인해 두어야겠어. 커피 넣기 전에 컵을 씻었니?"

"아니, 씻지 않았어."

"마지막으로 씻은 것은 언제야?"

"섬 탐사에서 돌아와서 차를 마셨잖아, 그때. 씻은 컵은 부엌 카운터에……."

"올치 컵도 함께 씻었니?"

"아니야. 올치의 컵은 식기 찬장에 넣어 두었어. 그대로 두는 것이 어쩐지 괴로워서……."

"OK. 이제 됐어. 독은 미리 잔에 발라졌을 가능성이 많아졌다. 저녁 전에 부엌에 가서 여섯 개의 컵 중 하나에 독을 바르면 됐던 거야. 찬스는 누구에게나 있었어."

"그렇지만 엘러리 선배."

르루가 말했다.

"그럼 범인은 어떻게 독이 든 컵을 가릴 수 있었을까요? 커피를 마시지 않은 사람은 없는데."

"어떤 표시를 해 두었을 거야."

"표시?"

"그래. 컵 하나에만 색이 벗겨졌다든지, 이빨이 빠졌다든지 하는 것."

엘러리는 카가 마시던 컵을 집어 들었다.

"뭐가 있어요?"

"잠깐 있어 봐. 정말 이상한데……?"

엘러리는 이상하다는 듯이 고개를 갸웃거리며 르루에게 컵을 넘겨주었다.

"네가 한 번 살펴 봐. 내게는 별로 이상한 게 없는 것 같아……."

"정말?"

"작은 상처 같은 것이 없니?" 하고 아가사가 물었다.

"없어요. 아무것도. 확대경이라도 있으면 상처 하나 정도는 찾을 수 있을지 몰라도……."

"농담은 그만 둬. 이리 줘 봐."

이번에는 아가사가 컵을 잡았다.

"정말. 아무 표시도 없어."

"즉, 사전에 독을 발랐을 가능성은 부정된 셈이야."

엘러리는 납득할 수 없다는 표정을 지으며 옆으로 처진 머리를 쓸어 올렸다.

"그렇다면 나머지 방법은 앞에서 말한 세 가지뿐이야. 아가사가 범인이든지, 내가 범인이든지, 또는 독을 넣은 캡슐을 누군가가 사전에 먹였든지……."

"여하튼 여기서는 범인을 찾을 수가 없게 되었어." 하고 포가 말했다. 엘러리는 아가사가 테이블에 놓아둔 카의 컵을 자기 앞으로 당겨 찬찬히 살펴보았다.

"표시가 없었더라도 외부인이 범인이라면 아무 문제가 없었어……."

"뭐라고, 엘러리?"

엘러리는 컵에서 눈을 뗐다.

"아무것도 아냐. 그런데 역시 마음에 걸리는 것은 범인의 동기야. 살인을 저지른 범인과 그 플라스틱 조각을 놓아 둔 인물을 동일인으로 보아도 좋을 것 같아. 그렇다면 그, 또는 그녀는 여기서 우리 다섯 명을 정말 죽일 생각임에 틀림없어. 다섯 명이란 다시 말해 〔탐정〕과 〔살인범〕 중 하나가 〔제 6의 피해자〕가 되지 않는다는 것을 전제로 한 이야기지만……."

"무슨 동기……."

한숨 섞인 목소리로 르루가 중얼거린다. 엘러리의 대답은 단호하다.

"분명히 있어. 아무리 사소한 것이라 해도."

"미쳤어!"

아가사가 흥분한 목소리로 외쳤다.

"미친 인간의 생각을 우리가 어떻게 알 수 있니!"

"미쳤다고?"

내뱉듯이 말한 다음 엘러리는 손목시계를 보았다.

"이제 날이 샐 것 같은데, 모두 어떡할 생각이지?"

"잠은 자야겠지. 피로한 머리로 더 이상 생각해 봐야 답이 나올 것 같지도 않고."

"그래, 포. 나도 이제 한계에 달했다."

엘러리는 눈두덩을 비비면서 자리에서 일어났다. 그대로 아무 말 없이 허리에 손을 갖다대며 자신의 방으로 들어갔다.

"잠깐, 엘러리." 하고 포가 불러 세웠다.

"모두 같은 장소에서 같이 자는 게 좋을 것 같은데."

"싫어, 나는 싫어."

아가사가 소름끼친 표정으로 일동의 얼굴을 둘러보았다.

"내 곁에 있는 사람이 범인이면 어떡해? 손을 뻗어 목을 조르면 어떡해. 생각만 해도 소름이 끼쳐."

"제아무리 살인범이라도 곁에 자고 있는 사람을 죽이지는 않아. 금방 정체가 탄로 나고 말 테니까."

"그렇다는 보장이 어디 있니? 포. 범인이 잡힌다 해도 내가 먼저 죽으면 무슨 소용이 있겠어."

금방이라도 울음을 터뜨릴 것 같은 표정으로 아가사는 의자를 넘어뜨리며 자리에서 일어섰다.

"잠깐, 아가사."

"싫어! 이런 판에 누굴 믿으란 말이야."

그리고 아가사는 도망치듯이 방 안으로 들어가 버렸다. 말없이 그 모습을 지켜보면서 포는 긴 한숨을 쉬었다.

"꽤 겁을 먹었군."

"당연한 일이야."

엘러리는 양손을 벌리며 어깨를 으쓱했다.

"솔직히 말해 나도 아가사와 같은 심정이니까. 나 혼자서 자겠어."

"나도 그러겠어요."

그렇게 말하는 르루의 눈은 빨갛게 충혈 되어 있다. 이어서 반이 자리에서 일어나자 포는 긁적긁적 머리를 긁으면서 말했다.

"모두 문을 잘 잠가야 해."

"알았어."

엘러리는 현관의 여닫이문을 흘깃 바라보았다.

"나도 죽기는 싫어."

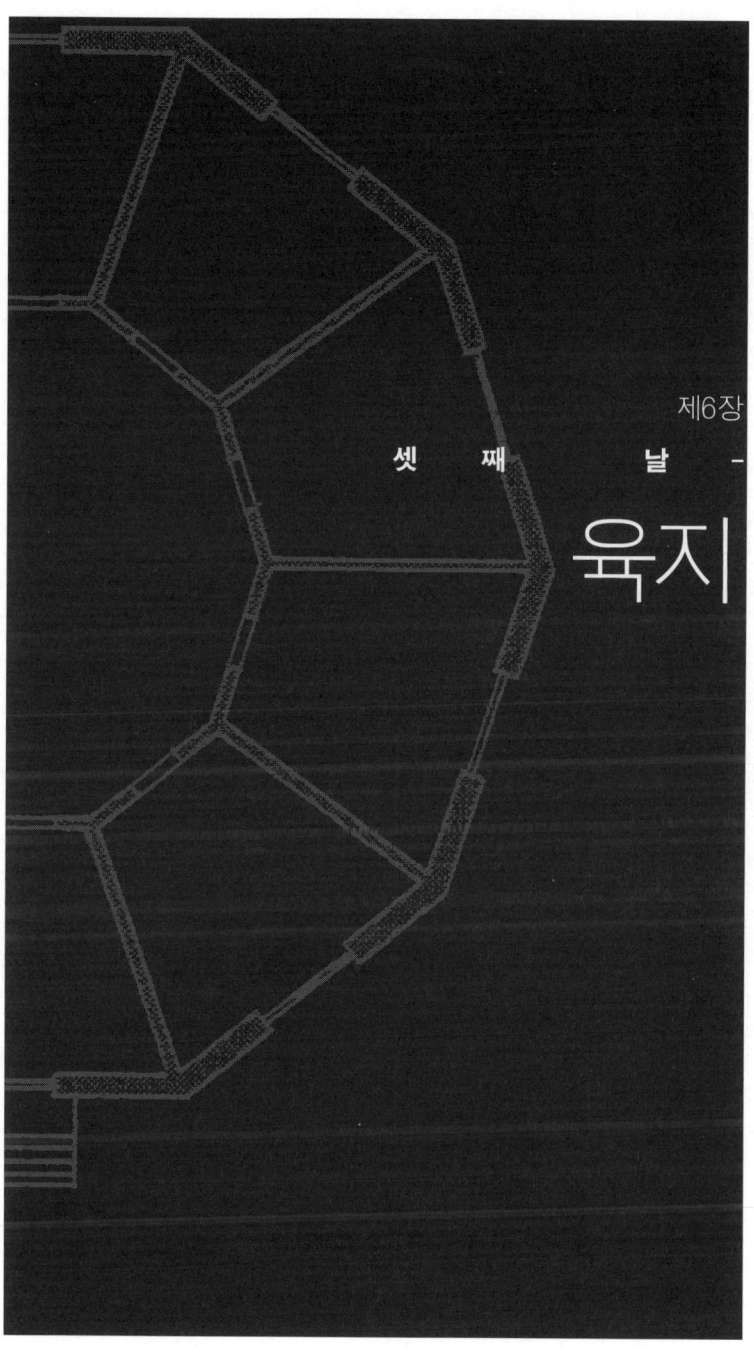

제6장

셋째 날 -

육지

저녁이 가까워졌다.

어둠이 깔리는 바다, 그 속에 동그마니 녹아 든 섬을 가와미나미는 방파제에 서서 바라보고 있었다. 바다 쪽으로 한 단 낮은 곳에는 시마다가 몸을 구부리고 낚시하는 어린아이에게 장난을 걸고 있다.

결국 두 사람은 이곳, S해안에까지 오고 말았다.

나카무라 세이지가 실제로 살아있는 것은 아닐까? 어제 그들이 도달한 결론을 입증할 만한 단서를 찾는 것이 이곳 방문의 목적이다. 또한 문제의 츠노시마를 한 번 보고 싶기도 했다.

그러나 만나질 동안 부근 주민이나 어부의 이야기를 들어 보아도 아무것도 집히는 것이 없었다. 그렇고 그런 유령담 정도가 소득이라면 소득이었다. 추리를 진전시킬 결정적인 단서를 아무것도 얻지 못한 채, 항구에서 조금 떨어진 이 장소에서 두 사람은 피곤한 몸을 쉬고 있다.

가와미나미는 담배를 물고는 그 자리에 털썩 주저앉아 다리를 죽 뻗었다. 바로 눈앞에서 살랑대는 파도소리에 귀를 기울이며 청바지에 재킷을 걸친 시마다의 등을 바라본다. 어린아이의 낚싯대를 빌려서 뭐라 종알대며 장난치고 있는 모습이 도무지 삼십대 후반으로는 보이지 않는다.

참 이상한 사람이라고 가와미나미는 중얼거린다. 그리고 어젯밤, 뜻하지 않게 시마다와 모리스 사이에 형성되었던 어색한 분위기를 떠올리고 문득 숨을 죽이며 생각에 잠긴다.

시마다와 모리스, 이 두 사람의 성격은 정반대다. 시마다를 '양'이라 한다면 모리스는 '음'이다. 성실하고 내향적인 모리스의 눈에는 시마다의 자아도취적인 언동이 경솔한 구경꾼 근성으로밖에 비치지 않았을 것이다. 특히 시마다는 모리스나 가와미나미보다 훨씬 나이가 많다. 그 때문에 더욱 더 기분에 거슬렸을지도 모른다. 시마다는 자기 나름대로 우연히 굴러들어온 이 즐거운 게임에 찬물을 끼얹는 모리스의 태도에 김이 새 버린 듯한 모습이었다.

"시마다 씨, 슬슬 가 볼까요."

이윽고 가와미나미는 자리에서 일어섰다.

"돌아가는 길도 한 시간 이상 걸리겠지요?"

"그렇지."

시마다는 어린아이에게 낚싯대를 건네주고 손을 흔들며 작별을 고했다. 긴 다리를 번쩍 치켜들어 시원스럽게 위로 올라섰다.

"어린아이를 좋아하시는군요."

"그런 셈이지. 어리다는 것은 정말 좋은 거니까."

시마다는 쾌활하게 웃으며 말했다.

제방 아래의 길로 내려간 두 사람은 어깨를 나란히 하고 걸었다.

"결국 아무것도 찾지 못했군요."

"글쎄……."

시마다는 빙긋이 웃었다.

"유령 이야기를 들었잖아?"

"그런 건 어디에나 있는 소문입니다. 사람이 변사하면 반드시 이런 종류의 괴담이 생겨나게 마련이죠."

"아니야. 의외로 그런 데에 진실이 숨겨져 있을지 모른다는 생각이 들어."

길가에서 구릿빛 얼굴의 건장한 젊은이가 재빠른 손놀림으로 그물을 손질하고 있었다. 아직 20세 전후로 보인다. 열심히 그물을 내려다보는 눈길과 표정에는 아직도 소년의 분위기가 남아 있다.

"난 말이야, 가와미나미 군. 자네 친구들이, 이전의 동료겠지만, 츠노시마의 유령에게 당하지 않기를 기도하고 싶은 심정이야."

"그게 무슨 말인가요?"

"즉, 츠노시마 유령의 정체는 다름 아닌, 죽은 나카무라 세이지였다는 것이지. 세이지는 아직 살아있고, 저 섬에 있어. 바로 거기에 자네의 전 동료들이 제 발로 걸어 들어간 거지."

"그러나 그것은……."

"저-."

갑자기 낯선 음성이 들려왔다. 놀라서 뒤를 돌아보니 목소리의 주인공은 그물을 손질하고 있던 젊은이었다.

"당신들은 섬에 간 대학생들과 아는 사이인가요?"

그물을 손에 든 채 젊은이는 큰 목소리로 말했다.

"그래요."

아무 거리낌 없이 대답한 시마다는 젊은이가 있는 쪽으로 뚜벅뚜벅 걸어갔다.

"자네, 그들을 아나?"

"그 사람들을 저와 아버지가 태워다 줬지요. 돌아오는 화요일에 데리러 가야 해요."

"아, 그래!"

흥분된 목소리로 외치면서 시마다는 젊은이 곁에 쭈그리고 앉았다.

"그런데 자네. 섬으로 간 사람들 말야……, 어디 이상한 데는 없어 보이던가?"

"별 다른 것은 없었지만……, 무척 즐거워 보이던데요. 저런 섬이 뭐가 좋다고, 정말 모를 일이야……."

퉁명스럽기 짝이 없는 말투였지만, 시마다를 바라보는 눈은 사람에 대한 그리움으로 빛나고 있었다. 짧은 스포츠형 머리를 마구 흔들어대면서 두터운 입술 사이로 하얀 이를 드러냈다.

"당신들은 유령 이야기를 조사하고 있어요?"

"으……응. 그것도 있고. 그런데 젊은이는 그 유령을 본 적이 있나?"

"없어요. 그건 그냥 소문일 뿐이에요. 난 귀신 따위는 믿지 않아요."

"귀신하고 유령은 좀 달라."

"그래요?"

"누구의 유령인지 알고 있나?"

"나카무라 세이지라는 놈의 유령이라더군요. 그리고 그 부인 이야기 아녜요?"

"그럼 자네는 그 나카무라 세이지가 츠노시마에 살아있다고 생각진 않아?"

젊은이는 이상하다는 표정으로 눈을 멀뚱거렸다.

"살아있다고요? 그 사람 죽지 않았군요. 그러니까 유령이 될 수 있단 말인가요?"

시마다는 정색을 하고 말을 이었다.

"십각관에 불이 밝혀지더라는 이야기, 그건 정말로 세이지가 밝힌 것인지도 몰라. 세이지의 모습을 보았다는 것도 유령이라기보다는 그가 실제로 살아있다고 생각하는 쪽이 보다 현실적이 아닐까. 섬에 접근하던 모터보트가 가라앉았다는 이야기도 있잖아. 이건 자신의 모습이 들키자 세이지가 낚시꾼을 죽여 버린 게 아닐까?"

"당신 정말 재미있군요."

젊은이는 재미있다는 듯이 웃었다.

"그렇지만 보트 이야기는 전혀 달라요. 내가 그 보트 뒤집어지는 걸 봤으니까요."

"엥?"

"그날은 파도가 높아서 나가지 않는 것이 좋다고 그 사람을 말렸지요. 어차피 그 섬 부근에는 잡어밖에 없다고 가르쳐 주었는데도, 내 말을 듣지 않고 기어이 나가더군요. 결국 출발한 지 얼마 되지도 않아 높은 파도에 보트가 뒤집혀 버렸어요. 그랬더니 노인네들은 금방 유령이 잡아먹었다고 소문을 퍼뜨리더군요. 그건 그냥 사고예요. 당신은 낚시꾼이 죽었다고 했는데, 아무도 죽지 않았어요. 보트를 탄 사람은 금방 구조되었으니까요."

곁에서 그 이야기를 듣고 있던 가와미나미는 저도 모르게 웃음을 터뜨리고 말았다. 시마다는 어이가 없는 듯이 입을 뾰족이 내밀고 있었다.

"그렇다면 보트 건은 없던 일로 하지 뭐. 그러나 그렇다 해도, 음…, 세이지는 살아있을 거라고 생각해, 나는."

"살아서 저 섬에 있다는 얘기에요? 그럼 뭘 먹고 살죠?"

"모터보트가 있겠지. 그것을 어딘가에 숨겨 두고 가끔씩 이쪽에 나와 물건을 사가는 거지."

젊은이는 고개를 갸우뚱했다.

"안 될 것 같나?"

"글쎄요. 밤에 J곶의 뒤편으로 돌아든다면 안 될 건 없겠지요. 그쪽에는 사람도 거의 없으니까요. 그렇지만 해안에 보트를 대 놓으면 금방 사람 눈에 띌 텐데."

"그건 적당히 감추면 되겠지. 어쨌든 바다에 안개가 끼지 않는다면 모터보트로 충분히 오갈 수 있지 않을까?"

"아, 지금 정도의 날씨라면 얼마든지 가능하죠."

"흠흠."

만족스럽게 콧소리를 내면서 시마다는 힘차게 일어섰다.

"정말 고맙네. 좋은 것을 가르쳐 주었어, 고마워."

"그래요? 당신 정말 재미있는 사람이군요."

젊은이에게 손을 흔들며 시마다는 길가에 세워 둔 차 쪽으로 씩씩하게 걸어갔다. 가와미나미가 부리나케 그 뒤를 따라 곁에 이르자 그는 활짝 웃었다.

"어때? 이 정도면 상당한 수확이 아닌가."

도대체 지금의 이야기가 상당한 수확인지 어떤지……, 가와미나미는 열심히 생각해 보았지만 적어도 세이지의 존재 가능성을 부정하는 것은 아니었다는 정도의 결론밖에 내릴 수 없었다.

"그렇군요" 하고 모호하게 맞장구를 치고 가와미나미는 왼편으로 이어지는 방파제를 넘어 어둠이 깔리는 바다를 바라보았다.

그러나……, 그리고 그는 생각에 잠겼다.

'하필이면 그 친구들, 왜 그런 장소에, 들어갔을까? 하기야 그놈들이니 무슨 일이야 있겠냐마는…….'

황혼 속으로 츠노시마의 검은 그림자는 조용히 녹아들고 있었다.

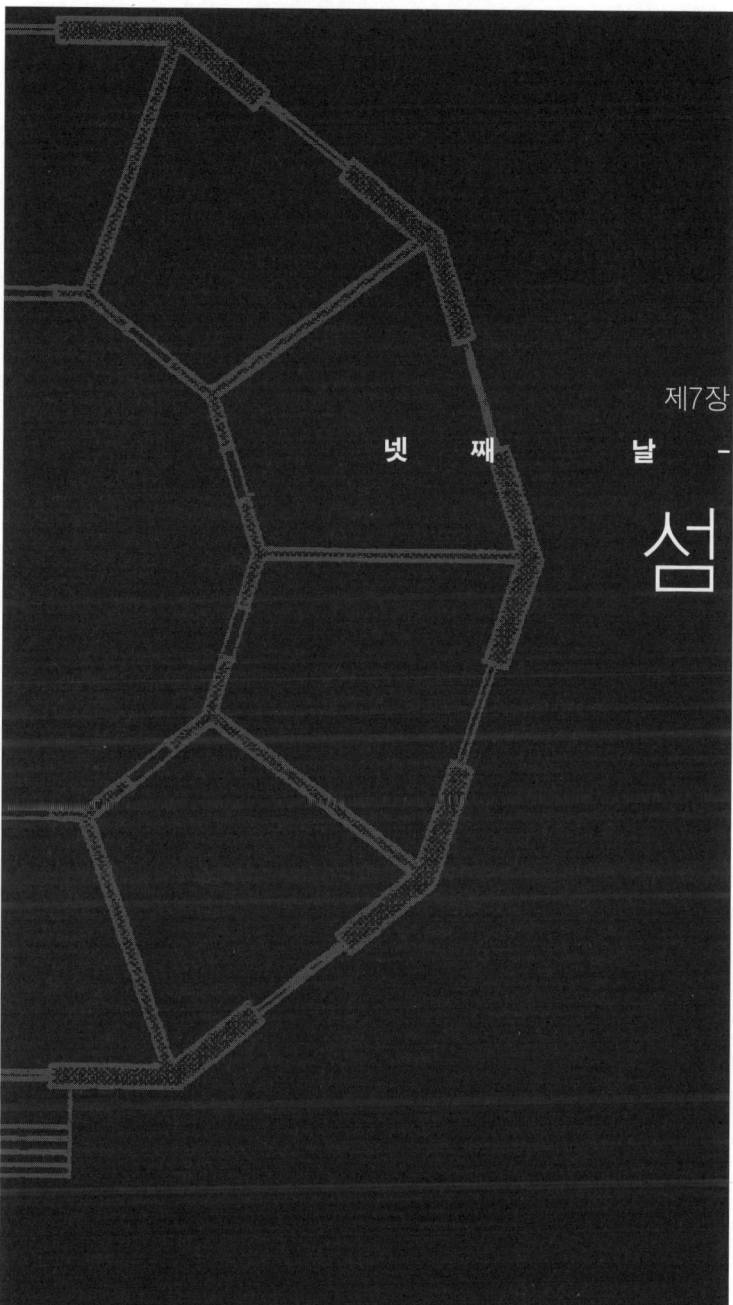

제7장

넷째 날 -

섬

1

 이야기 소리가 들려온다…….
 그렇게 큰 소리는 아니다. 그리 가까운 곳도 아니다. 귀에 익은 어조, 귀에 익은 소리의 색깔. 그 배후에서 효과음처럼 울리는 물소리. 파도? 그렇다, 파도소리…….
 그는 조금씩 잠에서 깨어나고 있었다. 그리고 눈을 뜨는 순간 먼지 냄새나는 침대 속으로 몸을 웅크렸다.
 손을 더듬어 안경을 걸치고 똑바로 눕는다. 초점 잡힌 시계에 하얀 천장이 비친다. 그는 힘없이 숨을 몰아쉬었다.
 '십각관…….'
 관자놀이가 지끈거리는 통증이 몰려온다. 그와 함께 기억하고 싶지 않은 많은 정경들이 마음속에서 일어났다.
 부서지기 쉬운 물건을 다루듯이 조심스럽게 머리를 흔들며 천천히 침대에서 나와 옷을 갈아입었다. 창으로 다가가 손잡이에 칭칭 감아둔 벨트를 벗기고 손잡이를 젖혀 창을 열었다.
 잡초가 무성한 잔디밭, 비스듬히 기울어진 소나무, 엷은 먹을 뿌려놓은 듯 나지막한 하늘…….

무겁게 늘어진 양팔을 뻗어 겨우 큰 숨을 들이켰다. 그렇게 가슴 속에 신선한 공기를 밀어 넣은 다음 창을 닫은 후에 벨트를 매고 방을 나섰다.

홀에서 이야기를 나누고 있는 사람은 엘러리와 반이었다. 아가사와 포도 이미 일어나서 부엌에서 식사준비를 하고 있었다.

"안녕, 르루. 살아 있어서 다행이야."

농담기가 전혀 없는 인사말을 하면서 엘러리는 르루의 뒤편을 손가락으로 가리켰다.

"엣?"

뒤를 돌아보고 르루는 저도 모르게 안경테에 손을 갖다 댔다.

[제 2 피해자]

카의 방문 앞에 걸려 있었다. 눈높이 정도에, 올치와 같은 위치에 카의 명찰을 덮은 모습으로 그 글씨가 붙어 있었다.

"정말 성실한 범인이로군. 여기까지 오다니 정말 가슴 설레게 하네."

르루는 뒷걸음을 치면서 그 자리를 물러나 긴 다리를 꼬고 의자에 앉은 엘러리를 바라보았다.

"나머지 조각은 그대로 부엌 서랍에 넣어 두었지요?"

"그래. 없애 버릴까?"

엘러리는 테이블 위에 놓여 있는 플라스틱 조각을 끌어 모아 르루 쪽으로 밀었다.

"이것은……"

"본 대로야. [제 2피해자]의 글씨도 거기 있어. 주도면밀한 친구야. 처음에 여기 놓아 둔 조각은, 실제로 무슨 일이 일어나면 당연히 주목받을 걸로 생각하고, 같은 것을 한 벌 더 마련해 두었던 거야. 그리고 이건 아가사에게는 비밀인데……."

엘러리는 목소리를 낮추며 르루를 손짓으로 불렀다.

"무슨 비밀?"

"쓸데없이 말했다가 쇼크를 일으키면 안 되니까. 그녀가 일어나기 조금 전의 일인데, 반과 포와 셋이서 의논해 숨겨 뒀어."

"도대체 뭘요?"

"뭐라고 생각해?"

"글쎄요……?"

"발견한 것은 포야. 정오를 지나 일어나서 얼굴을 씻으려고 세면장에 갔다가 이상한 기분이 들어 안쪽 욕실을 들여다봤다고 해. 그랬더니 거기에……."

"뭐가 있었는데요?"

"욕실 안에 피범벅이 된 손목이 떨어져 있었어."

"뭐라고요?"

르루는 저도 모르게 높아지는 목소리에 놀라 입을 막았다.

"그, 그럼 올치의……?"

"아니야, 그건 아니야. 올치의 손이 아니었어."

"그럼 누구의……?"

"카의 것이야. 카의 왼손이 잘려서 거기 놓여 있었어."

"세상에……."

"오늘 아침 우리가 잠들기를 기다렸다가 범인이 들어온 거야. 카의 방은 잠그지 않았으니까, 살그머니 들어가서 손목을 잘랐을 거야. 이건 누구라도 가능했던 일이야. 시간만 있으면 아가사라도 할 수 있는 작업이지."

"그…, 그 손목은 지금 어디에?"

"카의 침대에 갖다 뒀어. 당분간 경찰이 올 가능성은 전혀 보이지 않으니 그대로 내버려 둘 수는 없으니까."

르루는 고동치는 관자놀이를 두 손으로 눌렀다.

"그렇지만 왜 그런 짓을······."

"왜 그랬을까?"

"아직도 '흉내' 일까요? 그러기에는······."

이윽고 아가사와 포가 부엌에서 나오자 식탁 정리가 시작되었다. 스파게티, 치즈가 든 빵, 푸딩, 감자 샐러드에 스프.

르루는 자리를 정돈하면서 시계를 보았다. 벌써 세 시에 가까웠다. 어제는 한 끼도 먹지 못했다. 배가 텅 비었음에도 식욕이 전혀 일지 않았다.

"르루, 포가 나를 열심히 감시했으니까 안심하고 먹어. 식기도 전부 새로 씻었고 말이야. 설마 포와 내가 공범이라고는 생각 않겠지?"

아가사가 비꼬는 말투로 말했다. 조금 웃어주고 싶었지만 눈가 근육이 딱딱하게 굳어 움직여 주질 않았다. 잠을 자지 못한 탓인지 단정하게 화장을 한 얼굴이지만 피로의 기색이 완연했다. 로즈 핑크색 루즈도 보통 때보다 더 색이 바랜 듯이 보였다.

2

식사가 끝나자 다섯 명은 모두 함께 청옥부의 폐허로 향했다.

건물이 있었던 백 평 정도의 부지는 재와 건물의 잔해로 범벅이 되어 있었다. 그것을 둘러싸고 있는 짙은 녹색의 소나무들, 선 채 말라 죽어서 갈색으로 변해 버린 나무들, 무겁게 짓누르는 하늘과 어둡게 일렁이는 바다…….

그 모든 것을 하얀 페인트로 칠해 버리고 싶을 정도로 음울한 풍경이었다.

J곶이 보이는 청옥부의 서쪽 절벽은 그리 높지 않다. 건물을 둘러싸고 있는 소나무가 조그만 길로 뚫려 있고, 그 길은 절벽 아래의 바위더미로 내려갈 수 있는 좁은 콘크리트 계단으로 이어져 있다.

그들은 그 절벽 위에 서서 섬으로 접근하는 배를 찾기 시작했다. 그러나 그들과는 달리 혼자서 폐허 속을 거니는 사람이 있었다. 엘러리였다. 불탄 자리로 들어가 여기저기 흩어져 있는 잔해들을 발로 헤집기도 하고, 안을 들여다보기도 했다.

"뭘 하고 있니? 엘러리."

절벽 위에서 반이 큰 소리로 불렀다. 엘러리는 얼굴을 들고 웃어 보였다.

"뭘 찾고 있어."

"찾다니, 뭘?"

"어젯밤에 말했었잖아, 지하실. 혹시나 해서 말이야."

절벽 위의 네 사람은 이상하다는 표정을 지으며 폐허 속에서 혼자 거닐고 있는 엘러리 쪽으로 다가왔다.

"앗!"

엘러리는 놀라면서 사방 1미터 정도의 새카맣게 그을린 콘크리트 조각에 손을 갖다댔다.

"누가 움직인 흔적이 있어."

불에 타 떨어져 내린 벽의 잔해 같았다. 여기저기 푸른 타일이 남아 있었다. 힘껏 들어 올리자 생각보다 간단히 위로 올라갔다.

"이거야!"

엘러리는 환성을 질렀다.

거기에는 사각형의 구멍이 검은 입을 쩍 벌리고 있었다. 그리고 좁은 콘크리트 계단이 어둠 저 안쪽으로 뻗어 있었다. 청옥부의 지하실, 그 입구임에 틀림이 없었다.

엘러리는 들어 올린 콘크리트 조각을 반대쪽으로 밀쳐 버리고 미리 준비한 손전등을 꺼내더니 그 구멍 속으로 들어갔다.

"조심해. 무너질지도 모르니까."

포가 걱정스런 듯이 말했다.

"괜찮아……."

갑자기 말이 끊어지면서 엘러리의 키 큰 몸이 비스듬히 기울어지더니 어둠 속으로 빨려 들었다.

"엘러리!?"

네 명은 동시에 외쳤다. 반이 뛰어 내려가 엘러리의 뒤를 따르려 했다.

"기다려, 반. 들어가는 것은 위험해."

포가 날카롭게 외쳤다.

"그렇지만 포……."

"내가 앞장을 설게."

포는 손가락에 끼고 있던 담배를 버리고 주머니를 뒤져 소형 펜라이터를 꺼냈다. 주의 깊게 발아래를 비추면서 계단을 내려갔다.

"엘러리!"

어둠 속을 향해 불렀다. 몸을 잔뜩 구부리고 두 계단 정도 나아갔다. 거기에서 그는 문득 멈춰 섰다.

"이것 봐, 줄이 쳐져 있잖아. 여기에 발이 걸린 거야."

꼭 발목 높이였다. 좌우 벽을 타고 가는 파이프 사이에 여간 주의하지 않으면 보이지 않을 튼튼한 줄이 쳐져 있었다.

포는 신중하게 그것을 뛰어넘더니 조금 빨리 발걸음을 옮겼다. 엘러리의 손전등이 노랑색 원을 그리고 있는 것이 보였다.

"반, 르루, 이리 내려와. 줄을 조심하고. 엘러리?"

계단 아래에 엘러리가 넘어져 있었다. 포는 떨어진 손전등을 집어 들고 뒤따라 들어오는 두 사람의 발밑을 비쳐 주었다.

"어이, 엘러리. 괜찮니?"

콘크리트 바닥에 쭈그리고 있던 엘러리는 더듬거리며 괜찮다고 말했다. 그러나 신음을 내뱉으며 오른쪽 발목을 끌어안았다.

"발을 삔 것 같아……."

"머리는 괜찮아?"

"몰라."

이윽고 반과 르루가 따라 내려왔다.

"잠깐 손을 내밀어 봐."

포는 엘러리의 팔을 잡고 자신의 어깨에 걸쳤다.

"잠깐 기다려, 포!"

엘러리가 숨을 거칠게 몰아쉬며 말했다.

"난 괜찮으니까, 이 지하실을 조사해 봐."

르루가 손전등을 들고 지하실 안을 이리저리 비춰 보았다.

지하실은 다다미 열 장 정도의 넓이였다. 사방 벽도 천장도 콘크리트가 그대로 드러나 있고, 낡은 파이프가 몇 개 벽을 따라 흘러가고 있었다. 구석에는 자가 발전기 같아 보이는 커다란 기계가 놓여져 있을 뿐, 특별히 눈에 띄는 것은 없었다. 판자조각, 깡통, 양동이, 걸레……, 그런 잡다한 것들이 여기저기 널려 있을 뿐이었다.

"보시는 바처럼 아무것도 없군요, 엘러리 선배."

"아무것도 없어?"

양팔을 포와 반에게 의지하며 일어난 엘러리는 손전등 빛을 눈으로 따라가면서 중얼거렸다. 약간 정신을 차린 듯한 기색이었다.

"아무것도 없다니? 르루, 바닥을 잘 살펴 봐."

르루는 그 말에 따라 다시 한번 지하실 바닥을 비춰 보았다.

"앗, 이것은……?"

네 명이 서 있는 계단을 오르는 출입구 부분에서 반경 2미터 정도의 원을 그리는 곳. 거기에는 다른 장소에는 흩어져 있는 쓰레기들이 하나도 없었다. 더욱 이상한 것은 당연히 쌓여 있어야 할 먼지와 재도 그 원 안에는 거의 없었다는 점이다.

"어때? 너무 부자연스럽잖아? 마치 청소를 한 것 같지 않아?"

엘러리의 창백한 얼굴에 의미심장한 미소가 떠올랐다.

"누군가가 있었어, 바로 여기에 말이야."

3

"별 탈 없을 거야. 머리가 부딪친 것도 아니니까."

엘러리의 오른발에 약을 바르면서 포가 말했다.

"발을 약간 삐었고 가벼운 찰과상 정도야. 하룻밤 정도 찜질을 하면 괜찮을 거야. 정말 운 좋은 녀석이군. 잘못 했더라면 목숨을 잃을 뻔했어."

엘러리는 입술을 꼭 깨물었다.

"순간적으로 낙법을 쓴 것 같애. 여하튼 내가 이렇게 당하다니 어이가 없군. 경솔했어, 반성해야지. 그 작자의 덫에 멋지게 걸리고 말았어."

다섯 명은 십각관의 홀로 돌아와 있었다.

벽에 몸을 기대고 바닥에 다리를 뻗은 채 포의 치료를 받고 있는 엘러리. 다른 세 사람은 의자에 앉지도 못하고 불안한 표정으로 그 모습을 지켜보고 있었다.

"홀의 문은 끈으로 안에서 잠가두는 것이 좋겠어. 특히 해가 지고 나서는 절대로 바깥출입을 삼가도록. 누군가가 우리를 노리고 있는 게 분명해."

"그렇지만 엘러리, 난 도저히 믿을 수 없어."

폐허에서 돌아오는 길에 엘러리의, '나카무라 세이지=범인' 설을 듣고, 아가사는 혼란을 일으키고 있는 것 같았다.

"나카무라 세이지가 살아있다니, 그런 일이 정말 있을 수 있을까?"

"아까 그 지하실이 증거야. 적어도 누군가가 처음부터 거기에 숨어 있었던 게 틀림없어. 그리고 우리가 그 지하실을 눈치 채고 찾을 것을 미리 짐작했을 거야. 그 때문에 계단에 덫을 쳐 놓은 거지. 운이 나빴더라면 이번에 내가 [제 3피해자]가 될 뻔했어."

"좋아, 엘러리."

붕대를 다 감은 다음 포가 엘러리의 무릎을 탁- 쳤다.

"오늘 밤은 걷지 않는 게 좋겠어."

"고마워, 닥터. 그런데 어디로 가려고?"

"잠시 확인해 둘 것이 있어서."

포는 빠른 걸음으로 홀을 가로질러 현관으로 이어지는 문 저편으로 사라졌다. 그러나 1분도 채 되지 않아 다시 홀로 돌아왔다.

"역시 생각했던 대로였어."

포는 떨떠름한 표정을 지으며 엘러리에게 말했다.

"무슨 일이니?"

"아까 그 줄 말이야……, 내 물건이었어."

"포, 도대체 무슨 소리야……?"

"낚싯줄이야. 여기 도착한 날, 낚시 도구를 현관에 그냥 뒀었어. 그 속에서 가장 굵은 줄이 한 묶음 없어졌더군."

"흠, 그랬군."

엘러리는 왼쪽 무릎을 세워 양손으로 끌어안았다.

"이곳 현관은 자물쇠도 없어. 그러니 세이지건 누구건 마음만 먹으면 아무나 들어올 수 있어. 낚싯줄 훔치기는 식은 죽 먹기지."

"그렇지만 엘러리."

포는 의자에 걸터앉아 담배에 불을 붙였다.

"세이지가 살아있고, 그가 범인이라고 속단하는 것은 좀 문제가 있을 것 같은데?"

"닥터는 내 의견에 반대한다는 거니?"

"그럴 가능성이 전혀 없다는 건 아니지만……, 그러나 범인을 외부인으로 단정해 버리는 것은 좀 위험하지 않을까? 난 이의를 제기하고 싶어."

"흥!"

벽에 기댄 채 엘러리는 포의 수염투성이 얼굴을 바라보고 있었다.

"포 선생은 우리 내부에 범인을 만들고 싶은 모양이지?"

"만들고 싶은 건 아니야. 단, 그럴 가능성이 더 많다고 봐. 그러니까 엘러리, 나는 여기에서 우리 다 같이 각자의 방을 조사해 볼 것을 제안하고 싶어."

"소지품 조사?"

"그래. 범인은 또 한 벌의 플라스틱 조각과 올치의 손목, 그리고 칼. 그리고 혹시 독극물을 가지고 있을지도 모르기 때문이야."

"아주 좋은 제안이야. 그렇지만 포, 만일 그대가 범인이라면 남의 눈에 띄면 곤란한 그런 것을 방 안에 두겠어? 숨기고 싶다면 얼마든지 안전한 장소가 있는데도 말이야."

"그렇지만 일단……."

"포."

반이 입을 열었다.

"그런 조사를 하면 오히려 위험할지도 몰라."

"위험이라니?"

"즉, 우리 가운데 범인이 있다면 그 작자와 함께 모든 방을 다 돌 것 아냐. 범인이 정정당당히 다른 사람의 방을 구경할 수 있는 좋은 기회를 제공하는 셈이 되니까."

"반의 말이 맞아."

아가사가 맞장구를 쳤다.

"나, 내 방에는 아무도 들여놓고 싶지 않아. 방 안을 조사하면서 범인이 살짝 다른 플라스틱 조각을 놓아둘 수도 있잖겠어. 뭔가 이상한 것을 놔두고 갈 수도 있고……."

"르루, 어떻게 생각해?"

포가 얼굴을 찡그리면서 물었다.

"그보다는 어쩐지 이 십각관 자체가 미심쩍어서……."

르루는 아래를 내려다보며 천천히 고개를 저었다.

"저번에도 누가 그랬잖아요. 벽을 보면 눈이 이상해진다고. 눈뿐만 아니라 나는 머리까지 이상해질 지경이에요."

4

"소금은 아까 네가 거기 놔 뒀잖니."

수프의 간을 맞추느라 작은 접시를 든 채 이리저리 고개를 돌리고 있는 아가사에게 반이 조심스럽게 말했다.

"정말 관찰력이 좋으시군."

아가사가 뒤를 돌아보며 눈을 동그랗게 떴다.

"뛰어난 간수님이셔."

싸늘한 말투였지만 어딘가 그 목소리에는 힘이 없었다. 눈가에는 짙은 그림자가 깔려 있다.

십각관의 부엌.

홀에서 들고 온 램프 불빛 아래서 저녁 준비를 하고 있는 아가사와 그 곁에서 줄곧 그녀를 지켜보고 있는 반. 다른 세 사람은 홀에서 활짝 열린 문을 통해 힐끗힐끗 부엌 안을 훔쳐보고 있다.

아가사는 머릿속에서 사건에 관한 것을 모조리 없애 버리려는 듯이 더욱 바쁘게 움직이고 있었다. 그러나 손놀림은 어색하기 짝이 없다. 아까부터 계속 찾기에 바쁘다.

"설탕은 여기야, 아가사."

반이 또 물건을 찾아 주었다. 아가사의 눈꼬리가 치켜 올라가더니 반에게 고함을 쳤다.

"이제 그만 해!"

스카프로 질끈 동여맨 머리에 양손을 올려놓고 그녀는 째지는 소리를 질렀다.

"내가 만든 음식이 그렇게 불안하다면 깡통째 들고 먹으면 될 것 아냐!"

"아가사, 그런 생각으로……."

"이제 나도 지겨워!"

아가사는 접시를 반에게 집어 던졌다. 접시는 반의 팔을 스쳐 뒤에 있는 냉장고에 부딪치며 부서졌다. 홀에 있던 세 사람은 그 소리에 놀라 재빨리 뛰어왔다.

"나는 내가 범인이 아니라는 것을 가장 잘 알고 있단 말이야!"

"범인은 너희들 중 한 사람이야! 왜 감시하는 거야. 나는 절대로 범인이 아니란 말이야."

"아가사!"

엘러리와 포가 거의 동시에 외쳤다.

"너희들 왜 그래? 이런 감시까지 붙여서, 만일 음식을 먹고 죽으면 어차피 나를 범인으로 몰아세울 거잖아! 그래서 나를 살인범으로 만들 작정이야?"

"아가사, 진정해."

포가 강한 어조로 말하면서 그녀 쪽으로 한 걸음 나아갔다.

"아무도 그런 생각 하지 않아. 진정해."

"가까이 오지 마!"

아가사는 눈을 부릅뜨고 멈칫멈칫 뒤로 물러났다.

"이리로 오지 마. 이제 알았어. 너희들 모두 한 패라는 거. 네 명이 공모해서 올치와 카를 죽였지? 이번에는 내 차례니?"

"아가사, 마음을 가라앉혀."

"그……그렇게 원한다면 내가 진짜 범인이 되어 줄게. 그래, 〔살인범〕이 되어 버리면 적어도 피해자는 안될 테니까. 아, 불쌍한 올치……, 불쌍한 카……. 그래, 맞아. 내가 범인이야. 조금만 기다려, 너희들을 죽여 줄 테니까!"

완전히 혼란에 빠져 손발을 마구 흔들어대는 아가사를 네 명이 힘을 합해 잡고, 억지로 끌고 가 의자에 앉혔다.

"이제 싫어, 이제 싫어……."

아가사는 어깨를 늘어뜨리고 축 늘어져 멍하니 허공을 바라보았다. 이윽고 테이블에 엎드려 온몸을 바들바들 떨었다.

"집으로 보내줘, 부탁이야……. 이제 피곤해. 나, 집에 가고 싶어……."

"아가사."

"……돌아가고 싶어. 나, 이제 가고 싶어. 헤엄쳐 갈 거야……."

"아가사, 진정해. 천천히 크게 심호흡을 하는 거야."

포는 커다란 손을 그녀의 등에 대고 달랬다.

"잘 들어, 아가사. 아무도 너를 범인이라고 생각지 않아. 아무도 너를 죽이려 하지도 않고……."

아가사는 어린애가 투정을 부리듯이 테이블에 엎드린 채 머리를 마구 저었다. 집에 가고 싶다는 절규는 이윽고 약한 울먹임으로 변했다.

그러다 갑자기 그녀는 얼굴을 들었다. 탁하고 억양 없는 목소리로 말했다.

"그래, 저녁 준비를 해야지."

"이제 안 해도 돼. 나머지는 다른 사람이 할 테니까. 너는 그냥 쉬고 있어."

"싫어!"

아가사는 포의 손을 뿌리쳤다.

"나, 범인이 아니야……."

★

식사 중에는 아무도 입을 열지 않았다.

입을 열면 반드시 사건에 관한 이야기가 나오고 말 것이다. 그들의 침묵은 일종의 도피였다. 위기의 현실로부터, 또는 거의 얼이 빠져 버린 아가사의 심리에 더 이상 자극을 주지 않기 위한 배려이기도 했다.

"나머지는 우리에게 맡기고 이제 쉬도록 해, 아가사."

포가 속삭이듯이 말했다. 보통 때는 사람들 앞에서 피우지도 않는 담배를 물고, 멍하니 피어오르는 연기를 바라보며 아가사는 표정 없는 얼굴을 포 쪽으로 돌렸다.

"잠이 오지 않으면 약을 줄게. 약이라도 먹고 푹 자도록 해."

그 순간 그녀의 눈에 경계의 빛이 떠올랐다.

"약? 싫어!"

"걱정하지 마. 그냥 수면제에 불과하니까."

"싫어! 절대로 싫어!"

"알았어. 자, 이렇게 하자. 잘 들어, 아가사."

포는 의자에 걸어 둔 자신의 가방에서 작은 약병을 꺼냈다. 그리고 그 안에서 하얀 정제를 두 알, 손바닥에 올려놓았다. 그 알약을 각각 반쪽으로 나누고 그 중 두 조각을 아가사의 손에 올려놓았다.

"자, 이 두 개를 네가 보는 앞에서 내가 먼저 먹을게. 그러면 괜찮겠지?"

아가사는 입을 다물고 손바닥 위의 정제를 뚫어져라 바라보다가 이윽고 고개를 끄덕였다.

"그래, 좋았어."

포는 수염 난 얼굴에 웃음을 가득 담고 자신의 손에 있는 알약을 입 안에 털어 넣었다.

"봐, 괜찮지? 자, 아가사."

"잠이 안 와. 정말이야."

"무리도 아니지. 신경이 너무 곤두서서 그래."

"오늘 아침에 카의 방에서 났던 그 소리, 귀에서 떨어지질 않아…… 겨우 잠들만 하면 옆방에서 이상한 소리가 들려오는 것 같아서……."

"알았어. 그걸 먹으면 오늘 밤은 푹 잘 수 있을 거야."

"정말?"

"물론, 금방 잠이 올 거야."

아가사는 이윽고 약을 입 속에 털어 넣고 눈을 감으면서 목 안으로 삼켰다.

"고마워……."

아가사는 생기 없는 눈으로 포를 쳐다보았다.

"자라 자, 아가사. 문 잠그는 것 잊지 말고."

"응, 고마워. 포."

아가사가 방으로 들어가자 네 명은 약속이나 한 듯이 한숨을 내쉬었다.

"정말 멋진 의사 역을 하시는군, 포. 앞으로 좋은 의사가 되겠어."

담배를 낀 가느다란 손가락을 흔들면서 엘러리가 가볍게 웃었다.

"젠장, 이제 올 때까지 왔군. 저 아가사 여사까지 저 모양이니. 내일이면 우리들 가운데 누가 환자로 변할지 모르겠군."

"그만 둬, 엘러리. 넌 너무 비꼬는 게 흠이야."

"비꼬고도 싶지."

엘러리는 어깨를 으쓱했다.

"너무 심각해지면 나까지 이상해질 것 같아서 말이야. 나도 오늘 죽을 뻔했어."

"그건 네놈 일인극에 지나지 않아. 어떻게 생각해?"

"뭐라고? 흠……, 여기서 흥분해 봐야 아무 소용없지. 그렇다면 아가사의 지금 행동도 연기가 아니라고는 볼 수 없겠네."

"내부에 범인이 있는 한 누구라도 똑같은 용의자니까."

손톱을 깨물면서 반이 말했다.

"자신이 범인이 아님을 확신할 수 있는 사람은 그 자신 뿐. 결국 자기 자신은 스스로 지킬 수밖에 없게 됐어."

"아아……, 도대체 왜 이런 일이 벌어지고 말았을까?"

안경을 벗어 테이블에 던지듯이 올려놓으면서 르루가 머리를 감쌌다.

"어이, 너도 히스테리를 일으킬 생각은 아니겠지?"

"나도 믿이 없긴 마찬가지예요. 엘러리 선배, 도대체 범인은 왜 이런 미친 짓을 시작했을까요? 우리 가운데 한 사람이건, 나카무라 세이지건……도대체 어떤 동기로?"

작고 둥근 안경을 벗은 르루의 얼굴에는 비장함이 서려 있었다.

"동기 말이지?"

엘러리는 조심스런 목소리로 중얼거렸다.

"뭔가가 있을 것 같은데."

"난 '세이지=범인' 설에 반대야."

화난 목소리로 반이 말했다.

"세이지가 살아있다는 것은 엘러리의 개인적인 상상에 지나지 않아. 가령 그것이 사실이라 해도 르루의 말대로 무슨 이유로 그가 우리를 죽인단 말이야? 이건 말도 안 돼."

"세이지가······."

그 이름을 듣거나 입에 담을 때마다 르루는 묘한 두근거림을 느꼈다. 어제 엘러리로부터 그가 살아있을지 모른다는 말을 들은 이후 줄곧 그랬다.

램프의 불빛이 비쳐내는 테이블 위의 안경 렌즈를 뚫어져라 바라보면서 그 두근거림의 근원에 이르는 어떤 기억을 열심히 더듬고 있었다. 그러나 아무리 노력해도 떠오르는 기억이 없었다. 게다가 또 한 가지, 그보다 더 새로운 어떤 기억이 혼합되어 그의 가슴을 더 답답하게 했다.

'뭘까?'

르루는 마음속으로 끊임없이 묻고 있었다.

새로운 기억 쪽은 이 섬에 온 이후의 것임에 틀림없다. 어디서 뭔가를 무의식적으로 바라보았고, 게다가 그것이 더없이 중요한 것처럼······.

"포 선배!"

자리에서 일어났을 때부터 시작되었던 두통이 점점 더 강해져 갔다. 모든 것을 체념하고 오늘은 빨리 자는 게 좋겠다고 생각했다.

"저, 나도 수면제를 먹어야겠어요."

"아, 그래. 아직 일곱 시밖에 안 됐는데 벌써 자려고?"

"두통이 심해서요."

"그럼 나도 빨리 자도록 하겠어."

정제가 든 병째로 르루에게 건네주고 포는 담배를 문 채 자리에서 일어났다.

"아까 먹은 약이 말을 듣기 시작했어."

"포, 괜찮으면 내게도 한 알 줄래?"

천천히 의자에서 일어서면서 반이 말했다.

"아, 한 알이면 돼. 잘 듣는 약이니까. 앨러리는?"

"괜찮아. 노력하면 잠이 오겠지 뭐."

이윽고 테이블 램프가 꺼지고 십각형의 홀은 완전히 어둠에 감싸였다.

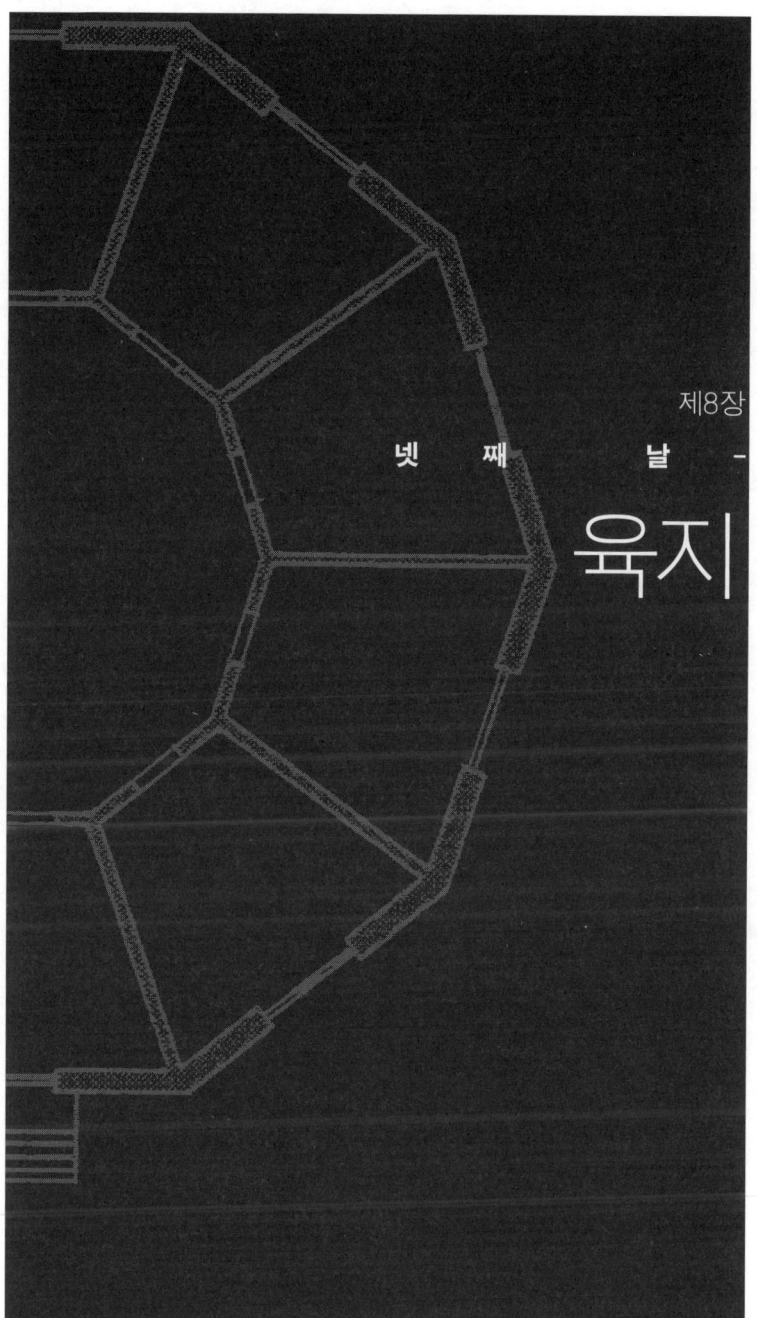

제8장
넷째 날 -
육지

1

"정말 제가 함께 가도 되겠습니까?"
O시에서 카메가와로 향하는 차 안에서 가와미나미는 다시 한번 물었다. 핸들을 잡은 시마다는 앞을 응시한 채 두세 번 고개를 끄덕였다.
"상관없네. 치오리도 자네와 아는 사이였고, 게다가 자네는 이번 괴문서 사건의 피해자이기도 하니까. 무엇보다 자네가 이 문제에서 소외되면 재미없잖아."
"예, 그건 그렇지만……"
역시 어제 모리스 쿄이치의 충고가 마음에서 떠나지 않았다.
단순히 자신의 호기심을 만족시키기 위해 타인의 프라이버시를 침범해도 좋은 것인가……?
가와미나미와 모리스가 생각하는 것만큼 그 자신과 코지로의 관계가 소원한 것이 아니라고 시마다는 말했다. 모리스의 사고방식이나 태도는 너무 도덕적이라고 했다.
시마다의 기분도 알 것 같았다. 가와미나미도 처음에는 그리 싫지 않은 표정으로 추리게임에 참가하던 모리스가 갑자기 드러내 보인 그 결벽적인 태도에 어리둥절해 하긴 마찬가지였다. 그러나 아무리 그렇다 해도 바로 어제 방문했던 자신이 오늘도 코지로의 집을 방문한다는 데에 강한 저항감을 느끼지 않을 수 없었다.

"가와미나미 군, 그렇게 마음에 걸린다면, 요 며칠 사이에 자네와 내가 정말 친구가 된 것으로 생각하면 되지 않겠나? 그러면 싫다는 자네를 내가 억지로 끌고 간 셈이 되니까, 자네가 미안할 건 없어지겠지."

정색을 하는 시마다의 말을 들으면서 가와미나미는 참 재미있는 사람이라고 생각했다.

단지 호기심이 왕성한 것만은 아닌 것 같았다. 그 자신보다는 훨씬 더 날카로운 통찰력과 관찰력을 가지고 있다. 어젯밤, 모리스가 제시한 세이지 생존설, 그 정도의 분석은 이미 그도 하고 있었음에 틀림없다.

단 모리스와 시마다의 결정적인 차이점은 모리스가 어떤 의미에서 지극히 보수적인 현실주의자임에 반해, 시마다는 마치 꿈꾸는 소년 같은 로맨티스트라는 것이다. 자신이 흥미를 느낀 현실적인 사건으로부터 자유롭게 상상력을 작동시켜, 하나의 가능성이 도출되면, 그 다음은 그 가능성을 일종의 꿈과 같은 차원으로 승화시켜 버린다. 그렇기 때문에 혹시 그렇게 만들어진 꿈이 진상과 일치하느냐 않느냐는 그에게는 전혀 본질적인 문제가 아닐지도 모른다.

차는 국도에서 벗어나 처음 보는 길로 접어들었다.

반쯤 열린 창으로 흘러 들어오는 바람에 온천지대 특유의 냄새가 섞여 있었다. 때로 '썩은 달걀 냄새 같은'이란 말로 표현되는 유화수소의 냄새가 그리 싫지만은 않았다.

코지로의 집에 도착한 것은 오후 3시가 넘어서였다.

근무지인 고등학교는 이미 봄방학에 들어갔고, 설령 등교일이라 해도 오늘은 토요일이므로 돌아와 있을 것임에 틀림없으며, 아무리 시간이 있어도 좀처럼 외출하지 않는 사람이라고 시마다는 말했다.

전화로 방문을 알리지 않았느냐고 가와미나미는 물어보았다.

"코지로는 갑자기 찾아오는 것을 좋아하는 타입이지. 좀 특이한 사람이야. 물론 손님에 따라 다르긴 하지만."

시마다는 한쪽 눈을 찌그러뜨리며 웃었다.

요시가와 세이치가 가꾸었다는 정원은 여전히 꽃으로 가득 차 있었다. 지붕 저편으로 하얀 꽃망울을 가득 단 벚나무 가지가 보인다. 돌길을 따라가니 흰 조팝나무의 작은 꽃잎이 바람에 넘칠 듯이 흔들리고 있다.

시마다가 벨을 누르자 오늘은 금방 대답이 돌아왔다.

"아니, 시마다. 가와……, 가와미나미 군이라고 했던가?"

오늘의 코지로는 화려한 차림새였다. 검은 바지에 같은 검은색 줄무늬가 든 셔츠. 커피색이 약간 섞인 표면이 거친 카디건.

가와미나미의 모습을 보고서도 별달리 의구심을 가지는 기색도 없이 그는 두 사람을 방 안으로 안내했다.

시마다는 창가의 등나무 의자에 앉았다. 가와미나미는 코지로가 자리를 권할 때까지 기다렸다가 소파에 동그마니 앉았다.

"오늘은 무슨 바람이 불어서?"

홍차를 따르면서 코지로가 물었다.

"좀 이야기를 듣고 싶어서."

시마다는 흔들의자를 앞으로 기울이며 무릎 위에 두 손을 올려놓았다.

"그런데 코지로. 어제는 어디 갔었어?"

"어제?"

코지로는 이상하다는 듯이 시마다를 바라보았다.

"요즘은 매일 집에 있지. 학교 수업도 없으니까."

"그랬어? 어제, 27일 밤, 여기 들렀더니 대답이 없더군."

"그건 참 미안하게 됐네. 마감이 가까운 논문이 있어서 요 며칠간 전화도 손님도 모두 받지 않았다네."

"그것 참 섭섭하군. 친구가 찾아왔는데 말이야."

"미안. 자네인 줄 알았더라면 나갔을 텐데."

두 사람에게 찻잔을 건네주고 코지로는 가와미나미의 건너편 소파에 걸터앉았다.

"그런데 듣고 싶다는 것은? 가와미나미 군이 함께 온 걸로 봐서, 아직 우리 형의 이름을 도용한 이상한 편지에 관계된 일인 것 같군."

"맞았어. 그러나 오늘 온 것은 그것과는 좀 달라."

시마다는 숨을 가다듬었다.

"사실은 치오리의 일인데, 좀 자세한 이야기를 듣고 싶네."

컵을 입가로 가져가던 코지로의 손이 우뚝 멈추었다.

"치오리?"

"코지로, 이상한 질문도 다 한다고 생각하겠지? 기분 나쁘면 나를 때려도 좋아."

그리고 시마다는 단도직입적으로 이야기했다.

"치오리는 혹시 자네 딸이 아니었나?"

"바보 같은 소리. 무슨 말을 하는 건가? 자네."

코지로는 거침없이 대답했지만, 가와미나미는 그 순간 코지로의 얼굴에서 핏기가 싹 가시는 것 같은 느낌을 받았다.

"아니야?"

"그걸 말이라고 하나?"

"흠……."

시마다는 등나무 의자에서 일어나 가와미나미의 옆 자리로 옮겨 앉았다. 그리고 태연하게 팔을 끼고 있는 코지로의 얼굴을 뚫어져라 바라보면서 말했다.

"무례하다는 것을 잘 알고 묻는 것이네. 화를 내는 것도 당연할 게야. 그렇지만 코지로, 나는 이걸 꼭 확인해 두고 싶어. 치오리는 코지로와 카즈에 씨 사이에서 태어난 아이가 아닌가?"

"말도 안 되는 소리 좀 작작하게. 도대체 무슨 근거로 그런 말을 하는 거야?"

"확실한 증거는 없다네. 단지 여러 가지 상황이 나로 하여금 그런 판단을 내리게 해."

"그만 둬."

"어제 가와미나미와 아지무에 갔었어. 행방불명된 요시가와의 아내를 만나기 위해서."

"왜 그런……?"

"이번의 괴문서를 계기로 작년의 츠노시마 사건에 대해 조금 조사를 하고 싶어서 말이야. 그래서 우리가 도달한 결론은 나카무라 세이지 씨는 아직 살아있고, 그가 그 사건의 범인이라는 것이었어."

"그건 말도 안 돼. 형은 죽었어. 내가 사체를 확인했단 말일세."

"불에 탄 사체를 말이지?"

"그렇지……."

"그건 요시가와 세이치의 사체였네. 세이지 씨가 모든 일을 저질렀어. 카즈에 부인과 기타무라 부부를 죽인 후, 요시가와를 불태워 죽임으로써 자신을 대신하게 했던 거야. 따라서 세이지는 아직 살아있어."

"자네의 상상력은 여전하군. 그래서 그 상상력이 나를 형수와 연결시킨 게로군."

"바로 맞혔어."

시마다는 조금도 망설임 없이 이야기를 계속했다.

"세이지 씨가 범인이라 한다면, 왜 그는 살인까지 저질러야 할 그런 정신상태에 빠져야 했을까? 언젠가 자네가 말한 적이 있지. 형은 카즈에를 무척 사랑하고 있긴 하지만, 그 사랑의 방식이 좀 이상하다고 말이야. 그리고 그가 젊어서 그런 외딴 섬으로 들어간 것도 카즈에를 자신의 곁에 두고 싶어서였다고, 그녀를 섬에 가둬두고 싶었기 때문이라고 말이야. 그만큼 사랑했던 자신의 아내를 그가 죽였다면, 그 동기로 생각할 수 있는 것은 질투밖에 없을 것 같애."

"왜 그 질투를 나와 형수의 관계로 연결시켜야 하는 거지?"

"요시가와의 아내로부터 들은 이야기에 의하면, 세이지 씨는 자신의 딸을 그렇게 좋아하지 않았던 것 같애. 그러나 그는 카즈에 부인을 열렬히 사랑하고 있었어. 그렇다면 두 사람 사이에 태어난 아이, 더욱이 여자애인 치오리를 귀여워하는 것이 당연하지 않겠어? 이건 분명 모순이야. 이것은 다시 말해 세이지 씨가 적어도 그 딸이 자신의 혈육인지를 의심했다는 증거가 되는 셈이지."

"형은 좀 특이한 사람이었어."

"그러나 아내를 사랑하는 인간이었어. 그 아내가 낳은 자신의 딸을 사랑하지 않았다는 것은 역시 뭔가가 있었기 때문이야. 그래서 말인데, 지금의 가설이 타당하다고 한다면, 치오리의 진짜 아버지는 누구일까? 몇 가지 상황이 코지로, 자네를 암시하고 있다네. 섬에 갇혀 버린 카즈에 부인. 그리도 그녀와의 접촉이 가능했던 젊은 남자. 치오리의 탄생을 전후로 하여 악화된 형제 관계……."

"그건 말도 안 돼. 이제 그만해! 그건 말도 안 되는 추론이야. 그런 사실은 없어."

코지로는 안경을 거칠게 벗었다.

"그리고 몇 번이나 말하지만, 형은 결코 살아있지 않아. 형은 죽었어. 나는 그 사건과 아무 관계도 없고."

단호한 어조였지만 그의 눈은 시마다의 시선을 정면으로 받지 못하고 있었다. 무릎 위에 내려진 손이 가늘게 떨리고 있었다.

"그럼 코지로, 한 가지 더 물어보겠네. 작년 9월 19일. 청옥부가 불타기 전날. 기억하고 있나? 평소 때는 거의 술을 마시지 않는 자네가 그날 밤, 갑자기 나에게 전화를 걸었어. 밖에서 한 잔 하지 않겠느냐고. 그날 우리는 몇 차나 했는지, 자네는 완전히 쓰러져 버렸었지. 나에게는 홧술로밖에 안 보였어."

"그게 도대체 어쨌다는 말인가?"

"너무 취해서 자네는 그만 울음을 터뜨리고 말았어. 기억하고 있을 거야. 그리고 내가 이 집까지 자네를 바래다주고 이 소파에서 잠을 잤는데, 그때 자네는 울면서 잠꼬대처럼 중얼거렸지. '카즈에, 나를 용서해 줘, 용서해 줘' 하고 몇 번이나……."

"그, 그런……!"

코지로의 안색이 눈에 뜨일 정도로 변해 버렸다. 시마다는 말을 이었다.

"그때는 깊이 생각지 않았어. 나도 꽤 취했었으니까. 사건이 일어난 것을 안 다음에도 난 나름대로 귀찮은 일을 끌어안고 있었기 때문에 그날 밤의 일을 떠올릴 여유가 없었지만, 지금 새삼 생각해 보니……."

시마다는 크게 숨을 몰아쉬었다.

"19일 밤, 그 시점에서 코지로는 벌써 츠노시마 사건을 알고 있었어. 그렇지?"

"어떻게 내가 그 사실을 알았다는 거야?"

"범인, 즉 세이지가 가르쳐 주어서지."

시마다는 날카로운 눈길로 코지로를 바라보았다.

"카즈에의 사체에는 왼손이 잘려나가고 없었어. 세이지 씨가 자른 거지. 그는 그 손목을 코지로 자네에게 보내지 않았었나? 그것을 받은 것이 19일이었지. 스캔들이 될까 두려웠던 자네는 경찰에 알릴 수도 없어서 그 충격을 잊기 위해 술을 마신 거야."

"나는……나는……!"

"코지로와 카즈에 씨의 관계가 구체적으로 어떤 사연을 간직한 것인지는 난 몰라. 그건 묻고 싶지도 않아. 그 결과 세이지 씨가 광기에 빠졌다 해도 난 그것을 따질 자격도 없어. 그러나 19일의 시점에서, 만일 코지로가 그 사건을 경찰에 알렸더라면 기타무라 부부나 요시가와의 죽음을 막을 수 있었을지도 몰라. 그날의 침묵은 죄악이 아닐까?"

"죄악이라고?"

갑자기 코지로는 벌떡 일어섰다.

"코지로!"

"이제 됐어. 그걸로 충분해."

그리고 코지로는 시마다의 시선을 피하듯 천천히 창가로 걸어갔다.

"그건……."

그는 정원에 있는 등나무를 가리키며 입을 열었다.

"저 나무는 치오리가 태어나던 해에 심은 거야."

2

가와미나미는 아직 귀가하지 않은 것 같았다. 방의 불은 꺼져 있다.

손목시계를 본다. 밤 10시 10분. 벌써 잠들었을 리는 없고…….

연립주택 입구에 오토바이를 세워두고 모리스 쿄이치는 도로 건너편의 커피숍으로 들어갔다.

12시까지 영업하는 가게이다. 평상시는 근처에 사는 대학생들로 가득 차지만 봄방학이어서 손님은 거의 없었다.

창가 자리에 앉아 모리스는 커피를 시켰다. 짙은 브랜드 커피가 테이블에 놓여졌다.

블랙으로 그냥 마시면서, 이 한잔을 마시는 동안 오지 않으면 돌아가리라 생각했다. 반드시 만나야 할 용건이 있는 것도 아니다. 나중에 전화라도 하면 되는 것이다.

'그 친구, 금방 뜨거워졌다가 금방 식는 스타일이니까 탐정놀이도 슬슬 그만둘 때가 됐어.'

담배를 물면서 모리스는 그렇게 생각했다.

가와미나미의 가슴에 불을 지핀 것은 그 편지였다. 죽은 사람에게서 온 편지, 확실히 그것만으로도 그의 마음을 흥분시키기에 충분했다. 더욱이 그와 병행하여 연구회의 멤버들이 그 섬에 갔다는 것을 안 이상 도저히 가만있을 수 없었을 것이다. 일부러 벳부까지 코지로를 찾아가기도 하고, 자신에게 의논을 하는 등……. 그렇지만 보통 때라면 그 정도에서 식어 버리는 것이 가와미나미의 성격이다. 그러나…….

시마다 키요시의 얼굴이 떠올랐다.

단순한 호기심은 아닌 것 같다. 꽤 날카로운 사나이다. 그러나 그의 과다한 호기심을 모리스는 받아들일 수 없었다.

그런 편지에 흥미를 느끼는 것은 너무도 당연하다. 거기서부터 작년의 그 사건을 파헤쳐 볼 생각을 하는 것도 미스터리 마니아에게는 너무도 당연한 일이다. 그러나…….

요시가와 세이치의 아내를 방문해 보는 것이 어떠냐고 자신이 권했다는 사실이 후회스럽기 짝이 없었다. 그때는 정말 정신이 이상했던 것 같다. 신중하게 생각지 않고 저도 모르게 그런 말을 하고 말았다. 갑자기 얼굴도 모르는 사람의 방문을 받고 살인범 누명을 쓰고 행방불명이 된 남편에 대해, 이런저런 이야기를 듣고 또 대답까지 해야 하는 요시가와 마사코의 기분은 과연 어떨까?

두 사람의 보고를 듣고 자신이 제시한 세이지 생존설. 그러나 그는 그 가능성을 거의 믿지 않고 있다. 그것은 어디까지나 미스터리광의 탐정 게임에 종지부를 찍기 위한 하나의 가설에 지나지 않았다.

그런데 시마다는 카즈에 부인과 코지로의 은밀한 관계를 동기로 보고, 기어이 치오리가 코지로의 딸이 아니라는 데까지 상상력의 날개를 펴고 만 것이다.

담배 연기가 목을 꽉 메우는 것 같다. 우울한 마음으로 모리스는 씁쓸한 커피를 마신다.

20분가량이 경과한 다음 이제 슬슬 일어나려 할 참에 가와미나미의 아파트 앞에 차가 멈추어 섰다. 붉은 패밀리아다. 차에서 사람이 내리는 것을 보고 모리스는 자리에서 일어났다.

"가와미나미."

커피숍을 나서며 이름을 부르자 가와미나미는 '어이-' 하고 손을 흔들었다.

"역시 너였군. 어쩐지 눈에 익은 오토바이라 했더니. 250cc 오프로드를 타는 사람은 이 근처에 없으니까."

길가에 세워 둔 낡은 오토바이를 바라본다. 야마하 XT250.

"일부러 찾아왔니?"

"응, 그냥 지나치는 길이야."

모리스는 들고 있던 배낭을 두들기고, 오토바이에 묶여 있는 캔버스 보드를 턱으로 가리켰다.

"오늘도 쿠니사키에 갔다 돌아오는 길이야."

"그림은 잘 진행되고 있니?"

"내일이면 완성될 거야. 완성되면 보여 줄게."

"어이, 모리스 군."

운전석에서 내린 시마다가 모리스를 보고 활짝 웃었다. 모리스는 약간 딱딱한 목소리로 말했다.

"안녕하세요? 오늘은 어디를……."

"아, 잠깐 코지로에게. 아니 그냥 벳부 쪽으로 드라이브를 했지. 가와미나미 군과는 마음이 잘 맞아서 말이야. 오늘 밤은 이 집에서 술이라도 한잔 할까 해서……."

가와미나미의 뒤를 따라 시마다와 모리스는 방으로 들어갔다. 방에 깔린 이불을 적당히 치운 가와미나미는 상을 편 다음 위스키를 꺼냈다.

"모리스는 마시나?"

"아니요. 오토바이를 타고 와서요."

시마다는 방으로 들어서자마자 책꽂이에 꽂힌 책의 제목들을 살펴보았다. 모리스는 글래스에 얼음을 넣는 가와미나미의 손놀림을 물끄러미 바라보고 있다.

"그런데 어떻게 됐니? 그 건은……."

"아아……."

가와미나미는 조금 우울한 목소리로 대답했다.

"어제는 S해안까지 갔었어. 츠노시마를 멀리서 구경하고, 동네 사람들로부터 이상한 유령 이야기를 들었어."

"유령?"

"세이지의 유령이 나온다는 이야기 말이야. 어디서나 있는, 그렇고 그런 이야기야."

"흠, 그래서 오늘은? 그냥 드라이브를 한 건 아니겠지?"

가와미나미는 대답하기 곤란한 듯 입술을 비죽였다.

"사실은……."

"역시 코지로 씨 댁에?"

"그래. 충고를 받아들이지 않아서 미안해."

술을 따르던 손길을 멈추고 가와미나미는 잠시 머뭇거렸다. 모리스는 그의 얼굴을 비스듬히 엿보려는 듯이 고개를 기울였다.

"결과는?"

"작년의 사건은 거의 윤곽이 잡혔어. 코지로 씨가 이야기 해 주었어. 시마다 씨, 술 드세요."

"사건의 진상을 알았다는 거니?"

모리스는 다소 놀란 듯이 물었다. 가와미나미는 '아아' 하고 헛기침을 하면서 위스키를 홀짝였다.
"도대체 그 말은……?"
"결국 사건은 세이지가 계획한 동반자살극이었어."
그리고 가와미나미는 자세한 이야기를 하기 시작했다.

5

"저 나무는 치오리가 태어나던 해에 심은 거야."
코지로의 목소리가 떨리고 있었다.
"등나무……? 그것을 왜?"
시마다가 물었다.
그러면서 시마다는 '아하' 하고 고개를 끄덕였다. 가와미나미가 무슨 말인지 몰라 고개를 갸웃거리자, 시마다가 설명해 주었다.
"『겐지모노가타리〔源氏物語〕』, 알겠지? 가와미나미 군."
"겐지?"
"응, 그렇지? 코지로."
"아버지의 아내인 후지츠보〔藤壺〕를 사모하던 히카루겐지〔光源〕는 오랜 세월이 지난 후에야 하룻밤의 정을 나눌 수 있었다. 그런데 그 하룻밤의 사랑에 후지츠보는 임신을 하게 되자, 두 사람은 남편과 아버지를 속이며……."
코지로는 형의 아내 카즈에를 그 후지츠보와 연결시켰음에 틀림없다. 불륜의 자식, 치오리의 탄생. 그 때문에 더욱 멀어져 버린 연인을 그리워하는 마음이 그로 하여금 등나무를 심게 했던 것이다.

후지츠보는 평생 자신과 겐지가 범한 죄를 잊지 못하고, 그것을 스스로도 용서할 수 없었다. 그리고 코지로의 연인 또한 후지츠보와 마찬가지로…….

가와미나미는 건드려선 안 될 금기를 건드려 버린 듯한 느낌에 사로잡혀 몸 둘 바를 몰랐다.

"역시 그랬었군."

시마다는 자리에서 일어나 코지로의 등 뒤로 다가갔다.

"세이지 씨는 그것을 눈치 챘을 테지."

"형은 그냥 의심만 하는 정도였을 거야."

정원을 바라보며 코지로는 대답했다.

"반은 의심하고, 반은 필사적으로 그것을 부정하려 했지…….

형은 천재적인 재능을 가진 사람이지만, 인간적인 면에서는 어떤 결함을 가지고 있었어. 그는 형수를 사랑하고 있었지만, 그것은 일종의 광기에 가까운 독점욕으로 가득 찬 것이었고, 오로지 갈구하는 사랑에 지나지 않았어. 형은 스스로 자신의 그런 광적인 기질을 잘 이해하고 있었음이 틀림없어. 그녀에게 자신이 결코 좋은 남편이 아님을 알고 있었던 거야. 그 때문에 그는 형수를 의심했었고. 치오리에 대해서는 아마도 두려움 같은 감정을 품고 있었던 것 같애. 그러나 한편으로는 치오리만이 자신의 자식이라고 믿으려 하는, 또는 믿고 싶어 하는 감정이 반……, 그 반이 이십 년 동안 그와 아내를 이어주고, 아내를 믿게 하며, 마음의 균형을 이루게 하는 유일한 근거가 되어 주었지.

그런데 그 치오리가 죽어 버렸어. 두 사람을 이어주는 유일한 끈, 두려워하면서 믿으려 했던 딸, 그 딸이 죽었어. 그 순간 형의 의심은 그냥 바깥으로 표출되기 시작했어. 아내는 자신을 사랑하지 않는다. 더욱이 그 마음은 다른 사람에게, 동생 코지로에게, 가 있는 것은 아닐까? 죽을 만큼 고뇌하고 괴로워하는 거야. 그러다 미쳐 버리고……. 드디어 형은 형수를 죽여 버리고 말았던 거지."

코지로는 등을 돌린 채 꼼짝도 하지 않고 새파란 잎이 나기 시작한 등나무를 바라보고 있다.

"츠노시마의 사건, 그것은 형이 꾸민 동반자살극이었어."

"동반자살극?"

"그래. 9월 19일 오후, 나는 분명히 자네가 말했듯이 형으로부터 소포를 받았어. 그 속에는 피투성이 손목이 비닐상자에 밀봉되어 있었어. 그 약지에 낀 반지는 내 기억에도 뚜렷이 남아 있는 것이었지. 그 순간 나는 사태를 파악할 수 있었고…….

나는 청옥부로 전화를 걸었어. 기다렸다는 듯이 형이 받더군. 웃는 건지 우는 건지 모를 목소리로, 형은 이렇게 말했다네. '카즈에는 내 거야. 기타무라 부부도, 요시가와도, 모두 죽였어. 새로운 여행길에 나서는 나와 카즈에를 위한 선물이다' 라고. 형은 완전히 미쳐 있었어. 내가 무슨 말을 해도 들으려 하지 않고, '지옥에서 기다릴게' 하고 외치면서 전화를 끊었어.

형은 절대로 살아있지 않아. 물리적으로 가능할지도 모르겠지만, 그런 일은 절대로 있을 수 없어. 그는 형수를 죽이고 나서 죽은 것이 아니야. 자신이 더 이상 살아있을 수 없었기 때문에 그녀를 데리고 간 것뿐이지."

"그러나 코지로……."

"시마다, 그리고 가와미나미 군. 나카무라 세이지는 죽었네. 자살했어. 형수를 죽이고 그가 죽기까지 며칠 동안은, 일부러 나에게 그녀의 손을 보내 복수를 하고, 내가 슬퍼하는 것을 확인하고 싶어서 보낸 시간이 아니라네. 사실은 말이야……, 살아 있는 동안 결코 가까이 할 수 없었던 아내를 안기 위해서였단 말일세."

그리고 코지로는 입을 다물었다. 그 이야기를 들은 탓인지, 그의 뒷모습은 훨씬 더 작고 늙어 보였다.

몸 하나 까딱하지 않고 정원의 등나무를 바라보는 그. 그 나무에서 그는 지금 무엇을 떠올리고 있을까? 가와미나미는 우울한 상념에 젖어 들었다.

자신이 사랑했던, 그리고 죽임을 당했던 여인의 모습일까. 그녀를 죽인 형의 모습일까. 아니면 불의의 사고로 목숨을 잃은 딸의 얼굴일까…….

그렇다. 시마다가 지적한 대로, 코지로는 죽은 치오리의 아버지였던 것이다. 그렇기 때문에 그녀를 죽음으로 몰아넣은 학생들을 저주한다 해서 조금도 이상하지 않은 것이다.

"코지로, 또 한 가지 묻고 싶은데, 괜찮겠나?"

시마다가 무거운 침묵을 깨면서 입을 열었다.

"소포로 받은 카즈에의 손은 어떻게 했는가? 지금 어디에 있지?"

코지로는 대답하지 않았다.

"저, 코지로……."

"알고 있네. 자네는 진실을 알고 싶을 뿐, 경찰에 알릴 생각은 없다는 말을 하고 싶겠지. 알고 있네, 시마다……."

그리고 코지로는 다시 정원의 등나무를 가리켰다.

"저길세. 저 나무 아래에 그녀의 손이 잠들어 있어……."

★

"네가 말한 대로였어, 모리스."

가와미나미는 벌써 몇 잔째의 위스키를 들이키고 있었다.

"시마다 씨에게는 실례가 되겠지만, 정말 못할 짓을 했다는 생각이 들어. 이런 기분, 정말 싫어."

모리스는 말없이 담배만 피워대고 있었다.

"나카무라 세이지는 살아있지 않다고 코지로 씨는 단언했어. 그것이 진실이라고 생각해. 결국 남은 것은 편지뿐이야."

"요시가와 세이치의 행방에 대해서는 어떻게 생각해?"

스스로에게 묻는 듯이 모리스가 말했다.

"시마다 씨는 그게 마음에 걸리는 것 같은데, 사체가 발견되지 않는 이상 역시 절벽에 버려져서 파도에 쓸려갔을 거야."

그렇게 말하면서 가와미나미는 벽에 기대어 앉아 있는 시마다 쪽을 곁눈으로 살펴보았다. 두 사람의 이야기를 듣는지 안 듣는지, 시마다는 책꽂이에서 빼낸 책을 펼쳐들고 뚫어져라 내려다보고만 있었다.

"어쨌든."

가와미나미는 알코올 기운으로 발갛게 물든 볼을 양손으로 가볍게 두드렸다.

"탐정놀이는 이제 끝이야. 다음 주 화요일에 그 친구들이 돌아오면 그 편지를 보낸 사람이 누군지 알 수 있겠지……."

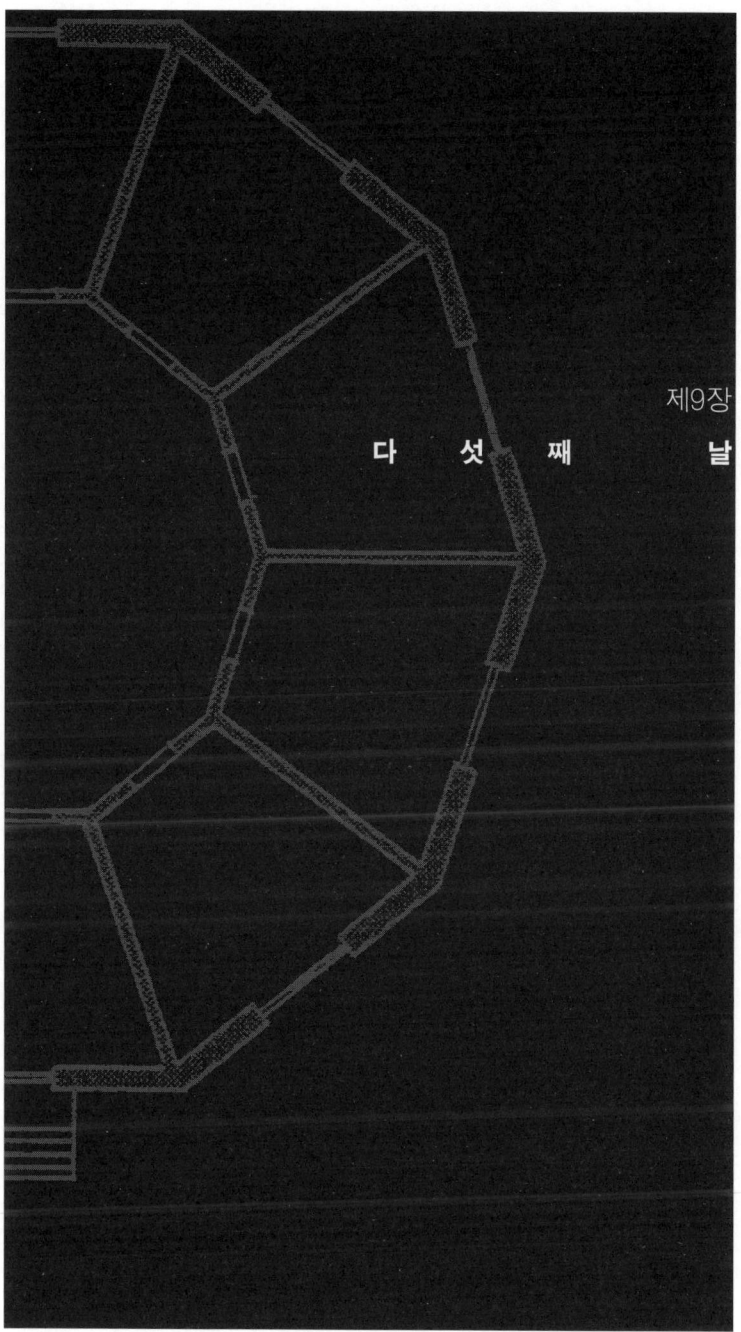

제9장

다 섯 째 날

1

 밤새 나쁜 꿈을 꾼 것 같은 기분이다. 어떤 꿈이었는지 기억은 나지 않지만 무척 심하게 몸부림친 것만은 분명하다.
 담요도 바닥에 떨어져 있었다. 마구 구겨진 셔츠, 어젯밤에는 잠옷도 갈아입지 않고 그냥 잠들어 버렸다. 온몸이 땀투성이고, 입 안은 바싹 말라 있다. 입술이 갈라져 아프다.
 상반신을 일으키고, 양팔로 몸을 감싼 채 르루는 잠시 동안 천천히 고개를 저었다.
 두통은 어느 정도 가라앉은 것 같다. 그러나 그 대신에 머리가 마비된 듯이 멍하다. 의식 전체에 엷은 안개가 낀 것 같다. 자신의 몸과 그것을 둘러싼 것들의 거리가 평소보다 더 멀어진 것같이 실재감이 전혀 없다.
 창문 틈으로 새어 들어오는 약한 빛이 밤이 끝났음을 알려주고 있었다.
 르루는 뻐근한 팔을 뻗어 담요를 들어올려 무릎에 덮었다.
 안개가 낀 듯한 머릿속에 사각형의 스크린이 펼쳐졌다. 사방의 구석은 감광필름처럼 검게 굽어 있고, 중앙으로 갈수록 하얗다. 그

화면 위에 나흘 전, 이 섬에 처음 도착했을 때의 동료들 얼굴이 하나씩 비친다.

엘러리, 포, 카, 반, 아가사, 올치. 자신을 포함해서 일곱 명 모두 나름대로 이번 모험여행을 즐기고 있었다. 적어도 르루는 그렇게 느꼈다. 무인도라는 해방감 넘치는 상황, 과거의 사건에 대한 호기심, 막연한 스릴……, 다소의 해프닝이나 트러블은 있었지만 오히려 그것이 적당한 자극제가 되어 일주일이라는 시간은 눈 깜짝할 사이에 지나갈 것이라고 생각하고 있었다. 그런데…….

볼륨 없는 쇼트 헤어, 엷고 널찍한 눈썹 아래서 멀뚱멀뚱 움직이는 커다란 눈, 주근깨 많은 발간 볼……, 그 얼굴이 갑자기 보라색으로 팽창하더니 벌벌 떨면서 뒤틀린다. 그리고 힘없이 풀어진다. 작은 목에 감긴 가느다란 끈이 검은 독사처럼 날름 혀를 내민다.

'아, 올치, 올치, 올치…….'

르루는 주먹을 쥐고 머리를 탁탁 두들겼다. 이제 더 이상 아무것도 떠오르지 않았다.

그러나 어딘가 다른 장소에서 다른 의지에 의해, 영사기는 돌아가고 있었다. 화면은 꺼질 것 같지 않았다.

입술을 찢어 올리며 삐딱하게 웃는 얼굴, 면도 자국이 선명한 파르스름한 주걱턱, 푹 꺼진 눈……, 다음은 카다. 건장한 몸이 격심한 고통에 비틀어진다. 흔들리는 테이블, 넘어지는 의자, 토사물이 흘러내리는 역겨운 소리, 그 냄새까지 되살아난다.

"왜?"

낮게 중얼거려 본다.

"왜?"

지하실의 어둠 속으로 떨어져 내리는 엘러리의 몸. 포의 격한 목소리. 반의 새파랗게 질린 얼굴. 아가사의 신경질적인 동작…….

살아남은 동료들 가운데 살인자가 있을 것이다. 아니, 혹시 다른 인간이 이 섬에 숨어들었을지도 모른다.

엘러리는 정말 그렇게 생각하는지, 열심히 나카무라 세이지가 살아있다고 말한다. 만난 적도 없고, 얼굴도 모르는 사나이가 왜 자신들을 죽이려 한단 말인가?

머릿속의 스크린에 검은 사람 그림자가 비쳐 나온다. 윤곽조차 확실치 않은, 물에 젖은 듯한 새카만 그림자가 불규칙하게 흔들거린다.

나카무라 세이지. 이 십각관을 세운 사나이. 작년 9월, 청옥부에서 죽임을 당한 것으로 알려진 사나이. 만일 살아있다면, 그 사람이 사건의 범인임에 틀림없다.

나카무라……, 나카무라……, 나카무라……!

'나카무라?'

검은 그림자가 갑자기 모습을 바꾸기 시작했다. 반쯤이 아직 잠 속에 빠져 있는 듯한 어렴풋한 의식 속에서 흔들리는 기억의 실을 더듬는 사이에, 이윽고 그것은 작은 몸매의, 얼굴이 하얀 여자의 모습으로 변형되어 간다.

'설마, 그런 일이…….'

꿈을 꾸고 있는 것은 아닌가? 저 나카무라 치오리라는 여자애가 나카무라 세이지의 딸이라니, 그런 일이 있을 수 있단 말인가?

르루는 다시 주먹으로 머리를 탁탁 쳤다.

밤거리, 많은 사람들, 서늘한 바람, 3차로 들어간 술집, 빛나는 글래스. 얼음 넣는 소리, 위스키 냄새, 환성, 도취, 광기, 그리고……, 희극에서 일변하여 갑작스런 긴장, 낭패감, 상처를 더 깊게 하는 듯한 사이렌 소리, 회전하는 예리한 빨간 빛…….

"그런 일은 있을 수 없어!"

조금 크게 소리쳐 보았다. 그것은 귀 저 안쪽에서 점차로 높아져 가는 불길한 속삭임을 지우기 위한 것이었다. 그러나…….

조용해지기는커녕, 그 불길한 속삭임은 점점 더 크게 팽창되어 간다. 마구 요동치는 불안과 초조 때문에 온몸에서 다시 식은땀이 흘러내리기 시작한다. 모든 것을 상징하는 붉은빛의 회전이 절규하면서 그의 신경을 떨게 하고, 그리고…….

손톱을 세워 머리를 마구 헤집으며 '왓!' 하고 고함을 치려했을 때, 갑자기 전혀 다른 장면이 스크린에 떠오르며, 소리와 빛이 '탁-' 하고 사라졌다.

'뭘까?'

르루는 마치 타인의 일인 것 같은 생각이 들었다.

바다다. 물소리가 들린다. 바로 곁이다. 찰랑찰랑 흔들리는 수면. 파도는 검은 바위를 타고 올랐다가 하얀 실을 남기고 물러난다.

'어제의 일이다.'

르루는 무릎의 담요를 걷어냈다. 마음속에서 그 부분만은 두터운 커튼이 쳐진 듯, 공포의 감정이 사라져갔다.

어제 보았던 광경이다. 청옥부의 폐허, 그 곁의 절벽에 서서 지나가는 배를 찾고 있었다. 그때 내려다보았던 절벽 아래의 바위들……, 그러고 보니 어제는 엘러리와 둘이서 그곳으로 내려가 보았다. 확실히 그때도…….

뭔가에 홀린 듯했다.

의식이 완전히 돌아오지 않았음을 스스로도 잘 알고 있었다. 혼자서 나가는 것은 위험하다. 일순 그런 생각이 들었지만 그것은 금방 안개 낀 마음 저 안쪽으로 가라앉고 말았다.

르루는 천천히 침대에서 일어났다.

★

아가사는 문을 조금 열고 홀 안을 엿보았다.

아무도 없다. 아직 아무도 일어난 것 같지 않다.

포가 준 약 덕분에 어젯밤은 깊은 잠을 잘 수 있었다. 방금 눈을 뜰 때까지 죽은 사람처럼 잠을 잤다. 꿈을 꾼 기억은 없다. 이런 상황 속에서 이상할 정도로 만족스러운 잠이었다.

몸의 피로도 많이 풀린 것 같다. 흐트러진 신경도 어느 정도 회복된 것 같다.

'포에게 감사해야겠어.'

아가사는 살금살금 홀로 나섰다.

세면장의 문까지 벽을 따라 천천히 나아갔다. 조심스럽게 주위를 살피며 귀를 기울였다.

십각형의 홀은 아침 햇살을 받으면서 기묘하게도 비뚤어져 보인다. 미묘한 그림자가 깔린 하얀 벽의 웅성거림만이 눈에 들어와서, 다른 것을 자세히 관찰할 수가 없었다.

아직도 누군가 일어난 기척은 없다. 들리는 것은 오로지 끊임없는 파도소리······.

세면장에 들어가면서 문은 반쯤 열어 두었다. 안쪽 화장실과 욕실에 위험이 없다는 것을 확인하는 것도 잊지 않았다.

세면대를 향하여 거울을 들여다본다. 어두컴컴한 거울 속에 하얀 원피스를 입은 자신의 모습이 들어 있었다.

눈가의 어두운 그늘도 얼마쯤 없어진 것 같다. 그렇지만 섬에 올 때에 비하면 얼굴은 눈에 띄게 여위었고, 혈색도 나쁘다. 그 위에 푸석푸석 윤기 없는 머리카락이 덮여 있다. 그것이 진짜 자신의 모습일까 하는 의구심이 들 정도로 거칠어 보였다.

빗으로 머리를 빗으면서 아가사는 깊은 한숨을 내쉬었다. 사건은 물론이고 어젯밤 자신이 보여주었던 추태를 떠올리자 도저히 한숨을 쉬지 않을 수 없었다.

늘 아름답고 품위 있는 사람이고 싶어 그녀는 항상 몸가짐에 조심했다. 언제 어느 때이고, 어떤 상황에 처해서도 자신은 그것이 가능한 여성이며, 그것이 자신의 자랑이라고 늘 생각해 왔다.

그러나 얼굴을 씻고 다시 한번 바라본 거울 속 자신의 모습은 도저히 아름답다는 말이 어울리지 않는 것이었다. 여성다운 고고한 품위는 어디에도 찾아볼 수 없었다.

참을 수 없는 기분이었다.

'오늘은 더 밝게 화장을 해야지…….'

화장품이 든 주머니를 열면서 아가사는 생각한다. 괴상한 사건, 이상한 상황, 이상한 자신의 입장, 미칠 것 같은 이상한 현실의 한 가운데서 그것은 그녀에게 작은 위안을 가져다주는 유일한 즐거움이었다.

'립스틱도 오늘은 새빨간 색으로 하자…….'

새삼 이런 상황에서 남의 눈 따위를 의식할 필요도 없다. 그녀가 의식하고 있는 것은 단지 거울을 보는 자기 자신의 눈뿐이다.

2

반은 손목시계의 알람 소리에 눈을 떴다.

'10시.'

어깨가 딱딱하게 굳어 있다. 여기저기 관절이 쑤신다. 생각대로 푹 자지 못한 것 같다.

통통 부은 눈두덩을 손가락으로 찔러 보았다. 왠지 가슴이 답답했다.

'아직 다들 자고 있을까.'

일어나서 귀를 기울이며 담배에 불을 붙였다. 연기가 폐에 이르자 강한 현기증이 일었다. 육체적으로도 정신적으로도 상당히 피로하다는 것을 스스로 느낄 수 있었다.

'무사히 돌아갈 수 있을까……'

우울하게 허공을 바라보며 생각한다.

두렵다. 무서워서 견딜 수가 없다. 그냥 어린애처럼 울면서 도망치고 싶다…….

몸을 한 번 부르르 떨더니 반은 담배를 끄고 자리에서 일어났다.

홀로 나서는 순간 두 칸 떨어진 방의 문이 반쯤 열린 것이 보였다. 부엌 곁의 세면장 문이다.

벌써 누군가가 일어나 있는 모양이라고 그는 생각했다.

'그런데 아무 소리도 안 들리잖아. 누군가가 화장실에 갔다가 닫는 것을 잊었을까?'

문은 안쪽으로 열려 있다. 그쪽으로 가기 위해 테이블을 왼쪽으로 돌아서 나아갔다. 아무 소리도 들리지 않는다. 부엌 쪽에서도 아무런 인기척이 없다.

의자의 파란 등받이를 왼손으로 차례로 짚으면서 나아간다. 자신의 심장 고동 소리가 갑자기 크게 들려왔다. 테이블을 돌아감에 따라 점점 반쯤 열린 문 안쪽이 시야에 들어온다. 그리고……!

"흡……."

목을 졸린 듯한 이상한 비명을 질렀다. 온몸에 전율이 흘렀다. 다리가 꺾어질 것 같았다.

세면장의 문 건너편에 하얀 물체가 쓰러져 있었다. 섬세한 레이스의 원피스, 축 늘어진 가느다란 손, 그리고 바닥으로 퍼져나간 검은 머리카락……, 꼼짝도 하지 않고 쓰러져 있는 그 물체는 아가사였다.

"아……아……!"

오른손으로 입을 막고 반은 일어섰다. 목 안에서 외치고 싶은 충동과 토할 것 같은 기분이 동시에 일었다. 그러나 크게 소리 지를 수 없었다.

한 손으로 의자 등을 잡고, 몸을 반쯤 틀었다. 그리고 달달 떨리는 다리로 포의 방을 향하여 필사적으로 걸었다.

★

힘껏 문을 두들기는 소리에 포는 자리에서 벌떡 일어났다.

"왜 그래? 무슨 일이야!"

한순간에 잠은 완전히 달아나 버렸다. 이불을 차 버리고 침대에서 내려와 문을 향하여 돌진했다.

"누구야? 무슨 일이야?"

대답이 없다.

문 두드리는 소리 대신에 아주 약한 신음소리 같은 것이 들려왔다. 급히 잠금장치를 풀고 문을 열었다. 그러나 뭔가가 걸려 문이 열리지 않는다.

"어이, 누구야? 누가 있어?"

힘을 넣어 어깨로 문을 밀친다. 조금 벌어진 틈을 통해 간신히 홀로 나선다.

문에 힘없이 기대있는 사람은 반이었다. 양손으로 입을 막고 쭈그리고 앉아 고통스럽게 등을 들썩거리고 있다.

"반? 왜 그래, 괜찮니?"

포가 어깨에 손을 대자, 반은 입을 막고 있던 한 손을 떼어내 세면장 쪽을 가리켰다.

"응?"

세면장 문이 반쯤 열려 있었다. 그쪽에서 안은 보이지 않았다.

"저기 뭐가 있어?"

"아, 아가사가……."

반의 말이 떨어지자마자 포는 "뭐!" 하고 외치며 반의 어깨에서 손을 뗐다.

"아가사가!? 반, 넌 정말 괜찮은 거지?"

흐릿한 목소리로 신음을 뱉어내면서도 반은 고개를 끄덕였다. 포는 곧 세면장으로 뛰어갔다. 그리고 반쯤 열린 문 안쪽을 들여다보았다.

"엘러리! 르루! 일어나! 일어나!"

큰 소리로 포가 외쳤다.

★

　문을 마구 두드리는 소리에 엘러리는 잠에서 깨어났다.
　자기 방문은 아니다. 무슨 일이 일어났나 생각하는 순간 노도와 같은 굵직한 고함소리가 들려왔다.
　'포의 목소리다. 그렇다면……'
　재빨리 침대에서 일어나 카디건에 팔을 낀다. 붕대를 감은 오른쪽 발목은 이제 아프지도 않다.
　포의 외침이 계속된다. 상대는 반인 것 같다. 곧 더 큰 목소리로 "아가사!?"라고 외친다. 방을 나서려고 손잡이를 잡는 순간 자신의 이름과 르루를 부르는 소리가 들려온다.
　"무슨 일이니?"
　그 말과 동시에 엘러리는 문을 열었다.
　포의 방 앞에서 반이 몸을 구부리고 있다. 그 건너편 오른쪽, 엘러리의 방 정면에 있는 세면장 문이 활짝 열려 있다. 그 안에 쓰러져 있는 사람은 아가사인 듯하다. 그 곁에 한쪽 무릎을 꿇고 들여다보고 있는 포.
　"아가사가 당했니?"
　"그런 것 같아……."
　포는 엘러리를 돌아보았다.
　"엘러리, 반이 괴로워하고 있어. 토하게 해 줘."
　"알았어."
　엘러리는 반에게 달려가 일으켜 세운 다음 부엌 쪽으로 데리고 갔다.
　"독을 먹은 것은 아니겠지?"

"응, 아가사를 보는 순간 갑자기……."

개수대에 얼굴을 묻고 반은 가쁘게 숨을 몰아쉬었다. 엘러리가 그의 등을 두드리면서 말했다.

"물을 마셔 봐. 위 속이 텅 비었을 테니까. 토하고 싶어도 토할 게 있어야지. 자-."

"괜찮아. 내가 할 테니까. 나보다는 저쪽에……."

"알았어."

엘러리는 몸을 돌려 부엌에서 세면장 쪽의 포에게로 달려갔다.

"죽었어? 포."

포는 눈을 감고 고개를 끄덕였다.

"또 독이야. 이번에는 청산가리……."

아가사의 사체는 포의 손에 의해 반듯이 눕혀졌다. 눈을 똑바로 뜨고, 입을 조금 벌린 채, 얼어붙은 듯한 그 표정은 고통이라기보다는 경탄에 가까운 것이었다.

포가 손을 뻗어 눈꺼풀을 내리자 거짓말처럼 편안한 표정이 되었다. 여기서 화장을 하고 있었던 듯했다. 아직 살아있는 듯이 발그레한 볼, 지금이라도 움직일 것 같은 붉은 입술……, 살며시 퍼져나가는 향기가 포의 생각을 뒷받침해 주었다.

엘러리가 미간을 잔뜩 찌푸렸다.

"그 아몬드 냄새로군."

"그래. 어쨌든 엘러리, 방으로 옮겨야지."

포가 사체의 어깨에 손을 댔을 때, 반이 부엌에서 비틀거리며 나왔다. 비쩍 마른 몸을 벽에 기대면서 그는 파랗게 질린 얼굴로 홀을 둘러보았다.

"그런데 르루는? 어떻게 됐어?"

"르루?"

"그러고 보니……."

엘러리와 포는 비로소 르루의 방문을 바라보았다. 그리고 동시에 '앗!' 하고 비명을 질렀다.

[제 3 피해자]

거기에는 붉은 글자의 그 플라스틱 조각이 그들을 조롱이라도 하듯이 붙어 있었다.

3

"이게 뭐야? 그럼 아가사는 네 번째였단 말이야? 르루!!"

엘러리는 맹렬하게 르루의 방문 앞으로 달려갔다.

"르루? 르루? 안 돼. 방문이 잠겨 있어. 반, 마스터 키는 없어?"

"그런……, 여긴 호텔이 아니야."

"부술 수밖에 없어. 엘러리, 비켜 봐."

"가만."

부술 태세를 취하는 포를 엘러리가 손으로 제지했다.

"문은 바깥으로 열리게 되어 있으니까, 몸으로 부딪친다고 간단히 열리지는 않아. 밖으로 나가서 창을 부수는 게 낫겠어."

"그렇군. 의자를 하나 들고 가자."

그리고 포는 반을 돌아보았다.

"너도 따라와."

"포! 반!"

현관으로 향하던 엘러리가 외쳤다.

"봐. 문에 묶어 두었던 끈이 풀어져 있어."

그는 현관 홀로 통하는 여닫이문을 가리켰다. 어제 손잡이에 묶어 두었던 끈이 풀어져서 바닥에 떨어져 있었다.

"누군가 밖으로 나갔어."

가까이 있는 의자를 들어올리며 포가 말했다.

"그렇다면 르루가……?"

"그건 몰라!"

엘러리는 두 사람을 다그쳤다.

"빨리 와. 방 안을 조사해 봐야 알지."

포가 의자를 들어올려 힘껏 창을 쳤다. 그 충격으로 르루의 방 창문은 부서졌다.

단단해 보이던 겉 창문이 못째로 떨어져나가고 안쪽 유리창까지 부서졌다. 깨진 창으로 손을 밀어 넣어 고리를 젖히는 것은 그리 어렵지 않다. 그러나 창은 안에서 벨트로 단단히 묶여 있어서 손을 집어넣었지만 간단히 열리지 않았다.

이렇게 하여 창을 열기까지 15분 정도 걸렸다.

창 높이는 중키의 반이 서면 가슴께에 닿을 정도였다. 가장 키가 큰 포가 의자에 올라서서 거구에 어울리지 않게 재빠른 동작으로 방 안으로 들어갔다. 엘러리가 그 뒤를 따른다. 반은 명치 부근을 끌어안고 창 아래 기대어 서 있다.

그러나…….

방 안에는 아무도 없었다. 밖으로 나가서 돌아오지 않은 것이다.

★

미지근한 공기가 피부에 착 달라붙는 것 같은 날씨였다. 어젯밤에 비가 조금 왔던 것 같다. 발아래 잔디가 습기를 잔뜩 머금고 있다.

창에서 뛰어내린 포와 엘러리는 거친 숨을 몰아쉬며 어깨를 들썩였다.

"헤어져서 찾아보자. 이미 살아있지 않을지도 모르지만⋯⋯."

그렇게 말하면서 엘러리는 한 발을 굽히고 오른쪽 발목을 문질렀다.

"괜찮니, 발은?" 하고 포가 물었다. 창을 깨뜨릴 때 흩어지던 유리조각에 오른손을 조금 벤 것 같았다.

"괜찮을 거야. 뛸 수도 있어."

일어선 엘러리는 반을 바라보았다. 반은 잔디 위에 쭈그리고 앉아 몸을 부르르 떨고 있다.

"반? 넌 부를 때까지 현관 입구에 있도록 해. 쉬면서 마음을 안정시켜 봐."

숨을 고르면서 엘러리는 냉정하게 지시했다.

"포는 선창가를 살펴 봐. 나는 이 건물 주변과 청옥부 자리를 조사해 볼 테니까."

엘러리와 포가 각기 다른 방향으로 달려가자 반은 천천히 일어서서 십각관의 현관을 향해 걸어갔다.

아까 토할 때 올라온 씁쓸한 위액이 혀에 달라붙어서 떨어질 줄을 몰랐다. 토할 것 같은 증상은 가라앉았지만, 가슴은 여전히 고무 덩어리를 단 것처럼 무겁다.

하늘은 어두운 회색, 바람은 거의 없고, 그렇게 춥지도 않았지만 스웨터에 감싸인 반의 몸은 끊임없이 떨리고 있다.

느린 발걸음으로 이윽고 현관 입구까지 도착한 반은 비에 젖은 계단에 무릎을 세우고 앉아 몸을 동그랗게 말았다. 그렇게 앉은 채 몇 번 심호흡을 했다. 무겁게 짓누르던 가슴은 서서히 풀어졌지만 몸의 떨림은 이따금 이어졌다.

그렇게 앉아서 소나무 그림자밖에 보이지 않는 음울한 풍경 속에서 르루를 찾고 있을 두 사람의 기척을 눈으로 더듬고 있었다. 얼마 후 멀리서 엘러리의 목소리가 들려왔다.

"반! 포!"

오른쪽 청옥부 쪽이었다.

반은 억지로 일어서서 힘이 들어가지 않는 다리를 끌면서 잦은걸음으로 그쪽을 향했다. 선창가에서 포가 언덕길을 따라 달려오는 모습이 눈에 들어왔다. 이윽고 페허를 빙 둘러싸고 있는 소나무 숲 앞에서 두 사람은 마주쳤다.

"포, 반, 이쪽이야."

아치형으로 덮인 소나무 가지 아래를 빠져나오자, 청옥부의 안마당에서 파자마와 카디건 차림의 엘러리가 손을 흔드는 것이 보였다. 십각관에서 보면 소나무 숲으로 가려진 위치다.

다급히 두 사람은 그곳으로 달려갔다. 그리고 두 사람은 엘러리의 발 아래에 널브러져 있는 사체를 멍하니 내려다보았다.

"죽었어."

힘없이 고개를 저으면서 엘러리는 내뱉듯이 말했다.

노란 셔츠에 청바지, 테니스 재킷의 소매를 걷어 올린 르루가 땅바닥에 엎드려 있었다. 양손을 십각관 쪽으로 벌리고 있다. 옆으로 향한 얼굴이 검은 흙 속에 반쯤 묻혀 있다. 무척 아끼던 둥근 안경은 앞으로 뻗친 오른손 앞에 떨어져 있었다.

"맞아 죽었어. 이 부근에 흩어져 있는 돌과 벽돌조각에 맞은 것 같아……."

엘러리는 검붉은 피가 잔뜩 묻은 후두부를 손가락으로 가리켰다. 그것을 본 반은 '웩-' 하며 손으로 입을 막았다. 겨우 가라앉혔던 토악질이 다시 일어난 것이다.

"포, 괴롭겠지만 몸을 좀 살펴봐 줘, 부탁해."

"아, 아아……."

포는 얼굴로 내려온 머리카락을 손으로 젖히면서 사체 곁에 쭈그리고 앉았다. 그리고 피와 흙으로 범벅이 된 르루의 얼굴을 조금 들어올려 얼굴을 살펴보았다. 둥근 눈이 이상할 정도로 크게 열려 있었다. 허옇게 뒤집힌 눈과 입술 끝에서 침을 질질 흘리고 있는 그 얼굴은 공포 때문인지 고통 때문인지 표정 전체가 심하게 뒤틀려 있었다.

"사반이 나와 있어……."

포는 감정을 억누른 목소리로 말했다.

"그러나 손가락으로 누르면 없어져. 사후경직은 꽤 진행된 편이야. 기온 탓도 있어서 확실히 뭐라 말할 수는 없지만 사후 다섯 시간에서 여섯 시간 정도……."

포는 자신의 손목시계를 흘끗 내려다보았다.

"살해당한 것은 오늘 아침 5시에서 6시……, 아마 그 언저리일 거야."

"날이 새기 전이군."

엘러리는 중얼거렸다.

"르루를 십각관으로 옮기자. 이대로는 너무 불쌍해."

그렇게 말하고 포는 사체에 손을 댔다.

"엘러리, 다리 쪽을 들어 줘."

엘러리는 아무 반응도 보이지 않았다. 카디건 포켓에 손을 넣은 채 사체의 발 부근에서 눈을 떼지 않고 있다.

"엘러리? 왜 그러니."

다시 한번 부르자 그제서야 엘러리는 고개를 돌렸다.

"발자국이……."

그는 지면을 손가락으로 가리켰다.

사체가 있는 위치는 안마당의 중앙 부근, 십각관 방향에서 소나무 쪽으로 10미터 정도의 지점이다. 그 주변을 포함해서 폐허 주변의 땅에는 검은 재가 쌓여 있다. 어젯밤의 비 때문에 재가 섞인 그 부근의 땅은 무척 부드러웠다. 거기에 몇 개의 발자국이 어지럽게 찍혀 있나.

"아, 별 것 아니야."

이윽고 엘러리는 몸을 구부려 사체의 다리를 잡았다.

"가자. 날씨가 좀 싸늘한데."

엘러리와 포는 르루의 사체를 반듯하게 들어올렸다. 담담하게 들려오는 파도소리가 마치 그의 죽음을 애도하는 장송곡처럼 들렸다.

반은 더러워진 르루의 안경을 주워들었다. 그리고 그것을 품에 안고 왔던 길을 따라 흐느적거리며 걸어갔다.

4

 십각관으로 돌아온 그들은 먼저 르루의 사체를 방 안으로 옮겼다. 문의 열쇠는 재킷의 포켓에 들어 있었다. 상의와 바지는 진흙으로 더러워져 있었지만 그대로 침대에 눕히기로 했다.

 사이드 테이블에 안경을 놓아두고 멍하니 서 있는 반을 향해 엘러리가 모포를 덮어 주면서 말했다.

 "그릇에 물을 좀 떠다 주지 않을래? 그리고 타월하고. 얼굴만이라도 깨끗이 닦아 주고 싶어."

 반은 말없이 고개를 끄덕이고 방을 나섰다. 비틀거리는 발걸음이었지만 쇼크 상태로부터 많이 회복된 것 같았다.

 엘러리와 포는 이어서 세면장에 있는 아가사의 사체를 침대로 옮기고 가슴 위까지 모포를 덮어 준 다음, 흐트러진 머리칼과 의복을 단정히 고쳐주었다.

 "청산가리······."

 영원히 잠들어 있는 아가사의 얼굴을 뚫어져라 내려다보면서 엘러리가 중얼거렸다.

 "아몬드 향이라더니, 정말 그렇군."

 "사후 3시간 정도야. 오늘 아침 여덟 시 경······."

 포가 자신의 의견을 말하고 있을 때에 반이 들어왔다.

 "세면대 앞에 이런 물건이 떨어져 있었어. 아가사의 것이겠지?"

 반은 검은 주머니를 들고 있었다.

 "화장품 넣는 주머니야."

 엘러리는 무심히 그것을 받아들었다가 문득 생각난 듯이 그 속을 뒤지기 시작했다.

"반, 이게 닫혀 있었어?"

"아냐, 열린 채 떨어져 있었어. 바닥에 떨어진 화장품도 있고……."

"다 주워 왔니? 흠, 하기야 내버려 둬도 상관없겠어."

파운데이션, 연지, 아이 섀도, 헤어브러시, 크림, 화장수 등…….

"이거다!"

엘러리는 두 개의 립스틱을 집어 들었다. 양쪽 뚜껑을 모두 열고 색깔을 비교해 보았다.

"이거로군."

"너무 코에 가까이 대지 마. 위험해."

포가 주의를 주었다.

"알고 있어."

립스틱 색은 빨강과 핑크였다. 엘러리는 빨강 쪽의 냄새를 주의 깊게 맡아 보고는 고개를 끄덕이더니 포에게 건네주었다.

"맞았어, 엘러리. 독이 발라져 있어."

"정말 죽음의 화장이로군. 하얀 드레스, 거기에다 독살. 마치 동화 속의 이야기 같군."

엘러리는 다시 한 번 침대의 아가사를 슬픈 눈으로 바라보더니 포와 반을 재촉하여 방을 나섰다. 조용히 방문을 닫으면서 엘러리는 말했다.

"안녕, 백설공주 님……."

세 사람은 다시 르루의 방으로 갔다.

반이 준비한 물과 타월로 더러워진 얼굴을 닦아 주었다. 안경도 깨끗이 닦아 가슴 위에 올려놓았다.

"열심이었는데, 편집장……."

엘러리는 문을 닫았다. 눈앞에 보이는 [제 3의 피해자]라는 붉은 글씨.

십각관에는 이제 엘러리, 포, 반, 세 사람의 남자만 남았다.

5

일단 자신의 방으로 들어가 옷을 갈아입은 엘러리는 침대에 걸터앉아 담배에 불을 붙인 다음 홀로 나왔다.

다른 두 사람은 이미 홀에 나와 있었다.

오른손 등의 상처에 붙인 반창고를 얼굴을 찌푸리고 바라보면서 천천히 담배 연기를 뿜어내는 포. 반은 테이블로 주전자를 들고 와서 자기만의 커피를 따르고 있다.

"나도 한잔 줘, 반."

반은 말없이 고개를 가로젓더니 컵을 감추듯이 손에 감싸 쥐고 포와 좀 떨어진 의자에 걸터앉았다.

"너무 야박하군."

엘러리는 어깨를 으쓱하면서 부엌으로 걸어갔다.

컵과 스푼을 새로 씻고 나서, 식기 찬장에 붙어 있는 서랍을 열어 보았다.

"[최후의 피해자], [탐정], 그리고 [살인범]······."

홀로 돌아와서 자신의 커피를 넣으며 엘러리는 혼잣말로 중얼거렸다. 그리고는 침묵을 지키고 있는 포와 반을 번갈아 바라보며 말했다.

"남은 우리 가운데 [살인범]이 있다면 말이야, 이제 밝힐 때가 된 것도 같은데, 역시 나서진 않겠지?"

포는 미간을 찌푸리고 담배 연기를 뿜어냈다. 반은 눈을 감고 커피를 홀짝인다. 엘러리는 두 사람과 떨어진 자리에 걸터앉았다.

불안한 침묵이 찾아왔다. 십각형의 테이블을 둘러싸고 멀리 떨어져 앉은 세 사람 사이에는 숨길 수 없는 강한 불신감이 감돌고 있다.

"도저히 믿을 수 없어."

포가 탄식하는 듯한 어조로 입을 열었다.

"우리 가운데 한 사람이 다른 네 사람을 죽인 범인이라니?"

"또는 나카무라 세이지일 수도 있겠지."

포는 천천히 고개를 저었다.

"가능성을 부정할 수는 없지만, 난 그 견해에 반대야. 애당초 그가 살아있을 것이란 가설 자체가 말이 안 돼. 너무 동화 같은 얘기야."

"흐흥" 하고 엘러리가 코웃음 쳤다.

"그럼 이 가운데 범인이 있군."

"그러니까 하는 말이야."

포는 갑자기 테이블을 두들겼다. 엘러리는 조금도 당황하지 않고 여유 있게 머리카락을 손가락으로 빗어 넘겼다.

"다시 한 번 처음부터 검토해 볼까?"

의자에 등을 기대고 흘끗 천창을 올려다보았다. 하늘은 변함없이 회색빛이다.

"이 모든 것의 시작은 그 플라스틱 조각이었지. 누군가가 미리 준비해서 섬까지 가지고 온 거야. 그다지 부피가 나가지 않으니 눈에 띄지 않게 가져올 수 있었을 거고. 범인은 우리 세 사람 중의 하나일 수 있어.

사흘째 아침, 범인은 살인예고를 실행에 옮겼어. 피해자는 올치.

범인은 그녀 방의 창문이나 문을 통해 몰래 들어가서 목을 졸라 죽였어. 끈이 그대로 피해자의 목에 남아 있었다고 했지? 포. 그러나 그것은 아무 단서도 되지 못해. 먼저 문제 삼아야 할 것은 범인은 어떻게 올치의 방에 들어갈 수 있었냐는 거야.

발견 당시, 문도 창도 잠겨 있지 않았어. 양쪽 다 처음부터 그녀가 걸어두지 않았을 가능성도 물론 있지만, 그건 거의 있을 수 없는 일이지. 특히 문에 대해서는 더욱 그래. 그 전날의 살인예고 때문에 그녀는 상당히 불안해하고 있었거든.

그렇다면 어떻게? 가능성은 여러 가지 생각해 볼 수 있지만, 기본적으로는 다음 두 가지를 추리해 볼 수 있어. 하나는 그녀가 창쪽의 고리를 걸지 않았기 때문에 범인이 그곳으로 침입했다는 가설, 또 하나는 범인이 그녀를 깨워서 창의 고리를 풀게 했다는 것."

"창을 통해 들어왔다면, 왜 문까지 열어 두었을까?" 하고 반이 물었다.

"조각을 꺼내러 갔거나, 또는 문에 조각을 붙이기 위해서라고 생각할 수 있겠지. 그러나 포의 주장에 따라 범인을 내부인으로 한정한다면, 나는 오히려 후자, 즉 올치에게 문을 열게 했을 가능성 쪽에 초점을 맞추고 싶어.

아무리 이른 아침이라 해도, 또는 그녀가 잠들어 있었다 해도 그 창문으로 들어가려면 약간의 소리를 내지 않을 수 없을 거야. 만에 하나 들키면 큰일이지. 그런 위험을 감수하기보다는 우리 연구회 멤버니까 뭔가 그럴 듯한 구실을 달아 그녀를 깨워 방 안으로 들어가는 것이 안전하지 않을까? 올치의 성격을 보아도 충분히 가능성이 있어. 수상쩍은 생각을 가지고 있어도 냉정하게 뿌리치지 못하는 것이 올치의 성격이니까."

"그렇지만 올치는 잠옷 차림이었잖아? 남자를 방에 들일까?"

"그랬을지도 몰라. 급한 용건이니 빨리 열라고 닦달을 하면 도저히 거절을 못 하는 것이 걔의 성격이니까. 상대가 카만 아니라면 말이야. 그 문제를 더 캐본다면 어떻게 될까?"

엘러리는 곁눈으로 포의 눈치를 살펴본다.

"그 경우 가장 의심스런 사람은 너야, 포. 올치와 소꿉친구니까 당연히 나나 반보다는 경계심도 적을 것 아냐?"

"바보 같은 소리."

포는 화가 나서 몸을 앞으로 불쑥 내밀었다.

"말 같잖은 소리 하지 마. 내가 올치를 죽여? 웃기지 마."

"물론 웃기는 소리 하려는 건 아냐. 적어도 올치의 죽음에서 가장 범인에 가까운 사람은 포일 거야. 사체를 깨끗이 정돈한 범인의 이상한 행동도 포의 심정을 생각한다면 잘 이해할 수 있어."

"손목 건은 어떡하고? 무엇 때문에 내가 올치의 손목을 잘라내야만 해?"

"잠깐 기다려, 포. 그것이 유일하고 완전한 해답이 아니라는 것 정도는 나도 잘 알아. 가능성은 그 외에도 얼마든지 있으니까. 범인은 반일지도 모르고 나일지도 몰라. 단, 포가 가장 범인에 가깝다는 것뿐이야.

그럼 손목의 문제를 살펴보자. 범인이 작년에 일어난 청옥부 사건을 의식하고 있는 것은 분명하지만, 무슨 이유로 그런 흉내를 내느냐는 문제에 대해서는, 솔직히 말해 나도 모르겠어. 반은 어떻게 생각해?"

"글쎄…… 우리를 혼란시키기 위해서일까?"

"흠, 포는?"

"단순히 혼란을 유도하기 위해 그런 짓을 하지는 않을 거야. 소리를 내지 않고 손목을 잘라내는 작업은 시간도 걸리고 힘도 드니까."

"흠, 거기에 걸맞은 이유가 있다는 게로군. 그러나 그게 어떤 필연성이었는지……."

엘러리는 고개를 갸우뚱했다.

"그 문제는 일단 제쳐두고 다음으로 넘어가자. 카의 죽음. 이 사건에 관해서도 결론부터 말하자면, 그것 하나밖에 없는 그런 유일한 대답은 없어. 단지 그때 논의한 바에 따르면, 우리들 가운데 적어도 반에게는 카의 커피에 독을 넣을 기회가 없었다는 거야. 미리 컵에 독을 발라두는 방법이라면 누구에게도 찬스는 있었지만, 문제의 컵에 다른 컵과 구별되는 표시가 없으면 성립되지 않아.

그래서 아가사가 살해당하고 만 지금, 독의 투입이 그 장소에서 마술사 뺨치는 빠른 손놀림으로 행해졌다고 한다면, 유감스럽게도 범인은 나일 가능성이 많아. 그러나 또……."

"내가 미리 지용성 캡슐에 독을 넣어 먹었다는 말이겠지?"

포가 말참견을 했다. 엘러리가 빙긋 웃었다.

"맞았어. 그리 세련된 방법이라곤 할 수 없어. 포가 독이 든 캡슐을 먹였다 치자. 우연히 카가 커피를 마실 때 쓰러져서 다행이었지만, 만일 아무것도 먹지 않은 상태에서 독이 퍼지기 시작한다면 의사 후보생인 자신이 의심을 받을 것은 분명해. 포가 그 정도도 생각하지 않는 멍청이는 아니라고 봐. 그러나 또 한 가지 방법이 가능성으로 남아 있어."

"아, 어떤 방법이지? 엘러리."

"포는 의학부의 수재, 게다가 집은 O시에서 유명한 병원이지. 예를 들면 카가 몸이 안 좋아서 의논을 했을 가능성은 충분히 있어. 또는 포의 병원에 다니고 있었을지도 몰라. 어느 경우건 포는 카의 건강 문제를 잘 파악하고 있다고 가정해 볼 수 있어. 그런데 그날 밤, 카가 갑자기 발작을 일으켰다. 예를 들면 간질 같은 것, 그래서 맨 먼저 달려간 포가 응급조치를 취하는 척하면서 은밀히 비소 아니면 스트로키니네를 먹였다……."

"무척 나를 의심하고 싶은 모양인데, 그 설은 너무 비현실적이야. 있을 수 없어."

"그렇게 정색하지 않아도 돼. 단순히 가능성을 이야기하는 것이니까. 그리고 그것을 비현실이라 한다면 손놀림 빠른 나, 엘러리를 범인으로 보는 견해도 비현실적이기는 마찬가지야. 기뻐해야 할지 슬퍼해야 할지, 자네들은 나의 마술 솜씨를 너무 높이 평가하는 것 같애. 몰래 가지고 있던 독약을 자신의 컵을 집어 드는 순간에 다른 컵에 던져 넣는 솜씨, 그건 말이야 쉽지만 간단히 되는 게 아니야. 만일 내가 범인이라면 그런 위험한 방법은 절대로 쓰지 않아. 그보다도 미리 컵에 독을 발라 놓고, 뭔가 표시를 해두는 방법이 더 쉽고 안전해."

"그러나 실제로 그 컵에는 표시가 없었어……."

"그랬어. 그것이 마음에 걸린단 말이야. 정말 그 컵에 표시가 없었을까?"

엘러리는 커피가 든 테이블 위의 컵을 고개를 갸웃거리며 응시했다.

"긁힌 자국도 없었고, 이가 나간 곳도 없었다. 표면도 매끈했다. 다른 컵과 색도 같고 십각형……, 아냐, 잠깐만."

"왜 그래?"

"혹시 어처구니없는 실수를 저지른 지도 모르겠어."

엘러리는 의자에서 일어났다.

"포, 그때 카의 컵은 그대로 갖다 뒀지?"

"아, 부엌 카운터 구석에……."

"다시 한번 조사해 보자."

말이 떨어지기가 무섭게 엘러리는 재빨리 부엌으로 갔다.

"두 사람도 따라와."

문제의 컵은 카운터 위에 하얀 타월을 덮어 쓰고 있었다. 엘러리는 타월을 조심스럽게 벗겨냈다. 컵 속에는 어제의 커피가 소량 그대로 남아 있었다.

"역시 그랬어."

컵을 위에서 내려다보더니 엘러리는 혀를 찼다.

"멋지게 속았군. 그때 왜 이 생각을 못 했는지, 기가 차군."

"뭐가 어쨌다고?"

반이 고개를 갸웃했다. 포도 의아한 표정을 지으며 말했다.

"내게는 다른 컵과 똑같이 보이는데……."

"그렇지 않아."

엘러리는 잘난 체하며 말했다.

"십각형의 건물에 십각형의 홀, 십각형의 테이블, 십각형의 천창, 십각형의 재떨이, 십각형의 컵……, 우리들의 시선을 잡아끄는 십각형의 무리가 우리들의 눈을 멀게 한 거야."

"에?"

"이 컵에는 역시 표시가 되어 있었어. 분명히 다른 컵과 달라. 아직 모르겠니?"

"아……."

포와 반이 동시에 탄성을 질렀다.

"알겠지?"

엘러리는 득의에 찬 표정으로 고개를 끄덕였다.

"이 건물에 널려진 십각형이라는 모양 전체가 하나의 거대한 미스터리라고 할 수 있어. 그러나 이 컵은 십각형이 아니야. 11개의 각이 있어."

6

"자, 출발점으로 되돌아가야겠지."

홀의 테이블로 돌아와서 엘러리는 다시 두 사람의 얼굴을 쳐다보았다.

"컵의 표시가 발견된 이상 반은 물론 나와 포에게도 카를 독살할 가능성은 있었어. 십각형의 컵들 가운데 단 한 개의 십일각형이 섞이 있었어. 서기에 녹을 발라 누고 컵이 자신에게 돌아오면 커피에 입을 대지 않으면 되는 거야."

"그런데 왜 그런 컵이 엉뚱하게 섞여 있었을까?" 하고 반이 말했다.

"나카무라 세이지의 장난일 거야."

엘러리는 엷은 입술에 회심의 미소를 지었다.

"모든 것이 십각형으로 되어 있는 건물 안에 단 하나의 십일각형을 둔다는 것은 대단한 위트라고 봐야겠지."

"그런 의미밖에 없을까?"

"아닐 거야. 확실히 어떤 암시를 주고 있는 것 같지만……. 범인은 우연히 십일각형의 컵을 발견하고 그걸 이용하기로 했겠지. 일부러 십일각형을 만들었을 리는 없을 테고. 특별히 주문이라도 하지 않으면 그런 물건이 나올 리가 없으니까. 섬에 오고 나서 우연히 발견했음에 틀림없어. 그리고 그 기회는 우리들 모두에게 있었고."

엘러리는 테이블 위에 양팔을 걸치고 눈높이에서 깍지를 꼈다.

"범인은 다른 사람들이 약간 안정을 취하기를 기다렸다가 사체가 있는 카의 방으로 잠입했어. 그리고 수고스럽게도 사체의 왼손을 잘라 그것을 욕조에다 넣어 두었어. 이 행위의 목적은 올치의 경우와 마찬가지로, 그 이유를 모르겠어."

"아가사가 무슨 소리를 들었다고 했어. 아마도 그때의 소리였을 거야."

"그럴 거야, 포. 모두 신경과민 상태에 빠져 있었으니까. 범인은 상당히 위험을 무릅쓰고 그 일을 저질렀지. 그렇다면 역시 손목 건은 뭔가 강한 목적의식이 있었다고 생각해야겠는데……. 이건 수수께끼야."

엘러리는 미간을 찌푸렸다.

"하여튼 모든 사건에서 우리 세 사람이 똑같이 찬스를 가졌다는 것을 확인해 두고, 다음으로."

"다음은 아가사, 아니 르루가 먼저인가." 하고 반이 말했다. 엘러리는 "아니" 하고 고개를 갸우뚱했다.

"그 전에 나, 엘러리의 살해미수가 있어. 어제 지하실 사건. 그 전날 밤, 카가 쓰러지기 직전에 나는 지하실에 대해 말을 했지. 그 말을 들은 범인이 카의 손목을 자르고, 조각을 붙인 다음에 밖으로 나가서 그 줄을 걸어 두었을 거야. 그리고 그 장소에는 모두 함께 있었기 때문에 역시 누구에게도 혐의가 있지. 피해자로서 나는 제외하고 싶지만 말이야……."

엘러리는 두 사람의 표정을 살폈다. 포와 반은 말없이 눈을 바라보며 가볍게 고개를 저었다. 쇼일 수도 있으니까.

"하기야, 그것이 상처도 가벼웠고. 그런 다음, 오늘 아침의 르루에게로……."

엘러리는 잠시 생각에 잠겼다.

"르루의 경우는 아주 특이해. 야외의 그런 장소에서, 더욱이 돌에 맞아서……, 그때까지 범인이 집착했던 손목 자르기도 없고 말이야. 뭔가 이질적인 요소가 들어 있어."

"확실히 그래. 그렇지만 우리 세 사람 다 범인일 수 있는 가능성은 마찬가지야." 하고 말하는 포.

엘러리는 가느다란 턱을 열심히 쓰다듬으며 말했다.

"그건 그렇지만……, 르루의 살해 상황에 관한 고찰은 조금 뒤로 돌리고, 다시 한번 생각해 보자. 마지막으로 아가사 사건이다. 아까 조사해 봤듯이 청산가리가 그녀의 립스틱에 발라져 있었다. 문제는 언제, 어떻게 독을 발랐는가 하는 문제야.

립스틱은 항상 그녀의 방에, 그 주머니 안에 들어 있었지. 올치와 카가 죽임을 당한 이틀 전부터 아가사는 완전히 신경이 곤두서 있었기 때문에 언제나 방에 열쇠를 걸어두었을 거야. 범인이 몰래 잠입할 가능성은 전혀 없어. 그런데 아가사는 매일 립스틱을 사용했단 말이야. 그런 그녀가 오늘 아침 쓰러졌다면 독은 어젯밤에서 오늘 아침에 걸쳐 발라졌다고 봐야 해."

"엘러리, 말해도 돼?"

"뭔데? 반."

"아가사가 오늘 아침에 사용한 것은 어제와는 다른 색이었던 것 같은데?"

"뭐?"

"오늘은 색깔이 붉었잖아. 그래서 죽은 사람의 입술처럼 보이지 않았어. 뭐라 말할 수 없을 정도로……."

반은 머뭇거리며 말을 이어갔다.

"평상시는 엷은 핑크색이었어. 로즈 핑크라는 색……."

"하아."

엘러리는 손가락을 탁 쳤다.

"그러고 보니 주머니에는 두 가지 립스틱이 있었어. 한 쪽은 핑크, 나머지는 빨강. 그렇다면 훨씬 이전에 독이 발라져 있었다는 말인데, 첫째 날 아니면 둘째 날. 아직 아가사가 경계하지 않을 때 몰래 들어가 빨간 립스틱에 독을 발라 두었군. 그런데 그녀는 오늘 아침까지 그것을 사용하지 않았고……."

"시한폭탄인 셈이군."

낮은 목소리로 중얼거리듯이 포가 말했다.

"이 또한 세 사람에게 똑같이 찬스가 있었겠군."

"결국 그렇게 되었군. 그러나 포, 우리 세 사람 가운데 범인이 있다는 전제를 두었으니, 더 이상 누구일 수도 있다는 식으로 얼버무릴 수는 없지 않을까?"

"어떡하면 좋단 말이야? 엘러리."

"일단 다수결로 정하자."

엘러리가 산뜻한 표정으로 말했다.

"이건 농담이고, 일단 각자의 의견을 들어 보자구. 누가 가장 의심스럽다고 생각해? 반."

"포."

반의 대답은 거침없었다.

"뭐라고?"

포는 안색을 바꾸고 물고 있던 담배를 테이블 위로 집어 던졌다.

"난 아니야. 아아……. 이런 말 한다고 믿어주지도 않겠지만."

"물론 무조건 믿을 수는 없지. 나도 포가 더 의심스러워."

엘러리는 담담하게 말했다. 포는 동요를 감추지 못하고 떨리는 목소리로 말했다.

"왜? 왜 내가 수상쩍다는 거야?"

"동기 때문이지."

"동기? 동기라고? 왜 내가 친구 네 명을 죽여야 하지? 한 번 들어보고 싶군, 엘러리."

"자네 어머니는 현재 정신병원에 입원하고 있다더군."

너무도 태연한 엘러리의 말을 듣는 순간 포는 '읏!' 하는 신음소리를 내면서 두 주먹을 불끈 쥐고 테이블 위에 올려놓았다. 주먹에서 점점 혈색이 사라지더니 바들바들 떨었다.

"몇 년 전 자네 어머니는 병원에서 다른 입원환자를 죽이려다가 붙잡혔지. 그때 자네 어머니는 정신착란상태에 빠져 있었고……."

"정말이니? 엘러리."

반이 눈을 부릅떴다.

"처음 듣는 말인데……?"

"포의 아버지가 무마시켰으니까. 병원에 관해 나쁜 소문이 퍼지면 안 되니까, 죽임을 당할 뻔한 환자에게 돈을 주어 무마했을 거야. 그때의 담당 변호사가 내 아버지의 친구였어. 그래서 나도 알게 되었지. 의사의 부인이란 정신적으로 상당히 부담을 안고 살아야 한다는 것을. 신경이 약한 여자는 견뎌내기가 힘들지도 몰라. 또는 사랑하는 남편을 환자에게 빼앗겼다는 강박관념에 사로잡혀……."

"그만두지 못해!"

포가 소리를 질렀다.

"더 이상 우리 어머니 이야기는 하지 마!"

엘러리는 '휙-' 하고 휘파람을 불고는 입을 다물었다. 포는 잠시 동안 주먹을 쥔 채 고개를 숙이고 있더니 이윽고 낮은 웃음을 흘리며 중얼거렸다.

"즉, 내가 미치광이일지도 모른다는 말인데……."

그리고 그는 갑자기 가면을 덮어 쓴 사람처럼 험악한 표정으로 엘러리와 반을 노려보았다.

"너희들 둘에게도 그럴싸한 동기가 있어."

"흥, 그것 참 재미있는 말인데."

"우선 반. 넌 중학시절에 부모가 강도의 손에 죽었잖아? 여동생도 같이……. 그러니까 너는 살인을 소재로 삼아 즐기려 하는 우리 같은 인간을 경멸하고 있음에 틀림없어."

가시 돋힌 포의 말에 반은 새파랗게 질렸다.

"그건 말도 안 돼. 경멸한다면 이런 연구회에 들어오지도 않았어. 그건 벌써 옛날 일이야. 게다가 미스터리광이 살인을 예찬한다는 것은 말도 안 돼. 내가 왜 연구회 멤버들과 함께 이런 여행을 왔겠어……?"

"글쎄다."

그리고 포는 쏘는 듯한 시선을 엘러리에게로 옮겼다.

"그리고 엘러리."

"말해 봐. 내게 무슨 동기가 있는지?"

"사사건건 말꼬리를 물고 늘어지는 카의 존재가 귀찮아서 죽을 지경이었겠지?"

"내가 카를?"

엘러리는 눈을 동그랗게 떴다.

"아하, 다른 세 사람은 눈속임이었다는 말씀이시군. 참 바보 같은 추론이네. 나는 그 정도로 카를 의식하지 않았어. 타인이 나를 어떻게 생각하건, 별로 흥미를 느끼지 않는 사람이니까. 그 정도는 자네도 알잖아. 더욱이 내가 카를 죽이고 싶을 정도로 미워했다고? 너 정말 그렇게 생각해?"

"너라면 아주 사소한 동기로도 충분히 그럴 수 있어. 귀찮은 파리를 처치하는 심정으로 말이지."

"아니, 아니, 내가 그런 냉혈한으로 보였을 줄이야."

"냉혈한과는 조금 뉘앙스가 달라. 인격적인 결함이라는 것이 더 정확하겠어. 너라면 재미로 인간을 죽일 수 있는 사내야. 그렇게 생각지 않니? 반."

"그럴지도 몰라."

반은 무표정하게 고개를 까닥였다. 엘러리는 일순 복잡한 표정을 보였다가 금방 씁쓸한 웃음을 떠올리며 어깨를 으쓱했다.

"기가 차군. 사람은 역시 평소 때 행동에 조심을 해야 한다니까."

그리고 세 사람은 입을 굳게 다물어 버렸다.

음침하게 가라앉은 홀의 공기가 끈적끈적한 풀처럼 그들의 마음에 달라붙었다. 주위의 새하얀 십각형은 오늘따라 더 비뚤어져 보였다.

그런 상태가 얼마나 더 계속되었을까. 갑자기 '사사삭―' 하는 나무에 바람이 스치는 소리가 들려왔다. 그리고 '탁탁' 손가락으로 지붕을 두드리는 듯한 소리가……

"아! 비가……."

천창의 유리에 맺히는 물방울을 바라보면서 엘러리는 중얼거렸다. 빗소리는 점점 더 커졌다. 섬에 갇힌 그들을 한층 더 고립시키겠다는 듯이 강하게, 더 세차게…….

그때 갑자기 이상한 소리를 지르며 엘러리가 벌떡 자리에서 일어섰다.

"왜 그래?"

포가 수상쩍은 어조로 물었다.

"아니……, 잠깐만 기다려 봐."

그 말이 끝나기도 전에 엘러리는 덜커덩 하고 의자를 박차고 현관 쪽으로 달려갔다.

"발자국!"

7

비는 세차게 내리 퍼부었다. 그 소리와 파도소리가 마구 뒤섞이면서 작은 섬 전체가 거대한 소용돌이 속으로 빨려 들어가는 것 같았다.

젖는 것도 아랑곳하지 않고 엘러리는 빗속을 달렸다. 소나무 아치를 통과하는 길을 피하여 곧장 오른쪽 청옥부 쪽을 향했다. 소나무 숲을 가로지를 생각이었다.

도중에 한 번 멈춰 서서 뒤를 돌아보았다. 포와 반이 따라오고 있었다.

"서둘러! 비로 발자국이 지워져!"

몇 번 풀에 걸려 넘어질 듯하면서 나무 사이를 재빨리 빠져나갔다. 그렇게 청옥부의 안마당에 도착했을 때, 르루가 넘어져 있던 주변에 어지럽게 흩어진 발자국은 아직도 약간의 형태를 유지하고 있었다.

이윽고 포와 반이 도착했다. 엘러리는 숨을 헐떡이며 발자국을 가리켰다.

"우리의 운명이 걸려 있다 생각하고 저 발자국을 잘 기억해 줘."

차가운 비를 맞으면서 그는 지면에 찍힌 몇 개의 발자국을 뚫어져라 바라보았다. 빗물이 고여 흐르면서 서서히 형체를 잃어가는 발자국을 있는 힘을 다해 머릿속에 새겨 넣었다.

잠시 후 물에 젖어 흘러내린 앞머리를 손가락으로 쓸어 올리면서 엘러리는 발걸음을 돌렸다.

젖은 옷을 갈아입은 세 사람은 금방 홀의 테이블에 모였다.

"둘 다 가까이 오지 않을래? 중요한 일이야."

그렇게 말하고 엘러리는 방에서 들고 나온 노트를 펼치고 펜을 들었다. 포와 반은 다소 주저하면서도 자리에서 일어나 엘러리의 옆으로 옮겨 앉았다.

"잊어버리기 전에 그림을 그려두자. 우선 이것은 청옥부야."

엘러리는 노트의 한 페이지 가득히 세로로 긴 직사각형을 그렸다. 그리고 윗부분에 다시 작은 사각형 하나를 그려 넣었다.

"이것이 건물이야. 지금은 쓰레기더미지만. 그리고 여기가 절벽에서 바위더미 해안으로 내려가는 계단……."

커다란 장방형의 왼쪽 중간쯤에 표시를 한다.

"오른쪽 아래가 십각관이 있는 방향이야. 아래쪽은 소나무들. 그런데 르루는 여기 쓰러져 있었어."

한복판에서 약간 아래쪽에 사람을 그려 넣었다. 그리고 엘러리는 두 사람의 얼굴을 번갈아 바라보았다.

"우선 청옥부로 들어가는 입구, 그 소나무 아치인데, 여기에서 계단으로 이어지는 발자국이 한 줄 있었어."

바쁘게 고개를 까닥이며 포가 대답했다.

"다음에는 같은 입구에서 곧장 르루의 사체로 이어지는 발자국과 거기서 반대 방향으로 가는 발자국이 세 줄, 그리고……."

"계단에서 르루가 넘어진 지점을 향하여 두 줄이 마구 흐트러져 있었어."

입으로 말을 하면서 엘러리는 그림 속에 열심히 발자국 표시를 그려갔다. 포는 고개를 끄덕였다.

"그래. 그리고 또 한 줄, 사체에서 곧장 계단으로 향하는 것?"

"맞아. 반도 이걸 보았겠지?"

"응, 아마도 그럴 거야……."

"OK. 완성이다."

화살표를 전부 그려 넣은 다음에 엘러리는 모두에게 잘 보이는 방향에 노트를 놓아두었다.

"나는 그때 소나무 아치에서 청옥부 쪽으로 나가다가 르루의 사체를 발견했어. 그리고 곧 너희 둘도 현장으로 달려왔지. 나와 포가 사체를 들어올리고 반이 왔을 때와 같은 길을 따라 십각관으로 돌아왔어. 따라서 당연히 마구 흩어진 세 줄의 발자국은 우리 세 사람의 발자국이야. 이것은 일단 검토 대상에서 제외하고……."

현장 평면도

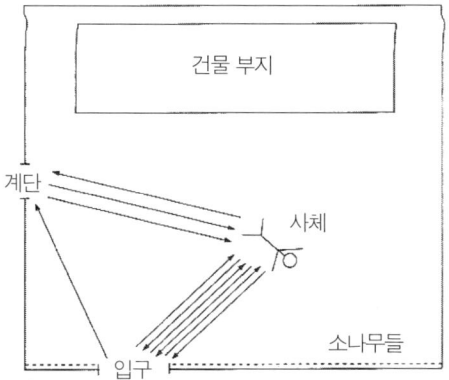

엘러리는 잠시 말을 잘랐다가 젖은 머리카락을 손으로 쓰다듬었다.

"이상하지 않니?"

미간을 찌푸리고 포가 되물었다.

"잠깐만, 엘러리."

포는 노트의 그림을 노려보았다.

"르루가 발견되었을 때 지면에 생겼던 우리 발자국을 제외하면 남는 것은 입구에서 계단 쪽을 향하는 한 줄, 계단에서 사체로 향하는 두 줄, 그리고 사체에서 계단으로 향하는 한 줄……."

"어때, 좀 문제가 있지? 입구에서 계단으로 향하는 발자국은 르루의 것으로 생각해도 좋을 거야. 계단에서 사체로 향하는 발자국 가운데 한쪽도 당연히 르루의 것이고. 그렇다면 나머지 계단과 사체 사이를 왕복하는 두 줄이 범인의 발자국이 되는 셈인데, 과연 범인은 어디에서 와서 어디로 사라진 것일까?"

"계단……."

"그래. 그런데 그 계단 아래는 바다야. 기억하고 있지? 그 아래 바위더미의 양쪽은 절벽이란 것을. 바다에서 이 섬으로 상륙하기 위해서는 이 바위더미에서 계단으로 오르든지, 아니면 선창가에서 계단으로 오르든지 둘 중 하나지만, 그럼 범인은 도대체 이 바위더미로 어떻게 접근했을까? 여기서 또 어디로 갈까? 선창가로 돌아가기 위해서는 코처럼 툭 튀어나온 절벽을 돌아갈 수밖에 없어. 수심도 깊어. 범인은 수영을 하지 않으면 안 되는데 이 계절에는 무리야. 수온이 몇 도나 될 것 같애?"

포가 담배를 꺼내면서 '흠' 하고 고개를 끄덕였다. 반은 테이블 위의 노트를 바라보면서 물었다.

"그래서……?"

"그러니까 범인이 왜 그런 행동을 취했는가 하는 것인데 말씀이야."

이런 긴박한 상황에서도 엘러리는 수수께끼 풀이를 즐기는 듯이 보였다. 반은 포켓에 양손을 찔러 넣은 채 말이 없다.

'흠' 하고 낮은 신음소리를 내면서 포가 입을 열었다.

"범인은 이 십각관에 있는 우리 가운데 한 사람. 그렇다면 그는 일부러 바위더미로 내려갈 필요가 없지. 걸어서 여기까지 돌아오면 그만이니까. 발자국의 크기와 형태는 지면을 밟을 때 적당히 조절하면 얼마든지 조작할 수 있어. 전문 감정원이 있는 것도 아니니까 말이야. 그러지 않았다는 것은 뭔가 어쩔 수 없는 이유가 있어서 바다 쪽으로 돌아가야만 했기 때문이라 생각되는데……."

"그 말이 맞아. 대답은 너무도 명백해."

만족스럽게 고개를 끄덕이고 엘러리는 의자에서 일어섰다.

"그럼 식사라도 하자구. 벌써 세 시나 됐어."

"식사?"

반이 미심쩍은 눈으로 두 사람을 바라보았다.

"이런 때에 식사라니……? 도대체 범인은 왜……."

"나중에 생각하자. 초조해 한다고 풀릴 문제가 아니야. 우리, 아침부터 아무것도 먹지 않았어."

엘러리는 등을 돌리고 혼자서 부엌으로 들어갔다.

8

휴대용 식품으로 간단히 식사를 하고 커피를 마시면서 엘러리가 또 입을 열었다.

"이제 배도 채웠으니 아까의 문제에 결론을 내려야지. 어때?"

"물론 찬성이지만 너, 무슨 숨은 뜻이 있는 듯이 변죽을 울리는 그 말투, 좀 그만뒀으면 좋겠어." 하고 포가 말했다. 반도 조용히 고개글 끄덕여 그 말에 농의를 표했다.

발자국에 관한 엘러리의 언동은 두 사람을 꽤 당혹스럽게 만들었다. 식사 중에도 그들은 의심스런 눈길로 엘러리의 표정을 살폈지만, 그의 태도는 시종일관 여유롭기 짝이 없었고, 그 입가에는 평소와 조금도 다름없는 미소가 감돌고 있었다.

"좋아."

엘러리는 식기와 컵을 테이블 중앙으로 밀치고 아까의 노트를 다시 펼쳤다. 그리고 그림을 한 번 살펴본 후에 말을 시작했다.

"먼저 요점을 정리해 보자. 범인의 발자국으로 생각되는 것은 사체와 계단을 왕복하는 두 줄의 발자국뿐이었어. 즉, 범인은 바다로 들어간 셈이야. 지금은 우리 가운데 한 사람을 범인이라 전제하고, 그가 밟은 루트를 추적해 보면······.

우선 그는 십각관에서 선창가로 내려가, 거기에서 헤엄을 쳐서 바우더미까지 온 다음, 계단을 타고 청옥부로 왔다. 범행 후에 다시 그 경로를 따라 여기까지 돌아온 거야. 아까 포는 바다로 들어가지 않으면 안 될 필연성이라고 말했는데, 도대체 그런 게 어디 있겠어? 아무리 생각해도 이건 난센스야. 필연성이고 현실성이고 전혀 없어."

"엘러리, 그렇다면 범인은 우리 외에 달리 있다는······? 그 작자가 바다에서 이 섬으로 온 셈이 되는데."

"왜 그래서는 안 된다고 생각하지? 포."

엘러리는 탁- 하고 노트를 덮었다.

"이 경우는 범인을 외부에 두는 것이 더욱 합리적이지 않을까? 우리가 이 섬에서 나갈 수는 없지만, 제3자가 밖에서 들어오기는 간단해. 그렇다면 바다를 헤엄쳐야 하는 무리한 가설도 필요 없어. 배를 사용한다고 생각하면 간단히 해결되니까."

"배······?"

"올치와 르루 건, 왜 모두 새벽에 죽었을까? 우리 눈에 띄지 않고 섬에 상륙하려면 밤에서 새벽에 걸친 시간이 가장 적당해, 어때?"

엘러리는 포켓에서 셀렘을 꺼내 빈 갑인 것을 확인하고는 테이블 위로 던져 버렸다. 그리고 반론을 하라는 듯이 두 사람의 얼굴을 번갈아 바라보았다.

"피울래?"

포가 라크를 엘러리 쪽으로 밀었다.

"내 말에 동의하는 것 같군."

라크 한 개비를 빼들고 엘러리는 성냥을 그었다.

"반은?"

"엘러리 말이 맞는 것 같아. 나도 한 대 피워도 돼?"

"응, 피워."

엘러리는 포의 담뱃갑을 반에게 밀어주었다.

"그런데 엘러리, 너의 설이 타당하다고 하자. 그런데 왜 범인은 그런 조각을 만들었을까?" 하고 포가 물었다.

"〔피해자〕뿐만 아니라〔탐정〕,〔살인범〕까지 만들었다는 것이 그 플라스틱 조각의 가장 큰 특징인 것 같은데."

엘러리는 눈을 가늘게 뜨고 연기를 '훅-' 하고 뿜어냈다.

"첫째, '범인'이 우리들 가운데 있다고 믿게 하는 효과가 있어. 그런 만큼 외부에 대해 무관심하게 되니까."

"그 다음은?"

"심리적인 압박을 주는 효과일 거야. 최후에 남은 몇 사람이 서로를 죽이도록 하는 것이 범인이 노리는 거지. 자기 손을 더럽히지 않고 사체의 수를 늘일 수 있으니까. 어쨌든 이 범인의 최종 목적은 일곱 명 전원을 죽이는 것이라고 보면 돼."

"어처구니없군."

담배에 불을 붙이고 반이 중얼거렸다.

"또 한 가지 의문이 있는데?"

굵은 손가락으로 관자놀이를 누르면서 포가 말했다.

"르루를 죽인 다음 범인은 왜 바로 바다 쪽으로 돌아갔을까?"

"왜라니?"

담뱃갑을 돌려주면서 반이 다시 물었다.

"즉, 범인은 어디까지나 내부에 범인이 있는 것으로 상황을 조작

해야 하는데 말이야. 그렇다면 청옥부의 입구와 계단을 일부러 왕복하면서 발자국을 만들어 두는 것이 좋았을 텐데. 그 정도의 공작이라면 마음만 먹으면 얼마든지 할 수 있잖아……."

"발자국이 남으리라고는 생각지 않았을 거야."

"그리고 그대로 육지로 돌아가 버렸다는 건가? 그럼〔제 3의 피해자〕라는 조각은 언제 붙였을까?"

"그건……."

포는 엘러리 쪽을 향하여 물었다.

"어떻게 해석할 수 있지? 엘러리."

엘러리는 담배를 재떨이에 올려놓았다.

"그건 이렇게 된 거야. 반의 말처럼 발자국에 대해서는 신경을 쓰지 못했을 가능성도 있어. 그렇지 않다면 범인은 역시 입구와 계단을 왕복하는 발자국을 일부러 만들어 두었을 거야. 그것을 하지 않았다는 것은 어떤 피치 못할 사정이 있었을 것 같은데, 르루가 죽었을 때의 상황을 추리해 보면 이해가 가.

르루는 맞아 죽었어. 더욱이 계단에서 이어지는 발자국이 흐트러진 걸로 봐서 아무래도 범인에게 추적당한 것 같아. 아마도 르루는 그 속 바위더미에서 범인이 섬을 떠나려는 것을 봤을 거야.

르루는 사태를 파악하고 도망쳤지. 그것을 알고 범인이 서둘러 추적했을거고. 이때 당연히 르루는 도움을 청하는 고함을 쳤을 거야. 발이 늦은 르루를 따라잡아 죽인 다음, 범인은 초조해졌어. 그 목소리를 듣고 다른 사람이 달려올지도 모른다고 생각했을 거야. 숨어있을 수도 있지만 배가 발견되면 곤란하기 때문에 할 수 없이 발자국에는 신경도 쓰지 않고 바위더미로 돌아가서 배를 타고 선착장으로 돌아간 다음, 르루를 찾는 목소리가 나지 않나 위쪽의 상황에 귀를 기울였어. 다행히 아무도 나오는 것 같지 않아서 범인은 십각관으로 올라와 부엌 창을 통해 안을 들여다보고 아무도 일어나지 않았음을 확인한 후, 홀에 잠입해서 플라스틱 조각을 붙인 거야. 그리고는 곧장 섬을 떠난 거지. 다시 한번 청옥부 쪽으로 가기에는 시간적으로 위험 부담이 너무 크니까."

"음, 범인은 저녁에도 줄곧 이 섬에 있었구나."

"매일 밤 왔을 것 같애. 밤에 찾아와서 우리의 행동을 감시했을 거야."

"부엌 창 아래 숨어서?"

"아마도 그럴 거야. 아니, 혹시……?"

"그 동안 배는 선창가 아니면 바위더미에 묶어두었다고?"

"숨겨두었을지도 몰라. 작은 고무보트라면 금방 바람을 빼고 처리할 수 있으니까. 숲 속으로 들어올릴 수도 있을 것이고, 추를 달아서 물 속에 가라앉혀 둘 수도 있어."

"고무보트?"

포는 미간을 찌푸렸다.

"그걸 타고 육지로 갈 수 있을까?"

"육지까지 갈 필요는 없어. 바로 곁에 절호의 은신처가 있잖아?"

"고양이 섬?"

"그래. 고양이 섬이란 곳이 있지. 범인은 거기에 캠프를 설치해 두었을 거야. 그 섬이라면 노를 젓는 고무보트만 있어도 충분해."

"홈, 그 섬이……."

"다시 한번 범인의 행동을 정리해 보자."

엘러리는 노트를 겨드랑이에 끼더니 재빨리 파란 카드를 테이블 위에서 이리저리 뒤집으며 이야기를 시작했다.

"범인은 어젯밤에도 고양이 섬에서 이곳으로 건너왔어. 우리의 행동을 엿보고 다음의 범행 찬스를 노렸지만, 허망하게 바위더미 쪽으로 물러났어. 아마도 그때는 비가 그치지 않고 있었을 거야. 그 때문에 청옥부의 입구에서 계단 쪽으로 범인의 발자국이 남지 않았던 거지.

그런데 그 범인이 바위더미에서 보트를 준비하는 사이에 비가 그치고, 지면은 발자국이 찍힐 만큼 부드러워졌지. 바로 그때 르루가 다가온 거야. 왜 르루가 그런 시간대에 거기에 나타났는지는 모르겠지만.

범인은 자신의 모습과 보트를 들키고 말았어. 당황하여 가까이 있는 돌을 집어 들고 르루를 따라가 죽였어. 비명 소리를 듣고 사람들이 달려올까 두려워서 일단 보트를 타고 선창가로 가서 잠시 상황을 엿보다가 아무도 일어나지 않는 것을 확인한 다음, 십각관으로 들어가 조각을 붙였어……. 대충 이런 상황일 거야."

포는 줄곧 관자놀이에 엄지손가락을 대고 있다. 그런 자세로 한쪽 팔을 테이블에 짚고 고통스럽게 말했다.

"그럼 엘러리, 그 고양이 섬에 잠복해 있는 진범이란 도대체 누구일까?"

"물론 나카무라 세이지."

엘러리는 조금도 주저하지 않고 단언했다.

"나는 처음부터 그렇게 말해 왔어. 아까 포가 수상쩍다고 말했지만 그건 본심이 아니야."

"세이지가 살아있을 가능성은 한 걸음 물러나서 인정하기로 하자. 그러나 다른 사람이라면 몰라도 그 세이지가 우리를 모두 죽여야 할 동기가 있을까? 나는 도저히 이해할 수 없어. 미쳤기 때문이라고 해야 할까?"

"동기 말야……? 아주 그럴 듯한 동기가 있어."

"뭔데?"

"동기가 있다고?"

포와 반은 동시에 반문하면서 몸을 앞으로 내밀었다. 엘러리는 테이블 위에 펼쳐 놓은 카드를 산뜻한 손놀림으로 끌어 모으면서 말했다.

"아까 우리는 제각기 여러 가지 동기를 제시했지만, 그보다 더 그럴 듯한 동기가 나카무라 세이지에게는 있어. 나도 어젯밤에 내 방에 돌아가서야 겨우 생각했던 건데……."

"정말?"

"그게 뭔데? 엘러리."

"나카무라 치오리. 기억하고 있겠지?"

어두컴컴한 홀에 잠시 침묵이 흘렀다.

파도소리, 파도소리……, 지붕을 때리는 빗소리는 이미 사라졌다. 갑자기 비가 샌 섯이나.

"나카무라 치오리, 그 사건의……."

반의 목소리가 작게 오그라들었다.

"그래. 작년 1월, 우리가 실수해서 죽게 만든 후배, 그 나카무라 치오리 말이야."

"나카무라……, 나카무라 세이지, 나카무라 치오리……."

합창하듯이 포가 중얼거렸다.

"설마 그럴 리가……."

"물론 나도 믿고 싶지 않아. 나로서는 그 이유가 아니면 설명이 안 돼. 나카무라 치오리는 나카무라 세이지의 딸이라고."

"아아……."

포는 미간에 깊은 주름을 잡으면서 라크 한 개비를 입에 물었다. 반은 양손을 머리에 갖다대고 머리를 끌어안은 채 눈을 감았다. 테이블의 카드에서 손을 떼고 엘러리는 말을 이었다.

"반년 전, 이 섬에서 일어난 사건의 범인은 세이지, 바로 그 사람이었어. 그는 행방불명이 된 정원사, 아니면 자신의 나이, 혈액형이 일치하는 남자를 찾아서 불태워 죽이고 그 자신은 살아남은 것이지. 그렇게 하여 딸을 죽인 우리에게 복수를……."

그때 '푸웃-' 하는 이상한 소리가 포의 입에서 터져 나왔다.

"왜 그래?"

"포!?"

"콰당" 하며 의자 넘어지는 소리가 들렸다. 포의 건장한 몸이 바닥에 쓰러졌다.

"포!"

엘러리와 반이 급하게 달려가 안아 일으키려 했다. 그 손을 뿌리치면서 포는 사지를 뒤틀었다. 그리고…….

처절한 경련과 함께 위로 향한 그의 사지가 허공으로 올라가더니 '탁-' 하고 바닥에 떨어져 내렸다. 그것이 포의 최후였다.

앞쪽만 조금 피우다 만 라크가 푸른 타일 바닥 위에서 보라색 연기를 뿜어내고 있었다. 엘러리와 반은 꼼짝도 하지 않고 누워 있는 [최후의 피해자]의 모습을 멍하니 내려다보고 있었다.

9

일몰이 가까워진 하늘에는 여전히 회색 구름이 엷게 깔려 있었지만 다시 비가 내릴 것 같지는 않았다. 나뭇가지를 울리는 바람도 잦아들고, 파도소리만이 맥 빠진 소리를 내며 섬의 공기 사이로 울려 퍼졌다.

포의 사체는 두 사람의 손에 의해 그의 방으로 옮겨졌다.

방바닥에는 포가 하던 퍼즐이, 반이 보았을 때와 거의 바뀐 것 없이 그냥 남겨져 있었다. 고개를 약간 기울인 새끼 여우의 귀여운 얼굴이 무척 슬프게 보였다.

두 사람은 그 미완성의 퍼즐을 건드리지 않게 조심하면서 방을 지나 포의 커다란 몸을 침대에 눕혔다. 반이 모포를 덮어 주고, 엘러리가 눈을 감겨 주었다. 고통으로 비뚤어진 그 입가에서 퍼져 나오는 약한 아몬드 향기…….

잠시 묵도를 올린 다음 두 사람은 말없이 홀로 돌아왔다.

"시한폭탄 같군, 나쁜 놈!"

바닥에서 타오르는 담배를 발로 비벼 끄고 엘러리는 분노하며 외쳤다.

"포의 담배 한 개비에 청산가리를 섞어 둔 것이 분명해. 방 안으로 잠입하여 주사기로 넣었을 거야. 틀림없어."

"세이지가?"

"물론 그렇지."

"우리도 위험했어……."

반은 의자에 몸을 푹 파묻었다. 엘러리가 테이블에 다가가서 떨리는 손으로 램프의 불을 켰다. 하얀 십각관 내부가 어렴풋한 빛 속에서 흔들리기 시작했다.

"나카무라 세이지……."

불꽃을 바라보면서 엘러리가 중얼거렸다.

"반, 원래 세이지는 이 십각관의 주인이었어. 섬과 건물에 대해 상세히 알고 있는데다, 십중팔구 이 모든 방의 마스터 키를 가지고 있을 거야."

"마스터 키를?"

"청옥부에 불을 지르고 모습을 감출 때 가져갔을 거야. 그렇다면 그는 아무 방이라도 자유롭게 드나들 수 있지. 아가사의 립스틱에 독을 넣는 것도, 올치를 죽이는 것도 간단해. 포의 담배도 그래. 그는 우리를 사각으로 몰면서 그림자처럼 이 건물을 배회하고 있었어. 우리는 십각관이라는 덫을 향해 뛰어든 가련한 곤충인 셈이야."

"그가 옛날에 건축가였다는 것을 어디서 읽은 기억이 나는데……."

"그렇다고 해. 이 십각관도 그 자신의 설계에 의한 것일지도 몰라. 문자 그대로 그가 만든…… 아니, 잠깐. 혹시……!"

엘러리는 날카로운 눈으로 홀을 둘러보았다.

"왜 그래? 엘러리."

"방금 퍼뜩 떠올랐는데, 카의 독살에 사용한 그 컵 말이야."

"그 십일각형의?"

"그래. 결국 그것은 하나의 표시로 사용된 것이 아니었어. 기억하고 있겠지? 반. 그 컵에 대해 네가 말했잖아. 왜 그런 컵이 하나만 있느냐고?"

"아아, 그러고 보니……."

"그때 나는 세이지의 장난기의 발동이라고 생각했어. 또 뭔가를 암시하고 있는 것 같다고. 십각형으로만 된 건물 속에 단 하나의 십일각형…… 어때? 뭔가 퍼뜩 떠오르는 게 없니?"

"십각형 속의 십일각형, 그것이 뭔가를 암시하는 것이라면……."

그렇게 중얼거리던 반의 눈썹이 꿈틀 움직였다.

"혹시 열한 번째의 방이 있는 게 아닐까?"

"바로 그거야!"

엘러리는 심각한 얼굴로 고개를 끄덕였다.

"내 생각도 그래. 이 건물에는 중앙 홀을 제외하면 같은 형태의 열 개의 방이 있어. 욕실, 화장실, 세면장을 하나의 방이라 치고, 부엌, 현관 홀, 일곱 개의 객실, 이 열 개의 방 외에 또 하나의 방, 어딘가 그 방이 감춰져 있을 것 같은데……."

"세이지는 부엌 창을 통해 홀을 살핀 것이 아니라, 그 숨겨진 방에서 늘 우리의 행동을 살피고 있었던 거라고?"

"그럴 거야."

"그렇지만 숨겨진 방이 어디에……?"

"건물의 구조로 볼 때, 지하에 있을 거야. 그리고 추측건대……."

엘러리는 입술을 비죽이면서 빙긋 웃었다.

"그 십일각형의 컵이야말로 그 방문을 여는 열쇠야."

★

그것은 부엌 바닥에 있는 작은 창고 안에 있었다.

창고 자체는 평범하기 짝이 없는 것이었다. 세로 80센티미터, 가로 1미터 정도 크기의 뚜껑이 덮여 있었다. 손잡이를 당기자 간단히 열렸다.

구멍의 깊이는 50센티미터 정도였다. 사방의 측면과 바닥에는 하얗게 칠한 판자가 붙어 있다. 안에는 아무것도 없다.

"여기야, 반."

엘러리가 손가락으로 가리켰다.

"있다면 컵이 놓여진 이 부엌의 어디라고 생각했었는데……, 역시."

손전등이 비추는 창고의 바닥, 그 중앙에 주의해서 보지 않으면 발견할 수 없을 것 같은 직경 수 센티미터의 작은 구멍이 뚫려 있고, 그 왼쪽에 원형의 손잡이가 보였다.

"반, 컵을 이리 줘."

"안에 든 커피는 어쩌고?"

"그냥 버려."

엘러리는 그 컵을 들고 마루에 엎드렸다. 오른손을 창고에 밀어 넣고 중앙의 구멍에 컵을 집어넣었다.

"꼭 들어맞는군."

십일각 형의 열쇠였다.

"돌려 볼게……."

천천히 힘을 주었다. 생각한 대로 조금씩 구멍이 회전하기 시작했다. 이윽고 '탁-' 하는 자물쇠 열리는 소리가 났다.

"좋아, 이제 열릴 거야……."

엘러리는 구멍에서 컵을 꺼냈다. 그러자 하얀 판자가 아래로 향하며 천천히 기울어지기 시작했다.

"정말 대단해."

엘러리는 중얼거렸다.

"톱니바퀴 같은 장치를 이용하여 판자를 아래로 내릴 때도 소리가 나지 않게 해 둔 것 같아."

이윽고 두 사람의 눈앞에 지하의 숨겨진 방으로 이어지는 계단이 모습을 드러냈다.

"들어가 볼까, 반."

"그만두는 게 좋을 것 같아."

반은 도망칠 기세였다.

"만일 숨어서 노리고 있으면……."

"괜찮아. 아직 날이 저물지 않았으니까. 세이지는 오지 않았어. 만에 하나 왔다고 해도 2대 1이야, 지지 않아."

"그렇지만……."

"겁나면 여기서 기다려. 나 혼자서 들어갈 테니까."

"아…… 기다려, 엘러리……!"

음식이 상한 듯한 이상한 냄새가 났다.

엘러리가 든 손전등 불빛에 의지하여 두 사람은 새까만 구멍 속으로 발을 내딛었다.

오래 되었지만 아직도 계단은 단단했다. 조용히 발을 디디면 삐걱거리는 소리 하나 나지 않았다.

앞에 선 엘러리는 어제의 실수를 거듭하지 않기 위해 신중하게 발을 옮겼다. 10단 정도의 계단을 내려가자 거기에는 꽤 넓은 방이 마련되어 있었다. 부엌의 바로 아래, 중앙 홀 쪽으로 방은 뚫려 있었다.

바닥과 벽은 콘크리트. 장식품은 하나도 없다. 그리고 엘러리의 키보다 조금 더 높은 천장에는 여기저기 구멍이 뚫려 있어서 어렴풋이 외부의 빛이 위에서 새어 들어왔다.

"램프 빛이야."

엘러리가 속삭이듯이 말했다.

"홀 아래니까 우리가 하는 말을 이 구멍을 통해 전부 들었겠어."

"역시 세이지는 여기 숨어서……."

"그래. 우리의 동태를 여기서 들었을 거야. 그렇다면 건물의 다른 곳으로 통하는 길이 뚫려 있을지도 몰라……."

엘러리는 천천히 주위의 벽을 비춰 보았다. 군데군데 검게 얼룩진 콘크리트, 수많은 균열, 보수한 흔적…….

"저거다!"

엘러리는 한 지점에 손전등 불빛을 멈추었다. 내려선 계단 저편 오른쪽 구석에 오래 된 나무문이 보였다.

엘러리와 반은 그 문 앞으로 나아갔다. 엘러리가 녹슨 손잡이로 손을 뻗는다.

"어디로 이어져 있을까?"

목소리를 죽이고 반이 물었다.

"글쎄……?"

엘러리는 신중하게 손잡이를 돌렸다. '끼익-' 하는 무거운 소리와 함께 문이 움직였다. 숨을 죽이고 손잡이를 당겼다. 문이 열린다…….

갑자기 '욱-' 하고 신음을 뱉어내면서 두 사람은 그 자리에 우뚝 멈춰 서서 코를 막았다.

"뭐야? 이것은."

"지독한 냄새……."

강렬한 악취가 어둠 속에 가득 차 있었다. 위장 속에 든 것이 한꺼번에 쏟아져 나올 것만 같은 지독한 악취.

무엇이 내는 냄새인지 두 사람은 직감적으로 알 수 있었다. 처절할 만큼의 생리적인 혐오감이 그들의 피부에 소름을 돋게 했다.

고기가 썩는 냄새였다. 생물이 썩어가는 냄새였다. 더욱이…….

엘러리는 벌벌 떨리는 손으로 전등을 고쳐 잡고 열린 문의 저편으로 이어지는 어둠 속을 향해 나아가며 전등을 비췄다.

어둠은 깊다. 예상대로 어딘가 밖으로 이어지는 통로였다.

둥근 전등 빛이 서서히 아래로 향했다. 더러운 콘크리트 바닥 멀리서부터 앞쪽으로 전등 불빛을 서서히 당겨왔다. 이윽고 그 빛이 도달한 곳에는……?

"우앗!!"

엘러리와 반 두 사람은 동시에 비명을 질렀다.

그것이 바로 악취의 근원이었다.

칙칙한 색을 띠고 이미 원형을 상실한 고기 덩어리, 노출된 황백색 뼈, 휑하니 구멍이 뚫린 눈……, 그것은 거의 백골로 변한 인간의 사체였다.

10

깊은 밤.

십각형의 홀에는 인기척도 없다. 램프의 불빛은 꺼지고 거기에는 어둠만이 가라앉은 정적 속에 착 달라붙어 있었다.

어딘가 먼 세계에서 연주하는 듯한 은은한 파도소리. 어둠 속에서 입을 쩍 벌리고 있는 십각형의 천창으로 비치는 깜빡이는 몇 개의 별…….

그때 건물의 어딘가에서 딱딱한 물건이 부딪치는 소리가 들려왔다. 이어서 그것과는 다른 생명체가 탄식하는 것 같은 소리. 조용한 그 소리는 이윽고 조금씩 팽창되고 커지더니…….

잠시 후 십각관은 불길에 휩싸였다.

하얀 건물이 투명한 적색으로 감싸여 갔다. 뭉게뭉게 피어오르는 연기, 대기를 울리는 굉음, 미친 듯이 솟구치는 거대한 불길은 밤하늘을 흐르는 구름 조각을 향하여 맹렬한 기세로 달려갔다…….

그 불길은 바다 건너 S해안 사람들의 눈길을 끌기에 충분했다.

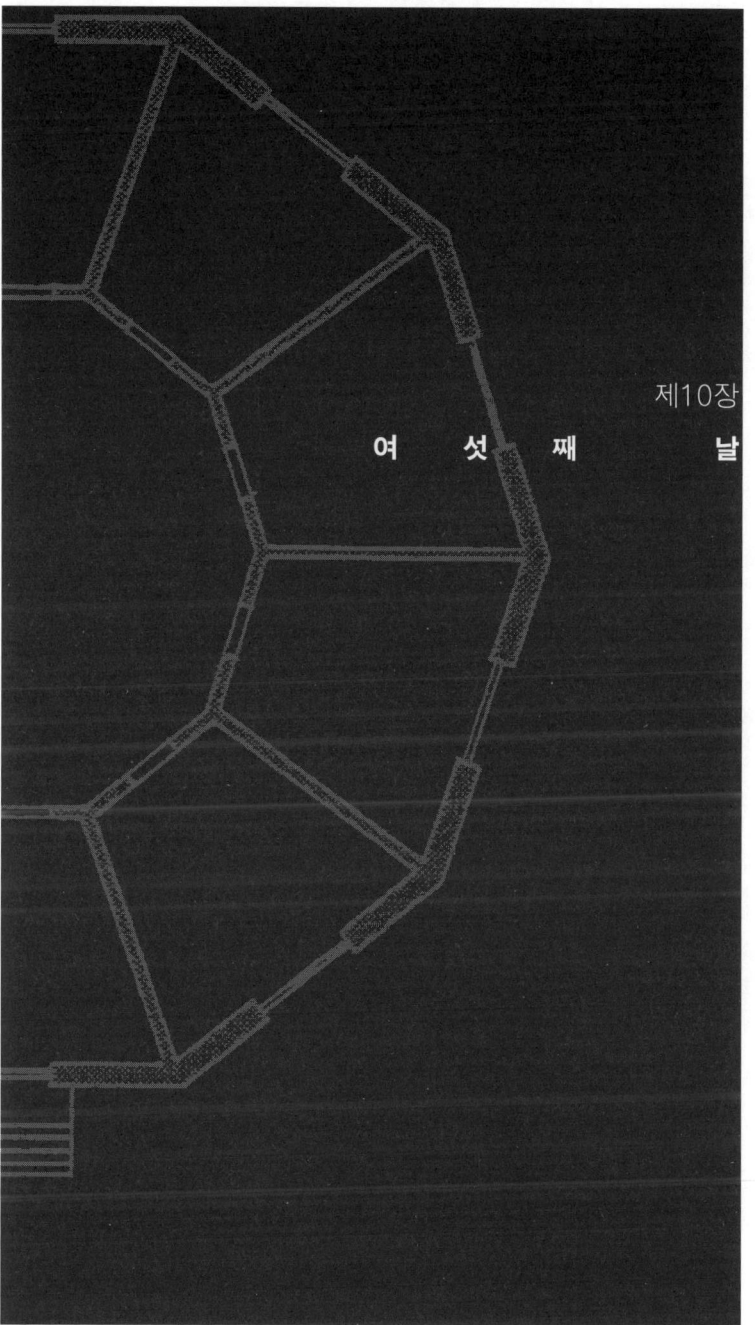

제10장

여 섯 째 날

1

전화 벨 소리에 잠에서 깼다.
무거운 눈꺼풀을 억지로 뜨고 머리맡의 시계를 본다. 오전 8시.
모리스 쿄이치는 뻐근한 몸을 일으키고 수화기를 들었다.
"모리스입니다. 아아, 예. 엣? 뭐라고요? 다시 한번……, 츠노시마의 십각관에 불? 정말입니까?"
이불을 걷어차고 수화기를 잡은 손에 힘을 넣고 달려들 듯한 기세로 외친다.
"그래서 모두……, 어떻게 되었습니까?"
짧은 침묵.
모리스는 축 늘어진 몸으로 몇 번인가 고개를 끄덕였다.
"그래요……, 그렇습니까? 그럼, 나는 어떻게 하면? 예, 알았습니다. 고맙습니다."
전화를 끊고 담배를 집어 들었다. 잠은 순식간에 달아나 버렸다. 불을 붙이고 깊이 연기를 빨아들이면서 있는 힘을 다하여 가슴을 진정시키려 했다.
"여보세요? 가와미나미? 나야, 모리스."

"아, 무슨 일이니? 이런 아침에……."

가와미나미는 혀가 꼬부라진 목소리로 말했다.

"나쁜 소식이야. 십각관에 불이 난 것 같아."

"뭐……뭐라고?"

"모두 죽은 것 같대."

"뭐라고? 설마, 농담하는 거지. 만우절은 내일이야."

"농담이 아니야. 방금 전에 전화연락을 받았어."

"말도 안 돼……!"

"난 이 길로 S해안으로 갈 거야. 너도 올래? 시마다 씨에게 연락할 수 있니?"

"아, 그래……!"

"그럼 거기서 만나자. 관계자는 항구 근처에 있는 어업조합 회의실에 모이게 되어 있대. 알았니?"

"아, 알았어. 바로 시마다 씨에게 연락해서 같이 가도록 할게."

"그럼, 그쪽에서……."

3월 31일, 일요일, 오전 11시 반, 츠노시마.

많은 사람들이 바쁘게 움직이고 있다.

여기저기서 아직 연기를 토하고 있는 십각관의 잔해는 그 자체가 마치 거대한 괴물의 잔해 같았다.

하늘은 활짝 개었다. 섬을 둘러싼 바다는 완연한 봄기운 속에서 눈부시게 빛나고 있었다. 그 화창한 풍경과 검게 불탄 섬의 광경이 묘한 대조를 이루면서 보는 사람의 가슴을 무겁게 했다.

"부장님! S해안 쪽에 유족들이 다 모였다고 합니다."

무전기를 든 젊은 경찰이 외쳤다. 부장은 40세가 좀 넘은 뚱뚱한 사나이로, 손수건으로 코를 틀어막은 채 큰 소리로 고함을 쳤다.

"좋아. 이쪽으로 오라고 해. 도착하면 내게 알려. 마음대로 상륙시켜선 안 돼!"

그리고 땅에 쭈그리고 앉아 사체를 조사하는 검시관에게 눈길을 돌렸다.

"그런데, 이건?"

주변 일대에는 이상한 냄새와 열기가 가득했다.

"남자로군요."

하얀 마스크를 한 검시관이 대답했다.

"비교적 몸집이 작습니다. 후두부에 심한 상처를 입었어요."

"흠……."

부장은 홀쭉한 얼굴을 끄덕이더니 사체에서 눈을 뗐다.

"어이, 그쪽은 어때?"

조금 떨어진 불탄 자리에서 다른 사체를 조사하는 담당자를 향해 외쳤다.

"이쪽도 남자로군요. 아무래도 이쪽에서 불길이 번져 나간 것 같습니다."

"그래……?"

"등유라도 뿌려서 불을 질렀겠지요. 이 친구, 그냥 등유를 덮어쓴 것 같아요."

"흠, 그렇다면 자살?"

"다른 상황과 맞춰 봐야겠지만, 아마도……."

부장은 얼굴을 찡그리며 빠른 걸음으로 그곳을 떠났다. 한 사람이 소리치며 멀어져 가는 그의 등 뒤에 대고 물었다.

"사체를 옮길까요?"

"유족이 올 때까지 기다려. 섣불리 옮기다가 사체와 유품이 마구 섞이면 곤란해. 누가 누구인지 모르게 될 테니까."

그리고 그는 거의 뛰듯이 바람이 부는 쪽으로 향했다.

"젠장, 점심 먹기는 틀렸어."

혼잣말로 중얼거리면서 코를 틀어막고 있던 손수건을 떼고 불어오는 소금바람을 가슴 가득 들이켰다.

삭막한 회색 커튼 너머로 바다가 보인다. 넓기만 할 뿐 아무런 장식도 없다. 살풍경한 방이었다.

어업조합 회의실.

무질서하게 늘어선 긴 의자, 불안을 감추지 못하는 사람들, 낮은 목소리들…….

창가에 앉은 모리스는 몇 개비째인가의 담배를 싸구려 재떨이에 비벼 껐다.

'츠노시마 십각관 화재…….'

마음은 격하게 울렁이고 있었다.

'전원 사망이라고…….'

오후 1시가 됐을 무렵, 이윽고 가와미나미와 시마다가 모습을 나타냈다. 실내를 둘러보고 모리스의 모습을 확인하자 가까이 다가왔다.

"무슨 일이야? 모리스. 섬의 상황은?"

가와미나미가 숨을 몰아쉬며 물었다. 모리스는 조용히 머리를 가로저었다.

"아직 자세한 것은 몰라. 아까 가족들이 사체를 확인하기 위해 그쪽으로 갔어."

"정말 전원 사망이니?"

"응. 십각관 전소, 전원이 불에 탄 시체로 발견된 모양이야."

가와미나미는 그 자리에 주저앉으면서 어깨를 힘없이 푹— 떨어뜨렸다.

"방화? 아니면 사고?"

"그건 아직 몰라……."

시마다 키요시는 창가에 서서 커튼 사이로 밖을 내다보고 있었다. 가와미나미는 모리스 곁에 의자를 놓고 앉았다.

"그 편지 건은 이야기했니?"

"아니, 아직 말하지 않았어. 이야기할 생각으로 들고 오긴 했지만……."

두 사람은 괴로운 표정으로 얼굴을 마주 바라보았다.

"당했어."

창 밖으로 눈길을 던진 채, 시마다가 중얼거렸다. 그 말을 듣고 두 사람이 '엣?' 하고 고개를 돌리자, 그는 무거운 목소리로 말했다.

"이것은 물론 사고가 아니야. 살인이지, 복수야."

방에 있는 다른 사람의 시선이 세 사람 쪽으로 쏠렸다. 시마다는 당황해서 목소리를 낮추었다.

"여기서는 이야기를 나눌 수 없으니 밖으로 나가자, 함께."

모리스와 가와미나미는 말없이 고개를 끄덕이고 자리에서 살짝 일어섰다.

무거운 철제문을 밀치고 복도로 나서는데, 그 방에 모인 다른 사람들의 목소리가 들려왔다.

"사체 몇 구는 타살되었다던데……."

2

세 사람은 해안가로 나왔다. 방파제로 내려가서 물가에 있는 보트 위에 나란히 걸터앉았다.

그들의 착잡한 마음과는 달리 눈앞에 넓게 펼쳐진 바다는 찬란히 내리쬐는 햇살 아래, 무심한 느낌이 들 정도로 잔잔했다. 츠노시마의 모습은 보이지 않았다.

"그 친구들이 죽었어……."

가와미나미는 무릎을 끌어안은 팔을 달달 떨었다.

"난 정말 바보야."

"가와미나미 군……."

시마다가 얼굴을 들었다. 가와미나미는 천천히 몇 번이나 고개를 좌우로 흔들었다.

"그렇게 사방으로 냄새를 맡았으면서도 결국 아무 조치도 취하지 않았어. 섬에 있는 녀석들에게 한마디 조심하라는 말이라도 했더라면……."

"어쩔 수 없는 일이야."

시마다는 깡마른 얼굴을 쓰다듬으며 저 자신에게 말하듯이 중얼거렸다.

"그런 편지를 받았다고 우리처럼 분주하게 조사하러 다니는 사람은 거의 없다네. 경찰에 연락을 해 봐. 이런 장난 편지에 일일이 신경 쓰다가는 끝이 없다고 눈도 깜짝하지 않을 거야."

"그렇지만……."

"나 역시 그래. 말로는 세이지가 살아있고, 섬에 있는 젊은이들이 위험하다고 정색을 했지만, 단지 그것뿐이었으니까. 그들이 죽임을 당할지 모른다는 결정적인 증거라도 나왔으면 몰라도, 단순한 추측으로 여기까지 찾아오긴 했지만 바다를 건너 섬까지 간다는 것은 상식적으로 어려운 일이 아니었을까?"

"시마다 씨."

모리스가 끼어들었다.

"그 친구들이 모두 죽임을 당했다면, 역시 나카무라 세이지가 살아있었다는 것도……."

"글쎄다."

시마다는 말 꼬리를 흐렸다.

"그럼 범인은 누구?"

"글쎄……."

"그럼 시마다 씨. 그 세이지 명의의 편지는 어떻게 생각하세요? 그것이 섬의 사건과 과연 관계가 있는지?"

가와미나미가 물었다. 시마다는 씁쓸한 표정을 지으며 말했다.

"지금 상황에서는 관계있다고 봐야겠지."

"같은 범인에 의한 것이라고요?"

"그렇게 보여."

"즉, 그것은 살인예고였던 셈이군요."

"예고와는 조금 달라. 츠노시마로 간 그들은 못 받았으니 말이야. 다른 목적이 있었다고 생각해."

"무슨 뜻인가요?"

"가와미나미 군. 처음에 자네와 만난 날, 자네는 그 편지를 분석하면 세 가지 의미를 도출할 수 있다고 했지?"

"예. 고발, 협박, 그리고 작년 츠노시마 사건의 재고에 대한 시사……."

시마다는 우울한 시선으로 바다를 바라보았다.

"그리고 우리는 작년 사건의 재검토를 시작하여 결국 그 진상을 파악하게 되었어. 그렇지만 그것은 범인이 전혀 예상하지 못한 결과였을 거야. 범인은 아마도 우리가 거기까지 깊이 파고들리라고는 예상하지 못했음에 틀림없어. 내 생각에 범인이 그 편지에 담은 진정한 의도는 자네들의 죄를 고발하는 것이고, 또 한 가지, 나카무라 세이지라는 존재의 그림자를 은근히 내비치는 것이었어."

"즉, 발송인의 이름을 나카무라 세이지라 함으로써, 죽임을 당한 세이지가 실제로 살아있을지도 모른다는 생각을 하게끔 유도한 것이지. 그렇게 해서 세이지를 일종의 희생양으로 삼기로 획책한 거야."

"그럼 시마다 씨가 의심하는 사람은 혹시……?"

"나카무라 코지로를?"

모리스가 조심스럽게 물었다.

"나카무라 치오리가 코지로 씨의 딸임을 알게 된 지금, 그들을 모두 죽일 동기를 가진 인물은 세이지가 아니라 그이기 때문에……, 그런 말인가요?"

"동기로 보면 분명히 코지로 씨를 의심할 만하죠. 그렇지만……." 하고 가와미나미는 시마다의 얼굴을 엿보았다.

"그렇지만 그는 줄곧 벳부에 가 있었어."

"그 젊은이가 한 말을 기억하고 있지? 가와미나미 군."

"예?"

"연구회 멤버들을 섬까지 데려다 준 그 젊은 어부."

"아아, 예."

"그가 말했잖아. 엔진이 달린 보트만 있으면 어렵지 않게 섬을 왕복할 수 있다고. 코지로가 그러지 않았다고 단정할 수 있을까? 요 며칠간 코지로는 논문 집필 때문에 전화도, 방문객도 사절하고 집에 틀어박혀 있었다고 했어. 그러나 과연 그 말이 사실일까?"

시마다는 바다 쪽을 바라보면서 혼자서 고개를 끄덕였다.

"그래. 친구로서 미안한 일이긴 하지만, 나는 역시 코지로를 의심하지 않을 수 없어……. 그는 딸을 잃었어. 가까이 할 수 없는 연인과 자신을 이어주는 유일한 가교를 그런 식으로 잃어버린 거야. 게다가 그것이 계기가 되어, 그가 했던 말 그대로, 그 연인조차 형의 손에 죽임을 당하고 말았어. 이 정도면 충분한 동기가 되겠지.

코지로는 십각관의 전 소유자였어. 어떤 연유로 딸을 죽인 학생들이 그곳에 간다는 것을 알았다고 보아도 무방할 거야. 그리고 세이지가 생존해 있는 것처럼 은근히 냄새를 피우고, 사람들의 시선을 그쪽으로 몰고 감과 동시에 자신의 울분을 세이지의 이름으로 토로하는 그런 편지를 보낸 거야. 동시에 자기 자신에게도 편지를 보내고. 스스로를 피해자의 한 사람으로 보이게 하기 위해……."

세 사람은 잠시 말을 잃고 바다만 바라보고 있었다.

"그렇군요."

이윽고 모리스가 입을 열었다.

"그들을 이 기회에 섬에서 모두 죽여야만 할 다른 동기는 아무리 생각해도 없는 것 같아요. 가장 혐의가 짙은 사람은 코지로 씨입니다. 그렇지만 시마다 씨, 그것 역시 어디까지나 억측에 지나지 않나요?"

"맞았어, 모리스 군."

시마다는 그 자신을 비웃듯이 볼과 입술을 비죽거렸다.

"단순한 나의 억측이야. 증거라고는 하나도 없어. 그리고 말이야, 나는 증거를 찾을 기분도 아니야. 그리고 경찰에 적극적으로 알릴 생각도 없고……."

해안으로 두 척의 배가 나타났다. "아니?" 하고 시마다가 자리에서 벌떡 일어섰다.

"경찰의 밴가? 이쪽으로 오는 것 같은데. 돌아가자구."

3

"저 세 사람은 뭐야?"

곁에 있던 경관을 향해 츠노시마를 조사하고 돌아오는 부장이 물었다.

현재 섬의 건물을 관리하는 다츠미 마사아키라는 그 지방의 업자로부터 불탄 십각관에 있었던 사람들이 K대학의 학생들이라는 통보를 받았었다. 그가 조카의 친구들이라 해서 지난 주 수요일부터 일주일간 숙박을 허락했다고 했다.

다츠미에게는 섬으로 간 멤버의 이름이 있었기 때문에 대학에 문의하여 가족들에게 연락을 취했다. 하숙생도 있었기 때문에 사망자 전원의 가족이 다 모인 것은 아니다. 그러나 현장검증에 의해 각 사체의 신원을 확인할 수는 있었다. 또한 각자의 유족에 대해 간단한 사정을 청취하였지만 사건 해결에 도움이 되는 정보는 거의 없었다.

"아, 어디 세 사람 말인가요?"

경관이 묻자 부장은 건물 창가 쪽을 가리켰다.

"저기 있는 세 사람."

"아, 저 사람들은 연구회의 동료들이라고 합니다. 낮부터 사건에 대해 알고 싶어 와 있었어요."

"흠······."

부장은 굵은 목을 약간 옆으로 기울였다.

벽에 등을 기대고 이야기를 나누고 있는 두 젊은이. 그 곁에서 바깥을 바라보고 있는 마른 장신의 남자.

현장을 돌아다니느라 검댕이가 잔뜩 묻은 코트 포켓에서 양손을 빼내고 그는 세 사람 쪽으로 걸어갔다.

"실례. 죽은 학생들과 같은 연구회 멤버라고요?"

쉰 목소리에 두 젊은이는 놀라 고개를 돌렸다.

"경찰이오. 나는······."

"아, **수고**가 많습니다."

밖을 바라보고 있던 장신의 남자가 뒤를 돌아보았다. 부장은 가볍게 혀를 차며 말했다.

"아아, 역시 너였어. 어디서 본 듯하더라니······."

"묘한 우연이야. 혹시나 했더니만."

"아는 사이신가요? 시마다 씨."

한 젊은이가 놀라서 물었다.

"경찰에 끈이 있다는 이야기를 했었잖니? 가와미나미 군, 소개하지. 현 경찰의 시마다 오사무 부장."

"시마다? 그럼 혹시······."

"맞았어, 둘째 형이야."

"아하!"

시마다 부장은 '흠' 하고 기침을 한 번 하고는 자신과 정반대의 체격을 한 동생의 얼굴을 빤히 들여다보았다.

"그런데 네가 왜 이런 데 와 있어?"

"그럴만한 사연이 있어서 이 두 젊은이와 같이 왔지. 자세히 설명하자면 길어질 테지만……."

시마다 키요시는 곁에 있는 두 사람을 눈으로 가리켰다.

"이쪽은 K대학 미스터리 연구회의 모리스 군, 전 회원인 가와미나미 군."

"흠."

시마다 부장은 복잡한 표정으로 두 사람 쪽으로 몸을 돌렸다.

"현 경찰의 시마다입니다. 참 어처구니없는 사고가 일어났어요……."

정색을 하고 말하면서 뚱뚱한 몸을 가까운 의자에 가만히 앉혔다.

"미스터리 연구회라구요. 흠, 나도 젊을 때는 열심히 읽었지요. 연구회에서는 뭘 하지요?"

"미스터리 서평을 하기도 하고, 소설을 쓰기도 합니다."

모리스가 그렇게 대답하고 있는데 형사 하나가 다가와서 부장에게 한 장의 쪽지를 건네주었다. 그것을 보는 순간 부장은 '흠' 하고 고개를 끄덕였다.

"검시 보고에요. 중요한 것만 적은 겁니다."

"저, 괜찮으시다면 말씀해 주실 수 없을까요?" 하고 가와미나미가 말했다. 부장은 동생 쪽을 힐끗 바라보고는 가볍게 입에 힘을 주었다.

"어차피 저 녀석에게 나중에 이러쿵저러쿵 심문을 당할 테니, 여기서 말해 버리는 게 나을지도 모르겠군.

사체는 모두 손상이 심했고, 한 구를 제외하고 모두가 불이 나기 전에 죽임을 당했던 것 같아요. 나머지 한 구의 사체는 아무래도 자살인 것으로 보인다고 합니다. 스스로 등유를 흠뻑 덮어 쓰고, 게다가 그의 방에서 불이 난 것 같습니다. 아직 단정할 수 있는 단계는 아니지만 아무래도 그가 다른 사람을 모두 죽이고 자살하지 않았을까……. 아직 비밀로 해주세요. 그 친구 이름이 뭐라더라."

부장은 종이 조각을 다시 한번 보았다.

"아, 마츠우라……마츠우라 준야. 물론 잘 알겠지요?"

모리스와 가와미나미는 고개를 끄덕였다. 시마다 키요시는 좀 어이없다는 표정으로 말했다.

"정말 자살일까?"

"아직 단정할 수 없다고 했잖아. 다른 사람도 왜 죽었는지 자세한 것은 부검 결과를 봐야지. 그런데……."

부장은 모리스와 가와미나미를 바라보았다.

"마츠우라 준야가 어떤 학생인지, 혹시 얘기해 줄 수 있겠소?"

모리스가 대답했다.

"어떤 사람인지 한마디로 말하기에는 좀……. 이번 4월부터 법학부 4학년이 됩니다. 성적은 우수하고, 분석력이 뛰어나며, 말솜씨도 좋습니다. 좀 특이한 성격이긴 하지만……."

"흠. 그리고 말이오, 모리스 군."

"예."

"그들이 섬에 간 것은 연구회의 합숙훈련 같은 것이었나요?"

"합숙이라고도 할 수 있지만, 연구회의 정상적인 활동과는 좀 동

떨어진 계획이었습니다."

"그렇다면 섬으로 간 그들은 모임 가운데서도 특히 사이가 좋았다고 할 수 있겠군요?"

"예. 사이가 좋다는 말과는 좀 뉘앙스가 다르긴 하지만, 그 정도로 생각해 두시면 될 것 같습니다."

그때 아까의 형사가 다시 다가와서 시마다 부장에게 귓속말을 했다.

"좋아, 알았어."

부장은 코트 포켓에 양손을 찔러 넣고 자리에서 일어섰다.

"다른 용건이 있어서……. 며칠 내로 연구회 여러분들과 만나게 될 것 같군요. 그……, 가와미나미라고 했던가, 당신도 참석해주길 바랍니다."

"알겠습니다."

가와미나미는 얌전하게 고개를 끄덕였다.

"그럼 다음에 또……."

동생에게 가볍게 눈인사를 하고 부장은 발길을 돌리려다 문득 생각이 났다는 듯이 모리스와 가와미나미 쪽으로 몸을 돌렸다.

"아, 마츠우라 준야에 대해서인데, 만약 이번 사건이 그의 소행이라고 한다면, 그럴 만한 동기에 대해 아는 게 없어요?"

"글쎄요. 저로서는 믿을 수가 없습니다. 하필이면 엘러리가 그런……?"

"누구라고요?"

"아, 마츠우라예요. 엘러리라는 별명으로……."

"엘러리? 그럼 작가 엘러리 퀸에서 따온 게로군."

"예, 그렇습니다. 우리 연구회의 전통 같은 것입니다. 그런 식으로 회원에게 추리작가의 이름을 붙여서 부르곤 합니다."

"호오, 회원들 전부?"

"아닙니다. 일부의 회원에 한해서……."

"섬으로 간 멤버는 모두 그런 닉네임을 가지고 있었습니다." 하고 가와미나미가 주석을 달았다. 시마다 부장은 재미있다는 듯이 작은 눈을 깜박거리면서 말했다.

"가와미나미 군에게도 연구회에 있을 때 닉네임이 있었나요?"

"예, 있었습니다."

"뭐라고 불렀어요?"

"도일입니다. 코난 도일."

"호오, 대가의 이름이구만요. 모리스 군은 모리스 르블랑?"

부장은 내친 김에 물었다.

모리스는 눈썹을 꿈틀하면서 "아니오." 하고 중얼거렸다. 그리고 입가에 쓸쓸한 미소를 띠면서 목소리를 낮추었다.

"반 다인입니다."

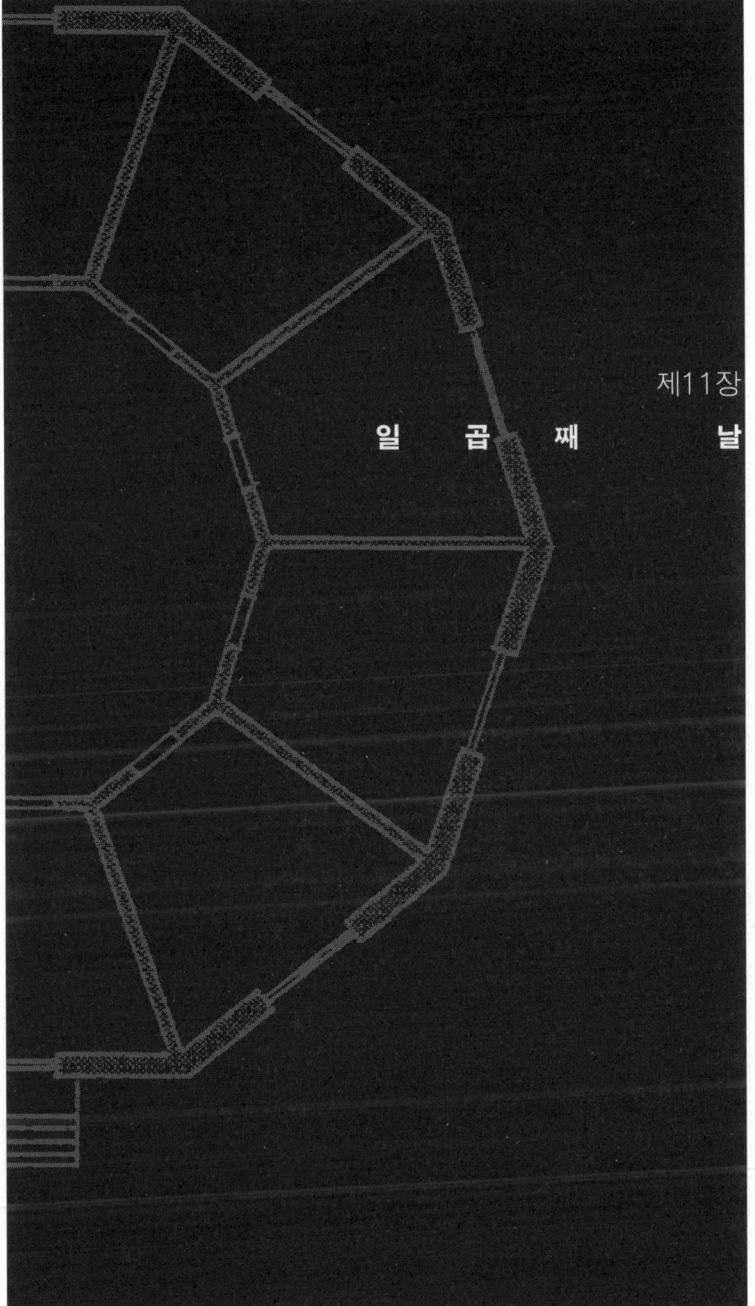

제11장
일 곱 째 날

1986년 4월 1일, 화요일. A신문 조간의 사회면에서

「츠노시마 십각관에서 또 다시 대량 살인!」

 3월 30일, 새벽에 발생한 오이타 현 S해안, 츠노시마 십각관의 화재현장에서 당시 동관에 숙박하고 있던 6명의 대학생이 전원 사체로 발견되었다.

 신원 확인 결과 사망한 사람은 K대학 의학부 4년생, 야마사키 요시후미(22), 법학부 3년생, 스즈키 데츠로(22), 동학부 3년생, 마츠우리 준아(21), 약학부 3년생, 이와사키 요코(21), 문학부 2년생, 오노 유미(20), 동학부 2년생, 히가시 하지메(20), 모두 6명(경칭 생략, 학년은 3월 시점의 것). 그들은 3월 16일 수요일부터 일주일 간, 클럽의 합숙으로 십각관에 체류할 예정이었다.

 조사에 의하면 6명 중 5명의 사체는 화재 이전에 타살되었을 가능성이 많아, 작년 9월에 동섬 청옥부에서 일어난 4중 살인을 능가하는 대량 살인, 방화사건으로 추정되어 수사가 진행되고 있다······.

★

같은 날, 같은 신문의 석간에서

「십각관 지하실에서 백골 사체!」

……그 후 수사에 의해 전소한 십각관의 지하실에서 한 구의 새로운 남자 사체가 발견되었다.

사체는 거의 백골에 가까웠고, 사망 시기는 4개월에서 반년 이상, 나이는 40대 후반으로 추정된다. 또한 사체의 두부에는 둔기로 가격한 흔적이 확인되었다.

이 지하실의 존재는 여태까지 경찰에 알려지지 않았다. 그 때문에 작년 9월 사건 이후 행방불명이 된 요시가와 세이치(46)의 사체가 아닐까 하는 견해가 있으며, 신원 확인이 진행 중이다…….

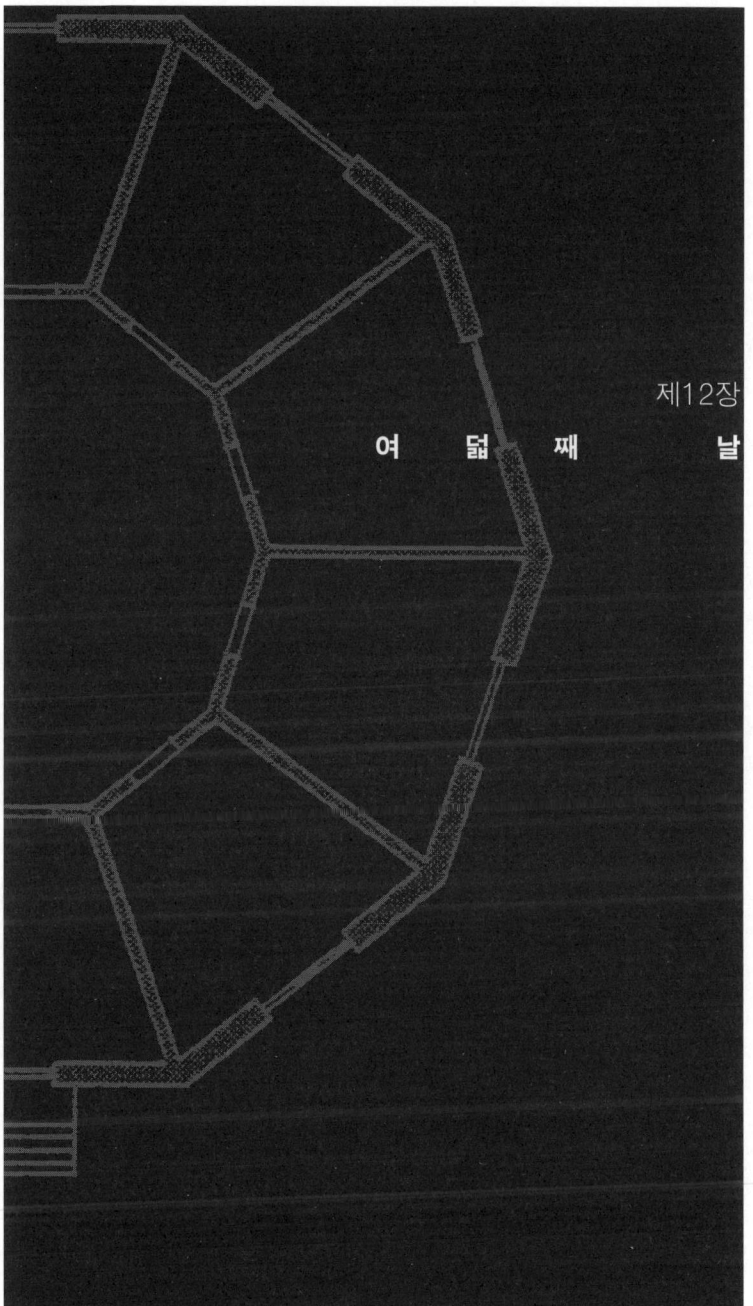

제12장

여 덟 째 날

1

 산의 사면을 깎아서 만든 넓은 캠퍼스를 가진 K대학 구석에 서클들이 모여 있는 철근 3층 건물이 있다.
 츠노시마 십각관에서 6명의 사체가 발견된 이틀 후인 4월 2일 수요일 낮, 그 건물 2층에 있는 미스터리 연구회 방에 10명의 사람들이 모였다.
 어지럽게 물건들이 흩어진 좁은 방에 마련된 회의용 긴 의자에 학생들이 촘촘히 앉아 있다. 그 가운데는 전 회원인 가와미나미 다카아키도 포함되어 있다. 그러나 수사 담당 부장의 동생인 시마다 키요시의 얼굴은 보이지 않는다.
 '일부러 피한 것일까? 아니면 다른 용건이 생겨서일까?'
 모리스 쿄이치는 일순 불안에 사로잡혔지만, 금방 마음을 가라앉혔다.
 '괜찮아. 그는 아무것도 몰라. 눈치 챌 리가 없어. 절대로 그럴 리가 없어……'
 시마다 오사무 부장은 사복형사를 하나 대동하고 약간 늦게 도착했다.

방 안에 가득 찬 담배 연기에 약간 미간을 찌푸렸다가 가와미나미와 모리스의 모습을 보고는 '여어!' 하고 손을 들어 반갑게 인사를 했다. 그리고는 자리에 모인 모든 사람을 향하여 입을 열었다.

"여러분 반갑습니다. 이렇게 시간을 내 참가해 주셔서 감사합니다. 담당부장 시마다입니다."

정중하게 인사를 하고 앞에 놓인 의자에 털썩 앉았다.

회원들의 자기소개가 있은 후, 사건의 개요를 설명했다. 그리고 뚱뚱한 부장은 손에 든 메모와 학생들의 얼굴을 번갈아 바라보며 그날의 주제로 들어갔다.

"츠노시마에서 죽은 6명의 이름을 다시 한번 반복해서 읽겠습니다. 야마사키 요시후미, 스즈키 데츠로, 마츠우라 준야, 이와사키 요코, 히가시 하지메, 그리고 오노 유미. 여러분도 잘 아는 이름일 줄 아는데……."

쉰 듯한 목소리를 들으면서 모리스는 6명의 얼굴을 순서대로 떠올려 보았다.

'포, 카, 엘러리, 아가사, 르루, 그리고 올치…….'

"……이 6명 가운데 다섯은 화재 당시에 이미 사망한 것으로 추정됩니다. 히가시와 오노가 타살과 교살, 야마사키, 스즈키, 이와사키 세 사람은 독살일 가능성이 많아요. 나머지 한 명 마츠우라는 화재발생 때에는 아직 살아 있었고, 그가 방 안에 등유를 뿌리고 불을 질러 자살했을 것으로 추정됩니다."

"그럼 5명을 죽인 사람은 마츠우라 선배이고, 그 다음에 자살했다는 말씀이군요?" 하고 회원 한 사람이 물었다.

"그런 셈이지요. 세 사람의 독살에 사용된 독극물의 입수 경로는 그의 친척이 O시에서 약국을 하고 있고, 그가 그곳을 자주 드나들었다는 사실로 미루어 짐작할 수 있습니다. 현재 우리 수사진은 그렇게 추정하고 있는 실정입니다. 단, 동기는 알 수 없습니다. 그래서 오늘, 여러분에게 참고가 될 만한 이야기를 들어볼까 하고 이렇게 모이게 한 것입니다."

"어떤 외부인의 범행으로 생각할 수는 없습니까?"

"그건 거의 가능성이 없는 것 같아요."

부장이 단호하게 그 가능성을 부정하자 모리스는 저도 모르게 터져 나올 뻔한 안도의 한숨을 목 안으로 삼켰다.

"우선, 무엇보다 마츠우라 준야가 자살한 것 같다는 사실입니다. 게다가 5명의 살해방법 및 사망 추정시간이 모두 다르다는 것입니다. 개중에는 사후 사흘 이상 경과한 것으로 보이는 사체도 있고……, 다른 사체도 다 달라요. 그 주변의 바다는 어선도 거의 지나지 않는 곳이라고 하는데, 어떤 자가 살짝 배를 타고 와서 사흘 이상이나 시간을 들여 대량 살인을 했다고는 상식적으로 믿기 어려워요."

그때 기와미나미가 입을 열었다.

"그렇지만 부장님, 작년 청옥부의 사건 때도 비슷한 상황에서 불을 지른 나카무라 세이지가 타살된 것으로 추정되었지 않습니까?"

"그 부분의 판단에는 여러 가지 미묘한 문제가 있어서……."

부장은 코끼리 같은 눈알을 굴리며 말을 이었다.

"그 사건을 타살로 규정한 것은 행방불명된 정원사의 존재가 있었기 때문입니다. 섬에 있어야 할 사람이 사라져 버렸으니까. 당연히 그쪽을 의심하게 되었지요. 그 정원사가 범인이라고. 그런데 어제 신문을 보지 않았어요? 불탄 십각관에 비밀 지하실이 발견되었고, 거기에서 남자의 사체가 발견됐다는 보도를. 그 정원사의 사체인 것 같아요."

"아하, 그렇군요."

"따라서 작년 츠노시마 사건은 어쩔 수 없이 새로운 해석을 내리지 않을 수 없게 되었습니다. 나카무라 세이지의 죽음은 사실 분신자살이고, 사건 전체는 그가 계획한 일종의 동반자살인 것으로. 그리고 또한……."

여기서 부장은 의미심장한 눈길로 일동을 둘러보았다.

"이것을 뒷받침하는 새로운 사실이 나와서 말입니다."

시마다 키요시가 뭔가 정보를 준 것인가 하고 모리스는 생각했다. 아니, 그는 자신이 안 사실이나 자신의 생각을 경찰에게 알리지 않을 것이라고 하지 않았던가. 왠지 그 말을 믿어도 좋을 것 같은 생각이 들었다. 비록 그의 형이 경찰 관계자라 하더라도.

'그렇다면 혹시 나카무라 코지로 자신이 진상을 설명했을 수도……'

"그건 그렇다 치고……."

시마다 부장은 일동의 표정을 슬쩍 살펴보았다.

"이 가운데 그들이 츠노시마로 간다는 사실을 알고 있었던 사람은 어느 정도인가요?"

모리스와 가와미나미 두 사람이 손을 들었다.

"흠. 두 사람 뿐인가? 그럼 이번에 츠노시마 행을 제안한 사람이 누구인지 아는 사람 없습니까?"

"그런 의견은 이전부터 그들 사이에 있었어요. 이번에 우연히 줄이 닿아서 십각관에 머물게 된 것입니다……." 하고 모리스가 말했다.

"줄? 어떤?"

"예. 저의 백부가 부동산업을 하고 있는데, 이름은 다츠미라고 해요. 그 섬을 샀습니다. 그래서 백부에게 부탁하면 될지도 모른다고……."

"호오, 다츠미 마사아키 씨로군요. 그의 조카라는 사람이 당신이었군요. 그런데 당신은 왜 가지 않았는지?"

"예전에 그런 사건이 있었던 장소라서 기분이 내키지 않더군요. 그들은 좋아했지만 난 그런 걸 싫어해요. 게다가 방 수도……."

"방 수? 객실은 일곱 개인데?"

"실제로는 여섯 개밖에 안 되었습니다. 백부에게 물어보면 알겠지만, 방 하나는 도저히 쓸 수 없는 상태였어요. 비가 새기도 해서……."

그 방에는 옷장 외에는 아무것도 없었다. 아마도 손질을 할 생각으로 가구를 들어냈을 것이다. 사방에 얼룩이 지고 천장은 지금이라도 떨어져 내릴 듯했고, 바닥 일부는 썩어서 구멍이 뚫려 있었다.

"그랬군. 그럼 6명 중에 여행을 총괄한 간사는 누구였지요?"

"그래서 나는 르루에게, 아니, 히가시에게 이야기했습니다. 히가시는 이번에 편집장을 맡게 되었고, 모임의 리너이기도 했으니까요. 그는 늘 마츠우라와 의논하여 일을 처리했습니다."

"히가시와 마츠우라 둘."

"예. 그렇습니다."

"개인 소지품 말고도 식료품이나 모포 같은 것도 가져간 것 같은데, 그것은?"

"그건 백부가 마련해 주신 것을 내가 그들과 협조하여 날랐습니다. 그들이 섬으로 건너가기 전날, 어선으로 날랐습니다."

"흠, 일단 확인해 보도록 하지요."

부장은 두 겹의 턱을 손으로 쓰다듬으며 다시 일동을 둘러보았다.

"그런데 마츠우라 준야의 동기에 대해 알고 있는 사람 없나요?"
회원들 사이에 웅성거리는 낮은 목소리가 오가기 시작했다. 그런 이야기에 끼어들면서도 모리스는 전혀 다른 생각을 하고 있었다.
하얀 얼굴.
세차게 끌어안으면 부서질 것 같은 화사한 몸매.
앞으로 수그리면 목 사이로 미끄러져 내리는 검은 머리칼.
늘 뭔가에 놀란 듯이 보이는 가느다란 눈썹. 고독하게 아래로 내리뜨는 시원스런 눈매.
미소를 머금은 작은 입술. 새끼 고양이처럼 가는 목소리……
'치오리, 치오리, 치오리……'
다른 사람들 눈을 피해 둘은 사랑을 나누고 있었다. 조용히, 그러나 깊게.
연구회 동료들에게도, 다른 친구들에게도, 아무도 그 사실을 알리지 않았던 것은(그녀도 그랬을 것이다) 딱히 부끄러워서 감추려 했기 때문은 아니다. 그냥 겁이 많아서였을 뿐이다. 다른 사람에게 알림으로써 자신들만의 작고 아름다운 우주가 깨어질 것 같은 두려움 때문에…….
그러나 그 모든 것이 그날 갑자기 깨어져 버렸다. 작년 1월의 그날 밤……. 그녀의 생명을 빼앗은 것은 바로 그 6명이다. 그렇다.
'만일 그때 최후까지 그녀의 곁에 남아 있었더라면…….'
얼마나 후회하고 자책했는지 모른다. 그리고 그 이상으로 그 6명을 저주했는지 모른다.
아버지, 어머니, 여동생도 옛날에 그런 식으로 어느 날 갑자기 이 세상을 떠나 버렸다. 타인의 강력하고 잔혹한 폭력이 가족이라는 따스한 우주를 아무런 거리낌 없이 손도 닿지 않을 저 먼 곳으로 가져가 버렸다. 그리고 다시 발견한 치오리라는 나의 소중한 우주를 다시……

'그것은 결코 사고가 아니다.'

무모하게 술을 마실 그녀가 아니다. 자신의 심장이 약하다는 사실도 잘 알고 있었다. 필시 엉망으로 취해 버린 그들의 악착스런 권유를 뿌리치지 못해서, 그리고…….

그녀는 놈들에게 살해당한 것이다.

'살해당한 것이다…….'

"모리스?" 하고 곁에 있는 가와미나미가 불렀다.

"아, 뭔데?"

"있잖아. 그 편지 말이야."

"응? 그게 어째서?"

두 사람의 대화를 듣고 있던 부장이 물었다.

"사실은 저번에 말하려다 잊었는데……."

포켓에서 그 봉투를 꺼내면서 가와미나미가 대답했다.

"그들이 섬으로 출발한 날, 이런 것이 날아왔습니다. 나와 모리스에게……."

"편지 말이군요. 나카무라 세이지에게서 왔다는."

"예."

"당신들에게도 왔었군요."

부장은 가와미나미가 내민 봉투를 받아들고 안을 들여다보았다.

"피해자들의 집에도, 마츠우라를 포함하여 모두 같은 것이 왔었다고 합니다."

"이건 섬의 사건과 관계가 없을까요?"

"글쎄요. 뭐라고 말할 수 없군요. 또 하나의 악질 장난이라고 보는 것이 옳지 않겠어요? 아무리 그렇지만 죽은 사람이 편지를 보내다니."

시마다 부장은 누런 이를 드러내며 씁쓸하게 웃었다.

모리스도 입을 비죽이고 웃으면서 조용히 회상의 세계로 빠져 들었다.

2

치오리의 아버지가 나카무라 세이지라는 사실은 치오리 자신이 말해 주었다. 세이지가 S해안의 츠노시마라는 작은 섬에서 좀 특이한 생활을 하고 있다는 것도 이야기해 주었다. 치오리를 잃고 반년 이상이나 지났지만 가라앉을 줄 모르는 슬픔과 분노 속에서 거의 병자처럼 매일을 보내고 있던 작년 가을, 츠노시마에 사는 그녀의 부모가 비참한 죽음을 당했다는 소식을 접하고는 정말 견딜 수 없는 심정이었다. 그러나 그 사건이 자신의 격한 분노를 해결해 줄 힘을 주리라고는 그때만 해도 상상도 하지 못했다.

치오리를 죽음으로 몰아넣은 6명의 남녀에게 어떤 형태로든 죄의식을 가지게 해주리라고 늘 생각해 왔다. 그렇다고 해서 '너희들이 치오리를 죽였다'고 큰 소리로 나무란다고 기분이 풀릴 정도로, 그의 분노는 가볍지 않았다. 무엇과도 바꿀 수 없는 소중한 존재를 박탈당한 것이다. 그들이 그것을 빼앗아가 버렸다.

바라는 것은 오로지 복수뿐이었다. 그러나 그것이 명확한 의지 하에, 더욱이 살인이라는 수단으로 꼴을 갖추게 된 것은 백부 다츠미 마사아키가 십각관을 손에 넣었다는 사실을 안 그때부터였다.

치오리의 생가인 츠노시마 청옥부, 거기서 그녀의 부모가 말려들었던 참극, 자신들의 호기심을 채우기 위해 그 섬으로 간 6명의 죄인들……, 그 그림 속에 나타난 그들 모두를 선명한 색깔로 지워 버리고 싶은 충동에 사로잡히게 된 것이다.

처음에는 츠노시마에서 6명을 죽이고 자신도 죽으리라 생각했다. 그러나 그렇게 되면, 그들 죄인들 속에 자신의 존재가 매몰되어 버릴 것이다. 자신이 행할 일은 심판이다. 복수라는 이름의 심판이다.

생각에 생각을 거듭하여 계획의 밑그림을 완성했다. 6명을 섬에서 죽이고, 그 자신도 안전하게 살아남는 그런 계획을…….

그리고 3월 초순, 먹이들이 반드시 덫을 향해 달려올 것이라는 확신을 가지고 최초의 미끼를 던졌다.

"백부가 십각관을 인수했다는데. 갈 마음이 있으면 부탁해 볼게. 어떡할래?"

생각한 대로 그들은 간단히 먹이를 향해 달려들었다.

이야기가 결정되자, 그는 준비 담당을 자청했다. 그리고 6명의 사정과 기상대의 장기예보를 살피면서 날짜를 검토했다.

계획상, 하늘이 맑고 파도가 잔잔한 날이어야 한다. 다행히 3월 하순은 맑은 날이 계속될 전망이라고 했다. 예보에 의지하는 것은 위험한 도박이지만, 만일 결행일이 되어 악조건이 겹쳐진다면 중지해 버리면 된다.

이렇게 하여 3월 26일부터 일주일간이라는 일정이 정해졌다.

침구와 식료품, 그 외 많은 필수품을 갖추었다. 업자에게 빌린 침구는 6명분이었다. 섬에 가는 그들에게는 자신도 참가할 것이라 말해두고, 그 외의 다른 사람들에 대해서는 자신은 동행하지 않을 것이고 섬에 가는 사람은 6명뿐이라는 인식을 가지도록 세심한 주의를 기울였다.
 나카무라 세이지라는 이름으로 9통의 편지를 작성했다. 그 목적은 두 가지.
 하나는 물론 '고발'이다. 나카무라 치오리라는 아가씨가 그들의 손에 죽임을 당했다는 것을 어떤 식이든 다른 사람들에게 알리고 싶었다. 그리고 또 한 가지, '사자로부터 온 편지'라는 매력적인 먹이로 가와미나미 다카아키를 움직이게 하는 것이었다.
 나카무라 코지로에 대해서도 세이지 명의의 편지를 보낸 것은 가와미나미가 거기까지 조사할지도 모른다는 예측에 근거한 하나의 포석이었다. 가와미나미의 성격은 잘 알고 있다. 그런 편지를 받으면 반드시 그는 여러 가지 조사를 한 다음, 자신에게도 의논을 할 것임에 분명하다. 설령 이쪽에서 그에게 연락을 취하더라도 괴문서 자체가 하나의 좋은 구실이 되어 준다.
 워드프로세서는 대학의 연구실에서 학생들에게 개방한 것을 사용했다. 또한 슈퍼에서 사 모은 재료로 그 플라스틱 조각을 두 벌 마련했다.
 3월 25일 화요일, 출발 전날 O시에서 9통의 편지를 우체통에 넣고, S해안으로 가서 부탁해 둔 어선으로 짐을 섬으로 날랐다. 그리고 나서 일단 S해안으로 되돌아와 쿠니사키에 간다는 구실로 백부의 차를 빌렸다. 차의 트렁크에는 엔진이 부착된 고무보트, 공기 압착식 가스 통, 연료용 가솔린 통을 실었다.
 보트는 백부가 낚시를 할 때 사용하는 것이다. 창고 깊숙이 보관한 것을 남몰래 꺼냈다. 백부는 여름부터 가을에 걸친 시즌에만 보트를 사용하기 때문에 들킬 염려는 전혀 없다.
 J곶의 뒤편에는 대낮에도 거의 사람 통행이 없다. 그 해안의 숲

에 보트와 가스 통을 숨긴 다음, 적당히 시간을 죽이다가 차를 돌려 주었다. 오늘 밤에 O시로 갔다가 내일 다시 쿠니사키에 간다고 백부에게 거짓 예정을 말했다. 그리고 실제로 O시로 돌아가긴 했지만, 밤중에 오토바이를 타고 다시 J곶으로 향했던 것이다.

O시에서 J곶까지는 낮에 자동차로 달려 한 시간 반 거리. 그렇지만 밤중에 250cc의 오토바이로 달리면 한 시간도 걸리지 않는다. 게다가 산악용 오토바이는 운전만 잘하면 자갈길이나 숲 속을 달릴 수도 있다. 해안의 잡목림에 눕혀 두고 위에 갈색 시트를 덮어두면 절대로 발견될 염려는 없다.

숨겨두었던 보트를 조립하고 고무 옷을 갈아입는다. 그리고 달빛과 J곶의 등대불이 어렴풋이 비추는 그림자를 바라보면서 츠노시마를 향하여 혼자만의 야간 항해에 나섰다.

바람은 없었지만 공기는 차고 무거웠다. 밤이라서 시계도 좋지 않았다. 이전에 몇 번 빌려 타 봤기 때문에 조작에는 문제가 없었지만, 몸 컨디션이 좋지 않아 무척 힘든 여정이었다.

컨디션이 좋지 않은 이유는 이늘 전부터 물을 마시지 않았기 때문이다. 나중의 계획을 위해 물을 마시지 않을 필요가 있었기 때문이다.

J곶에서 츠노시마까지 약 30분.

도착 장소는 그 바위더미 쪽이다. 보트는 거기 숨겨 두어야 한다.

우선 보트를 접어서 방수포로 싸고, 고무주머니로 밀봉한 엔진과 함께 줄로 단단히 묶는다. 직접 파도가 닿지 않는 커다란 바위틈의 물 속에 빠뜨리고 그 위에 돌을 덮는다. 또한 끈 한 쪽을 바위에 묶어 둔다. 보급연료용의 가솔린 통은 이쪽의 바위 뒤에, 그리고 J곶의 숲에 각각 하나씩 숨겨 두었다.

달빛 아래에 대형 손전등을 어깨에 걸고 십각관으로 향한다. 현관 왼쪽에 있는, 비가 새고 가구도 없는 방을 선택하여 잠을 잘 때는 슬리핑 백을 사용한다.

이렇게 하여 6명의 죄인을 맞이할 완벽한 준비가 갖추어졌다.

3

다음날 3월 26일, 6명은 섬으로 왔다.

그들은 아무 눈치도 채지 못하고 있다. 일주일간 섬에서 무슨 일이 일어나도 육지에 연락을 취할 방법은 없다. 그럼에도 불구하고 그들은 어떤 불길한 예감도 품지 않고 일상을 떠난 모험 기분에 사로잡혀 있다.

그날 밤, 감기를 이유로 앞서 방으로 들어갔다. 물을 마시지 않은 것도 그 때문이다.

가벼운 탈수상태가 감기와 비슷한 증상을 일으킨다는 것을 알고 있었기 때문이다. 어설픈 꾀병을 부려선 안 된다. 의과대생 포의 눈이 있기 때문이다. 오히려 포에게 진찰을 받아서 몸이 안 좋다는 것을 확인해 두면 다른 사람의 의심을 사지 않을 수 있다.

홀에서 이야기를 주고받는 사람들을 뒤로 하고 고무 옷으로 갈아입은 다음, 필요한 물건이 든 배낭을 메고 창을 살며시 넘었다. 바위더미로 내려가 보트를 조립하여 밤바다를 건너 J곶으로. 다시 거기서 오토바이를 타고 O시로 간다.

그렇게 하여 자신의 방에 도착한 것은 11시경이었다. 몸은 상당히 피곤했지만 그 후가 더 중요했다.

바로 가와미나미에게 전화를 걸었다. 자신이 분명히 O시에 있었다는 사실을 증명할 증인으로 그를 이용하기 위해서다.

가와미나미는 부재중이었다. 그러나 생각대로 그가 움직여 준다면, 언젠가 연락이 올 것이다. 혹시 몇 번이나 먼저 전화를 걸어 왔을지도 모른다. 그는 분명히 어디 갔었느냐고 물을 것이다. 그때를 위해 이미 구실은 마련해 두었다. 그것이 바로 저 그림이다.

6명이 섬으로 가 있는 사이에 육지에서의 자신의 행동을 증명해 줄 무엇인가를 사전에 준비해 두었다. 그것이 바로 저 마애불 그림이다. 아니, 정확히 말해 그 그림들이라 해야 할 것이다. 그림은 전부 세 장이었다.

목탄 데생 위에 엷게 채색을 하는 단계의 것, 나이프로 전체에 색을 칠하는 단계의 것, 그리고 완성 단계의 것, 물론 세 장은 똑같은 구도를 하고 있다.

작년 가을, 상처 입은 가슴을 끌어안고 방황할 때 우연히 쿠니사키 반도의 산중에서 발견한 풍경이었다. 그때의 기억을 되살려 이른 봄으로 바꾸고 제작 과정의 각 단계를 나타내는 그림을 미리 그려 두었다.

제 1단계의 그림을 이젤에 세워 두고, 자신이 자신에게 보낸 편지를 보면서 가와미나미를 기다렸다. 만에 하나 그와 연락이 취해지지 않는다면 다른 '증인'을 만들어 두어야 한다. 열에 들뜬 머릿속에 소용돌이치는 불안을 있는 힘을 다해 억누르고 있었다.

그리고 12시가 다 되었을 때, 드디어 전화가 걸려 왔다.

생각대로 가와미나미는 먹이에 달려들고 있었다. 그날 바로 나카무라 코지로의 집까지 찾아갔다고 했다. 그러나 거기서 그가 알게 된 시마다 키요시라는 남자의 등장에 조금 당황하지 않을 수 없었다.

'증인'이 여럿이면 더 없이 좋긴 하다. 그러나 자신은 너무 깊이 파고들어서는 안 된다. 적당한 탐정 게임에 자신을 끌어들여만 주면 족한 것이다.

다행히 두 사람의 관심은 현재가 아니라 과거로 향하고 있었다. 적어도 6명의 뒤를 따라 그 섬까지 갈 염려는 없는 것 같다. 가능한 한 자신의 존재를 한계 짓기 위해 '안락의자 탐정'이란 말로 자신의 역할을 한정시켜 두었다. 그리고 쿠니사키까지 그림을 그리러 간다고 하고, 다음날 밤 다시 연락을 해 달라고 했다. 그때 즉흥적인 생각으로 아지무의 요시가와 마사코를 방문해 보는 게 어떻겠느냐는 암시를 준 것도 두 사람의 주의를 가능한 한 현재의 츠노시마에서 벗어나게 하기 위해서였다.

두 사람이 돌아가자 잠시 잠을 잤다. 그리고 새벽에 다시 오토바이를 타고 J곶으로, 해안에 대놓은 보트로 츠노시마에.

십각관에 돌아와서 홀에 아무도 없는 것을 확인한 다음, 그 플라스틱 조각을 테이블에 놓아두었다.

'그 조각은 나에게 무엇이었단 말인가?'

'피해자'가 된다는 의미를 그들에게 가르쳐 주고 싶어서였을까. 또는 미리 '형'의 선고를 해두지 않으면 공정하지 못하다는 묘한 의무감에 사로잡혔기 때문일까. 그렇지 않으면 보다 다른 차원의 통렬한 풍자를 담을 생각이었을까……?

아마도 그 모든 것을 포함한 자신의 굴절된 심리의 반영이 바로 그 글씨였다.

★

　이틀째 밤은 첫째 날보다 더 빠른 시간에 방으로 돌아올 수 있었다. 홀을 떠나기 전에 카와 말싸움을 벌였지만, 그것도 무사히 넘겼다.
　물을 마시지 않은 탓에 몸이 부들부들 떨렸다. 방을 빠져나오기 전에 약을 먹으라고 아가사가 건네주었던 물을 병째 한 방울도 남기지 않고 들이켰다. 사흘째 이후는 육지로 갈 계획이 없다. 물을 충분히 마시고 빨리 체력을 회복해 둘 필요가 있었다.
　츠노시마에서 O시까지의 여정은 전날 이상으로 괴롭고 힘들었다. 도중에 몇 번이나 이 모든 것을 그만두고 싶었는지 모른다……. 자신의 여윈 몸속 어디에 그런 힘이 감추어져 있었는지, 지금 생각해 보면 불가사의할 정도다.
　방에 도착하자 물부터 마셨다. 가와미나미와 시마다가 와서 츠노시마 사건에 관한 논의가 시작되었을 때도, 홍차를 몇 잔이나 연거푸 마셔댔다.
　다음날부터는 O시로 돌아올 예정이 없었기 때문에 일단은 자신의 역할이 끝난 것이나 다름없었다. 그래서 두 사람의 의견에 가능한 한 반대 의견을 내세워야 했다. 자신은 이 사건에서 손을 떼겠다고 선언하고, 다음날 이후는 연락을 하지 말아 달라고 못을 박았다.
　그때 시마다를 향해 내뱉었던 엄하기 짝이 없었던 그 말은 본심이었다. 특히 치오리의 출생 문제를 그가 조사하려 한다는 것을 아는 순간, 분노하지 않을 수 없었다.
　전날과 마찬가지로 새벽녘에 섬으로 돌아갔다. 십각관의 방에 도착한 후 잠시 어둠 속에서 가슴을 가라앉혀야 했다.

4

 최초의 피해자로 올치를 선택한 데에는 몇 가지 이유가 있었다.
 우선 그녀에 대한 인간적인 정 때문이다. 빨리 죽어 버리면 혼란과 공포를 느끼지 않아도 된다.
 올치, 그녀는 치오리와 사이가 좋았다. 겁먹은 듯이 눈을 아래로 까는 그녀의 모습에는 치오리와 비슷한 분위기가 있었다. 아마도 그녀는 치오리의 살해에 적극적으로 가담하지 않았을 것이다. 단순한 방관자에 지나지 않았을 것이다. 그러나 그렇다고 해서 그녀만을 복수의 대상에서 제외시킬 수는 없는 노릇이다.
 또 한 가지 큰 이유는 올치가 왼손 중지에 끼고 있던 금반지였다.
 그때까지 올치가 반지를 끼고 있는 모습은 한 번도 본 적이 없다. 그 때문에 더욱 눈길을 끌었다. 그것은 자신이 예전에 생일 선물로 치오리에게 주었던 반지일지도 모른다.
 올치는 치오리와 사이가 좋았다(치오리의 장례식 때 울어서 눈이 퉁퉁 부어있던 그녀의 모습⋯⋯). 아마도 그녀는 그 반지를 치오리의 분신으로 생각하고 물려받았을 것이다.
 그녀와 치오리가 그 정도로 친한 사이였다는 것은⋯⋯, 혹시 그녀도 츠노시마가 치오리의 고향이라는 사실을 알고 있었을지도 모른다. 나아가 치오리와 자신의 과거까지도⋯⋯.
 그 반지의 안쪽에는 자신과 치오리의 이니셜이 새겨져 있다. K. M. C. N.이라고. 설령 치오리의 입을 통해 직접 듣지는 않았다 하더라도 치오리의 사후 올치가 반지에 새겨진 그 문자를 보았을 가능성은 충분히 있다. 그러므로 실제로 섬에서 살인이 시작되면, 그녀가 그 동기와 범인의 정체에 대해 상상해 볼 가능성은 상당히 높다고 봐야 한다.

때문에 올치를 먼저 죽였다. 그렇게 하지 않을 수 없었다.

홀에 숨어들자마자 바로 올치의 방으로 향했다. 6명에게는 숨기고 있었지만 십각관의 마스터 키를 백부에게 받아 두었던 것이다. 그것으로 문을 따고 방으로 들어갔다. 그녀가 잠에서 깨지 않도록 주의하면서 재빨리 목에 끈을 감아 있는 힘을 다해 잡아당겼다.

올치는 안구가 튀어나올 것처럼 눈을 크게 뜨고 입을 비틀었다. 달달 떨리는 손발, 서서히 보라색으로 부풀어 오르는 얼굴……숨이 끊어진 그녀의 사체를 깨끗이 정돈해 준 것은 그녀가 너무도 가련했기 때문이다.

사체의 손가락에서 반지를 빼내려 했다. 치오리의 분신으로 자신이 간직하겠다는 바람이 있었기 때문이고, 만에 하나 누군가가 반지의 이니셜을 발견하는 일이라도 있으면 곤란하기 때문에. 그러나 낯선 섬의 환경 탓인지 올치의 손이 조금 부어올라서 아무리 애를 써도 빠지지 않았다.

빠지지 않으면 아무도 반지의 이니셜을 볼 수 없을 것이다. 그러나 치오리와 자신의 소중한 추억을 그냥 버려둘 수는 없었다.

억지 수단을 쓸 수밖에 없었다. 손목째 잘라 버리는 것이다.

중지만 자르면 다른 사람도 금방 손가락에 끼고 있었던 반지를 떠올릴 것이다. 또한 왼손을 자른다는 것은 우연히도 작년 청옥부 사건의 '흉내'를 내는 셈이 되기도 한다. 양자의 부합은 한 가지 효과를 기대할 수 있다. 즉, 시마다 키요시가 말했던 '세이지의 그림자'를 섬에 있는 작가들에게 은근히 암시하는 효과이다.

흉기로 준비해 두었던 나이프로 고생 끝에 사체의 손목을 자를 수 있었다. 이 손목은 일단 건물 뒤편에 묻어 두었다가 모든 것이 정리된 후, 파내서 반지를 회수할 생각이었다.

　외부인 침입의 가능성을 남기기 위해 창의 고리를 벗기고 방의 열쇠는 열어 두었다. 그리고 마지막 마무리에 착수했다. 부엌으로 들어가 [제 1의 피해자]라는 글씨를 뽑아서 문에 붙여 둔 것이다……

　아가사의 립스틱에 청산가리를 발라 둔 것은 그 전날인 둘째 날 27일 오후였다. 이미 플라스틱 조각이 출현했지만 그들의 경계심은 그리 높지 않아서 방으로 잠입할 찬스를 포착하기는 쉬웠다.
　빠르면 올치의 사체 발견을 전후하여 그 결과가 나오리라 예상했다. 그러나 바빠 서둔 탓에 바로 눈에 띈 한 개의 립스틱에만 독을 발랐다. 그 '시한 장치'의 작동은 예상 외로 늦어지고 말았다.
　그리고 그 다음에 사용한 것이 바로 십일각형의 컵이었다.
　저 기묘한 컵의 존재는 섬을 방문한 첫날밤에 발견한 것이다. 충분히 이용할 수 있다고 생각했다.
　둘째 날 아침, 조각을 늘어놓으면서 은밀히 그 컵을 방 안으로 가지고 들어갔다. 식기 찬장에는 여분의 컵이 몇 개 있었기 때문에 그 중에서 하나를 대신 놓아두었다.
　사용한 독약은 이학부의 실험실에서 훔쳤다. 청산가리, 그리고 아비산. 컵에 바른 것은 무취의 아비산이었다. 그리고 셋째 날 저녁 식사 전에 동요를 금치 못하는 틈을 타서 독 바른 컵을 부엌 카운터 위에 있는 6개의 컵 중 하나와 바꿔치기 했다.
　만일 1/6의 확률로 그 컵이 자신에게 돌아왔을 경우는 그냥 마시지 않으면 되는 것이다. 그러나 그럴 필요도 없이 카가 [제 2의 피해자]가 되어 주었다.

눈앞에서 바라보는 카의 죽음, 그것은 올치의 경우보다 더 생생하고 처절했다. 자신이 어처구니없는 짓을 벌이고 있다는 인식이 가슴 한구석을 아프게 했다. 그러나 이제는 그만 둘 수가 없다. 힘이 닿는 한 냉정하게, 그리고 대담하게 목적을 달성하지 않으면 안 된다.

새벽이 되어서야 모두 방으로 돌아갔다. 모두가 잠들기를 기다렸다가 준비해 둔 또 한 벌의 조각 가운데서 [제 2의 피해자]를 카의 방문에 붙여 두었다. 또한 카의 사체에서 왼쪽 손목을 잘라 욕탕 안에 던져두었다. '흉내'의 일관성을 유지하고, 올치의 왼손 절단에 대한 의구심을 없애기 위해서였다.

그 다음에 청옥부의 폐허로 향했다.

카가 쓰러지기 직전에 엘러리가 한 말이 귓가를 쟁쟁히 울리고 있었다. 청옥부에 지하실은 없느냐고 하던 그 말이…….

지하실이 있다는 것은 백부에게 늘어서 알고 있었다. 그리고 거기에는 다른 짐들과 함께 어선에서 나른 등유가 든 플라스틱 통이 다른 잡동사니 틈에 감추어져 있었던 것이다.

아마도 엘러리는 누군가 그곳에서 숨어있을 가능성을 생각하고 있었던 듯하다. 어쨌든 그가 조사를 할 것임은 분명하다.

소나무 가지로 지하실 일부를 쓸어서 누군가가 있었다는 흔적을 남겼다. 나아가 포의 낚시 도구에서 슬쩍한 낚싯줄을 계단에 걸어 두었다. 그리고 예상했던 대로 다음날, 그 덫에 걸린 것은 다름 아닌 엘러리 본인이었다.

'아아, 어리석은 엘러리…….'

확실히 그는 매우 명석한 두뇌의 소유자다. 그러나 한편으로는 어처구니없을 정도로 부주의하고 멍청한 측면도 있다. 그렇게 수상쩍은 지하실로 무작정 뛰어 들어간다는 것은 '탐정'이라는 이름에 너무도 어울리지 않는 행동이다. 그는 발이 조금 삐었을 뿐 큰 부상은 입지 않았다. 약간 기대를 하지 않았던 것은 아니지만, 그 정도로 사체의 수를 늘일 수 있으리라고는 애당초 생각지도 않았다.

기대에 어긋난 것은 아가사의 립스틱 건이었다. 자세히 보니 아가사가 사용하는 립스틱 색이 독을 발라 둔 립스틱과 달랐던 것이다. 만일 그 다음날에도 그녀가 무사하다면 뭔가 다른 수단을 쓰리라 생각했지만…….

포가 각자의 방을 조사해 보자고 했을 때는 덜컥 겁이 나기도 했다.

물론 그런 사태도 고려해 두긴 했다. 플라스틱 조각과 접착제, 나이프 등의 물건은 밖의 풀숲에 감추어 두었고, 손목을 자를 때 피가 묻은 옷은 땅에 묻어 버렸다. 등유 통은 지하실, 독약은 몸에 지니고 있다. 설마 신체검사를 하지는 않을 것이다. 방 안에 둔 것은 고무 옷뿐이므로, 그 정도는 설령 발견되었다 해도 얼마든지 적당히 얼버무릴 수 있다.

그러나 방의 상태를 알리는 것은 그렇게 바람직한 일이 아니다. 준비를 담당한 책임도 있고 해서 자신이 나쁜 방을 선택했다고 하면 되겠지만, 가능한 한 알리지 않는 것이 가장 좋다. 그 때문에 그때는 포의 제안에 반대했던 것이다.

그리고 그날 밤.

아가사의 히스테리를 계기로 생각지도 않게 전원이 이른 시간에 방으로 들어가 버렸다. 그날 밤은 섬을 떠날 예정이 아니었지만 아무 할 일도 없이 하룻밤을 그냥 보낸다는 것이 싫었다. O시로 되돌아가서 가와미나미에게 연락을 취해두면 더욱 결정적인 알리바이 공작이 될 것이다. 마음을 정하자 바로 같은 여정을 밟아 O시로 향했다. 일단 방으로 돌아와서 쿠니사키에서 오는 길인 것처럼 꾸미기 위해 오토바이에 캔버스를 싣고 가와미나미의 하숙집 앞에서 기다렸던 것이다.

5

밤새 비가 조금 내리긴 했지만 지장을 초래할 정도는 아니었고, 닷새째, 3월 30일 아침에 하늘이 뿌옇게 밝을 무렵, 무사히 섬에 도착할 수 있었다.

바위더미에 접근하자 엔진을 끄고 노를 저어 해안으로 나아갔다. 로프를 바위에 걸고 보트를 정리한 순간, 예상치 못했던 일이 벌어졌다.

"앗!" 하는 비명소리가 들리는 것 같았다. 인기척을 느끼고 위를 바라보니 계단 중간쯤에 서서 멍하니 아래를 내려다보는 르루의 모습이 시야에 들어왔다.

'들켰다!'

그 순간 죽여야 한다고 생각했다.

겁쟁이 르루가 왜 이런 시간에 혼자서 바위더미가 있는 곳까지 왔을까. 그러나 천천히 생각할 여유 따위는 없었다. 바위에 매어 두었던 끈을 발견하고 수상쩍다는 생각으로 그것을 조사하고 있었을지도 모른다. 어쨌든 들켰다는 사실에는 변함이 없었다. 아마도 그는 단 한 번의 목격으로 이 모든 사태를 완벽하게 이해해 버렸을 것이다.

발아래 있는 돌을 주워 들고 도망치기 위해 등을 돌려 뛰어가는 르루를 있는 힘을 다해 추격했다.

이쪽도 당황했지만 르루의 동요는 한층 더 큰 듯했다. 뒤뚱거리면서 거의 다리를 끌다시피 도망치는 그와의 거리는 눈깜짝할 사이에 좁혀졌다. 그는 십각관을 향하여 고함을 쳤다. 그때는 이미 거의 다 따라잡았기 때문에 그의 후두부를 향해 돌을 집어던졌다. 둔탁한 소리와 함께 그는 앞으로 고꾸라졌다. 그 돌을 다시 주워 이미 심한 상처를 입은 그의 머리를 한 번, 두 번…….

르루의 숨이 끊어진 것을 확인한 다음, 다급히 바위더미로 돌아왔다. 도중에 지면에 찍힌 발자국을 보긴 했지만 냉정하게 대처하기에는 너무 초조하고 다급한 상황이었다. 르루의 비명을 듣고 금방이라도 누군가가 달려 나올지도 모르는 것이다. 머릿속에서는 서둘러야 한다는 명령이 다급하게 울려 퍼지고 있었다.

발자국에 별다른 특징이 남아 있지는 않은가 하고 흘깃 살펴보았다. 언뜻 보기에 아무런 특징도 없다는 판단이 섰다. '상대는 경찰이 아니다. 이 정도의 발자국이라면 괜찮다…….'

그리고 발자국에 대한 상념은 머릿속에서 사라지고 말았다.

무엇보다 염려스러운 것은 누군가가 달려오는 것이었다. 보트가 발견되면 모든 것이 끝장이기 때문이다.

우선 바위더미를 벗어나 선창가 쪽으로 돌아갔다. 선창과 수면 사이에는 꽤 넓은 공간이 있었기 때문에 일단 그 속에 보트를 밀어 넣고 잠시 위쪽의 동정을 살폈다. 아무도 오지 않았다. 행운이었다.

선창가로 돌아와 보트를 접어서 선창가 곁에 있는 보트 보관소에 감추어 두었다. 다소 위험하기는 하지만, 다시 바위더미 쪽으로 돌아가는 것은 더욱 위험하다고 생각했다.

십각관으로 몰래 들어가 [제 3의 피해자]라는 글씨를 문에 붙였다. 그렇게 하고서야 겨우 슬리핑 백으로 들어갈 수 있었다.

극도로 긴장된 신경은 선잠도 허락하지 않았다. 온몸이 마비된 듯이 맥이 없고, 가슴도 조금 울렁거렸다. 이윽고 손목시계의 알람 소리에 눈을 뜨고 물을 마시러 방을 나섰다. 거기서 저 아가사의 사체와 맞닥뜨린 것이다. 그날 아침에야 그녀는 빨간 립스틱을 바른 것이었다.

'살인은 이제 지겹다. 사체는 더 이상 싫어!' 마음속에서 그런 외침이 들려왔다. 참을 수 없는 구토감이 몸의 중심부에서 솟구쳐 올라왔다. 정신도 육체도 이미 한계에 달했다는 느낌이 왔다.

그러나 포기할 수는 없다. 결코 도망쳐서도 안 된다……

고통으로 일렁이는 가슴속에서 영원히 돌아올 수 없는 연인의 얼굴이 빨갛게 깜박이고 있었다.

엘러리, 그리고 포. 남은 두 사람과 함께 십각형의 테이블에 앉았다. 모든 것이 대단원을 향해 나아가고 있었다.

모든 상황은 포에게 불리한 방향으로 흘러가고 있었다. 나중에 엘러리가 부정하긴 했지만, 그대로 갔더라면 아마도 포가 범인으로 지목되었을지도 모른다.

르루의 살해현장에서 엘러리가 발자국에 대해 흥미를 보였을 때는 심장이 멈출 것만 같았다. '침착해라, 괜찮을 것이다, 침착해라…….' 솟구치는 구토감과 싸우면서 자신을 향해 그렇게 외쳤다. 엘러리는 금방 발길을 돌렸다. '괜찮다. 괜찮다…….'

저도 모르게 가슴을 쓸어내리는 순간이었다.

그러나 엘러리는 갑작스럽게 그 발자국에 대해 다시 관심을 보이기 시작했다.

'뭔가 실수가 있었다. 뭔가, 거의 치명적인 실수가…….'

엘러리의 뒤를 따라 현장으로 뛰어가서 발자국 형태를 잘 기억해 두라는 그의 말을 듣는 순간, 그 미스가 무엇이었던가를 알았다. 자신의 어리석음에 너무도 어이가 없어 이제 틀렸다고 생각했다.

피해자 수가 늘어나고 용의자가 압축되면 더욱 움직이기가 곤란해질 것이라는 각오는 이미 하고 있었다. 상황에 응하여 과감한 행동을 취해야 할 필요도 있을 것이라 생각하고, 몇 가지 수단을 강구해 두었다. 최악의 경우에는 일 대 다수의 격투가 벌어질 수도 있다. 그런 생각으로 포켓에는 늘 나이프를 가지고 다녔다.

엘러리가 발자국을 검토하고 있는 사이에 몇 번이나 그 나이프에 손이 갔는지 모른다. 그러나 어설프게 움직이다가 붙잡혀 버리면 모든 게 끝장이다. 게다가 그 시점에서는 아직 엘러리가 자신을 범인으로 지목할지에 대한 확신도 없었다.

낭랑하게 울려 퍼지는 엘러리의 목소리에 몸을 움츠리고, 가장 바람직한 대처 방법을 생각하면서 온몸을 짓누르는 압박감을 참고 견뎠다. 그런데…….

엘러리는 전혀 엉뚱한 곳으로 결론을 이끌어가고 말았던 것이다. 범인은 세 사람 가운데 있는 것이 아니고, 섬의 외부에서 배를 타고 들어왔다는 것이었다.

나카무라 세이지라고 말하고 싶었음에 틀림없었다. 그는 세이지가 살아있다고 확신했던 것이다. '세이지의 그림자'가 여기서 결정적으로 자신을 지켜 주리라고는…….

그 순간 머리가 활짝 개는 것 같았다.

엘러리의 담배가 떨어진 것을 보고 포가 담배를 갑째 밀어 주었다. 절호의 찬스라고 생각했다.

재빨리 포켓에서 어떤 물건을 끄집어냈다. 작고 긴 상자, 그 안에는 청산가리를 넣은 라크 한 개비가 들어 있었다. 기회가 생기면 포에게 사용하리라고 준비해 둔 것이다.

나도 한 개비 피우고 싶다 하여 테이블 아래에서 슬쩍 바꿔치기를 한 것이다. 담뱃갑에서 두 개비를 빼내어 그 중 한 개비는 피워 물고 한 개비를 포켓으로, 그리고 청산가리가 든 담배를 그 대신 밀어 넣었다.

골초 포는 담뱃갑을 돌려주면 바로 담배를 피워 물 것이다. 포가 독이 든 담배를 용케 피하고, 담뱃갑은 다시 엘러리에게 갈지도 모르지만 두 사람 중 누가 죽어도 좋았다. 최후의 한 사람이 남으면 그 다음은 어떻게든 처리할 수 있을 것이다.

그리고 포는 독이 든 담배를 피웠다.

6

홀에는 두 사람만 남았다.

포가 죽은 후에도 엘러리는 세이지가 범인이라 생각하고 있었다. 조금도 나를 의심하지 않았다.

서둘러 결말을 지을 필요는 없을 것 같았다. 신중하게 기회를 노리면 된다. 가능하다면 최후의 한 사람에게는 '자살'을 택하게 하고 싶었다.

'어리석은 엘러리……'

그는 결국 최후의 최후까지 자신에게 협력해 주었던 것이다. 그는 명탐정이라는 착각을 즐기고 있었다. 도저히 구제할 길 없는 광대였다. 그는 우스꽝스럽게도 묘한 부분에서 스스로 선언을 하지 않았던가. 최후에 남은 두 사람이 [탐정]이고 [살인범]이라고.

단 그가 최후에 그 십일각형의 컵을 통해 십각관의 11번째 방의 존재를 추리해낸 분석력에는 경의를 표하지 않을 수 없다. 왜 그런 컵이 하나 존재하고 있는지, 자신도 의아해 했던 것이다. 그러나 설마 그것이 그런 장치와 관련되어 있을 줄은 꿈에도 생각하지 못했다. 육지에서 가와미나미와 시마다에게 건축가 나카무라 세이지의 기묘한 건축적인 장치에 대한 이야기를 들었음에도 불구하고…….

그러나 그것은 이쪽의 입장을 위험하게 하는 것은 아니었다. 오히려 그 숨겨진 방의 발견은 엘러리의 '세이지 = 범인' 설에 대한 심증을 보다 확고하게 해 주었던 것이다.

두 사람은 지하실로 내려갔다. 엘러리는 외부로 통하는 통로를 찾고 있었다. 거기서 우연히 발견한 그 사체…….

그 사체를 보는 순간 직관적으로 알 수 있었다. 그것이 바로 행방불명된 요시가와 세이치의 사체라는 것을.

역시 요시가와는 반년 전에 죽임을 당했던 것이다. 청옥부에서 광기에 휩싸인 세이지의 습격을 받은 그는 필사적으로 이곳으로 도망쳐 들어와 거기서 숨을 거두었을 것이다. 또는 세이지 자신이 그를 이곳으로 끌고 들어와서 죽였을지도 모른다.

사체 앞에 얼을 빼고 서 있는 엘러리에게 그런 추측을 이야기했다. 그러자 그는 심한 악취에 코를 잡고 몇 번이나 고개를 끄덕이며 이렇게 말했다.

"맞는 말이야. 그렇다면 작년 사건에서 세이지는 또 한 사람을 어디선가 데리고 와서 자기를 대신하게 한 셈이 되지. 자, 앞으로 가 보자, 반. 이 통로가 어디로 통하는지 조사해 볼 필요가 있어."

사체를 피해 통로 안쪽으로 나아갔다. 이렇게 된 이상 보조를 맞춰 주리라 작정했다.

혹시 엘러리가 속으로 나를 의심하는 것은 아닐까.

'이를테면, 그래, 바닥의 먼지 상태에 주목한다면……. 그러면서도 일부러 그렇지 않은 것처럼 가장하고, 나를 처리할 기회를 노리고 있는 것은 아닐까……?'

순간적으로 그런 불안이 뇌리를 스쳐갔다. 오른손을 가슴 속에 찔러 넣고 나이프의 손잡이를 잡으면서 엘러리를 따라 어둠 속을 걸어갔다.

이윽고 통로 끝에 문이 보였다. 가까이서 파도 소리가 들려왔다. 엘러리가 그 문을 열었다. 더욱 세차게 들려오는 파도소리…….

그곳은 선창가에 면한 절벽의 중간쯤 되는 위치였다. 문 밖에는 좁은 테라스 같은 것이 만들어져 있을 뿐, 그 아래는 어둠이었다. 해면까지는 상당한 거리가 있을 것 같았다.

엘러리는 신중하게 발밑을 확인하면서 한 걸음 밖으로 나아가서 전등 불빛으로 주위 상황을 살펴보았다. 이윽고 모든 사정을 알았다는 표정을 지으며 뒤를 돌아보고 이렇게 말했다.

"절벽의 위에서도 바다에서도 발견하기 힘든 각도야. 조금 무리만 하면 벽을 타고 계단이 있는 곳까지 나아갈 수 있을 것 같아. 역시 세이지는 이곳을 통해 잠입한 거야……."

★

"세이지는 오늘 밤에도 올 거야. 우리는 비밀 통로를 발견했어. 통로를 통해서 올 것인지, 현관을 통해서 올 것인지 모르겠지만 둘이 있으니 두려워 할 건 없어. 잘만 하면 그놈을 잡을 수 있을지도 몰라."

얌전하게 고개를 끄덕이며 두 사람 분의 커피를 탔다. 그리고 어제 포에게 수면제를 받을 때 병에서 슬쩍한 몇 알의 수면제를 한 쪽 커피 컵에 탔다.

덤덤한 표정으로 그것을 엘러리에게 내밀었다. 그는 아무런 의심도 없이 금방 그것을 다 마셔 버렸다.

"……잠이 오는군. 아무래도 긴장이 풀어진 것 같아. 반? 넌 괜찮니? 잠시만 눈을 붙일게. 걱정하지 마. 무슨 일이 있으면 바로 깨워줘……."

명탐정 최후의 대사였다.

엘러리는 테이블에 얼굴을 박고 드르렁 코를 골기 시작했다. 완전히 잠에 떨어진 것을 확인한 후, 그를 방으로 옮겨 침대에 눕혔다.

엘러리에게 '분신자살'을 시킬 생각이었다. 사체에서 수면제가 검출될지 모르지만, 이와 비슷한 상황에서 발견된 작년의 세이지의 분신 시체에서도, 요시가와 세이치의 타살이 확인됨으로써 곧 자살로 판명될 것이라고 추측했다. 그것은 필경 이번 사건에 대한 경찰의 견해에도 적지 않는 영향을 끼칠 것임에 틀림없다…….

비는 그쳤다. 다시 내릴 것 같지도 않았다.

선창가로 내려가 미리 보트를 준비해 두고, 폐허의 지하에서 등유를 들고 나왔다. 묻어 둔 올치의 손목을 파내서 반지를 뺐다. 손목은 그녀의 사체에 돌려주었다.

나머지 플라스틱 조각과 피가 묻은 옷가지, 독극물, 나이프 등 남겨서는 안 될 모든 것을 엘러리의 방으로 옮겼다. 창을 열어두고 방 안에 등유를 뿌렸다. 다른 방에도 적당히 등유를 뿌린 다음 프로판 가스 통을 빼서 홀로 옮긴 다음 바깥으로 나왔다. 창문 쪽으로 접근하여 침대의 엘러리 몸에 마지막 남은 등유를 뿌리고 플라스틱 통도 안으로 집어 던졌다.

엘러리는 갑자기 눈을 퍼뜩 떴지만, 그때는 이미 등유를 흠뻑 머금은 침대에 불이 붙은 다음이었다.

불꽃이 혀를 날름거림과 동시에 창문을 닫았다.

저도 모르게 몸을 돌리면서 눈을 감았다. 그 눈 속에서 붉고 투명한 불꽃이 소용돌이치며 춤사위를 넓혀 갔다…….

★

다음날 아침, 죽은 듯이 깊이 잠들어 있었다…….

사건의 발생을 알리는 백부의 전화를 받고 눈을 떴다. 가와미나미에게 연락을 하고 그는 바로 S해안으로 향했다.

일단 백부의 집에 들러 섬의 상황을 보러 간다는 핑계로 차를 빌렸다. 그리고는 말 그대로 J곶으로 가서 숨겨둔 보트와 가스 통을 트렁크에 실었다. 그 시점에서 츠노시마가 아닌 J곶에 신경을 쓰는 사람이 있을 리가 만무했다.

차를 백부 댁에 돌려주면서 보트를 원래의 자리에 되돌려 놓았다. 이렇게 하여 모든 것을 처리한 다음에, 가와미나미와 만날 항구로 떠난 것이다…….

7

K대학 미스터리 연구회의 모임이 끝나자 모리스 쿄이치는 혼자서 귀로에 올랐다.

엘러리-마츠우라 준야가 알 수 없는 어떤 동기, 또는 이상한 정신상태 하에서 5명의 동료를 죽인 후 분신자살을 기도했다……. 경찰의 견해는 결국 그쪽으로 귀착될 것 같았다. 오늘 모임에서 그 구체적인 동기가 드러난 것은 아니지만, 그의 사람됨과 행동을 둘러싼 몇 가지 특이한 에피소드는 시마다 부장의 관심을 끌기에 충분했다.

모든 전개는 예상 이상으로 순조로웠다.

육지에서의 행동을 증명하는 그림 가운데 불필요한 두 장은 이미 처분해 버렸다. 이제 할 일은 아무것도 없다. 아무것도 두려워할 필요도 없다. 이제 아무것도……!

이제 모든 것이 끝났다고 모리스는 생각했다.

모든 복수는 끝났다. 끝난 것이다…….

에필로그

황혼이 지는 바다. 한적한 시간.

저녁노을에 비친 붉은 파도가 밀려왔다간 또 밀려간다…….

늘 찾아오는 그 방파제에 앉아 그는 혼자서 저녁노을에 물든 바다를 바라보고 있었다.

'치오리…….'

아까부터 몇 번이나 마음속으로 되뇌고 있다.

'치오리…….'

문득 눈을 감으면 그날 밤의 그 화염이 아직도 선명히 떠오른다. 사냥감을 포획한 십각형의 덫을 감싸고 밤의 정적을 깨뜨리며 타오르는 거대한 추모의 화염…….

그 불길과 겹치면서 그녀의 환영이 떠오른다. 불러본다. 그러나 그녀는 눈을 감은 채 아무런 대답도 하지 않는다.

'치오리…….'

화염은 점점 더 격렬해지고, 더욱 더 선명히 타오른다. 이윽고 연인의 얼굴은 새빨간 그 소용돌이 속에 휩싸여 아스라이 사라져 간다…….

그는 조용히 자리에서 일어섰다.
어린 아이들 몇 명이 물가에서 놀고 있었다. 눈을 가늘게 뜨고 그 광경을 바라보면서 그는 잠시 멈추어 선다.
'치오리…….'
다시 한번 불러본다. 그러나 눈을 감아도, 허공을 바라보아도, 그녀의 모습은 더 이상 나타나지 않았다. 뭔가 가슴속을 꽉 메우고 있던 것이 갑자기 떨어져나가는 듯한, 바닥없는 허무감에 사로잡혔다.
바다는 파도에 녹아들려 하고 있었다. 꺼질 듯이 남아 있는 노을의 색감을 싣고 파도는 속삭이듯이 찰랑거리고 있다.
그때 누군가가 어깨를 탁- 쳤다. 그는 놀라서 뒤를 돌아보았다.
"어이, 오랜만이군."
사람 좋은 웃음을 띤 비쩍 마르고 키가 껑충한 남자가 서 있었다.
"아파트 관리인에게 물어보았더니 자네가 자주 이 해안가로 나간다고 해서 말이야."
"아아, 그러셨군요."
"힘이 없어 보이는군. 아까부터 보고 있었는데, 무슨 생각이 그리 많은가?"
"아뇨……. 그런데 어떻게 여기까지 저를?"
"아냐, 뭐 별 일도 아니야. 그냥……."
남자는 그 자리에 앉으며 '오늘의 한 개비' 하고는 담배를 빼물었다.
"그 사건이 일어난 지 꽤 시간이 흘렀어. 경찰은 벌써 수사를 종결할 모양인데, 자네는 어떻게 생각해?"
"어떻게라니요? 그건 엘러리가……."
"아니 아니, 그게 아니라 다른 진상이 있을 것 같다는 생각이 안

드냐는 거지."

'도대체 이 사람은 무슨 말을 하고 싶어서……'

그는 입을 다물고 바다 쪽을 바라보았다. 남자는 담배에 불을 붙이면서 그의 얼굴을 빤히 쳐다보았다.

"코지로가 범인이 아닐까 하고 언젠가 내가 말한 적이 있었지만, 사실은 그때부터 시간이 나는 대로 이런저런 상상의 나래를 펼쳐보았어. 그러다 한 가지 재미있는 생각이 들더군. 그 얘기를 오늘 해주고 싶어서 말일세."

'설마…… 이 사람이 눈치 챈 것은 아닐까?'

그는 아무 말 없이 남자의 시선을 피해 고개를 돌렸다.

'설마 그것을……'

"어이, 그런 표정 짓지 말고 이야기를 들어 봐. 너무 어처구니없는 상상이라고 자네가 웃을지도 모르겠고, 아니면 야단을 칠지도 모르겠지만, 그냥 나의 공상이라고 생각하고……."

"이제 그만두는 게 좋을 것 같은데요. 모든 것은 끝나 버렸으니까요, 시마다 씨."

억양 없는 목소리로 말했다.

그리고 그는 몸을 돌려 자신을 부르는 남자를 뒤로 하고 아이들이 놀고 있는 해안가로 내려섰다.

자신이 생각해도 서글퍼질 정도로 마음이 혼란스러웠다.

'바보같이……'

그는 세차게 고개를 저으며 가슴의 동요를 뿌리치려 했다.

'그럴 리가 없어. 그걸 눈치 챌 리가 없어. 설령 이 남자가 왕성한 상상력으로 우연히 진실을 밝혀냈다 하더라도, 그게 어쨌다는 말인가? 무슨 증거가 있어서. 이제 와서 손을 대 본들 아무 소용이

없어, 그렇다……!'
 '그렇지 않니, 치오리?'
 연인의 그림자를 향하여 다시 물어보았다. 그렇지만 그녀는 아무 대답이 없다. 모습조차 드러내 주지 않는다.
 '왜……?'
 불안이 파도처럼 솟구쳤다. 젖은 모래가 무겁게 발을 휘감는다. 그 발 아래 뭔가가 반짝하고 빛을 발했다.
 '이것은?'
 쭈그리고 앉아 그는 저도 모르게 놀란 표정을 지으며 우뚝 손길을 멈추었다. 그리고 짧은 숨을 몰아쉬며 꼭 다문 입술을 일그러뜨리고 입가에 쓸쓸한 미소를 떠올렸다.
 그것은 엷은 녹색의 작은 병이었다. 파도에 밀리며 반쯤 모래에 잠긴 그 병 속에는 몇 번이나 접은 몇 장의 종이 조각이 들어 있었다.
 '아아……'
 그는 그것을 주워 들고 방파제에 앉아 이쪽을 내려다보고 있는 남자 쪽을 돌아보았다.
 '심판인가……'
 어린 아이들이 이제 집으로 돌아가려 하고 있다. 그는 주워 든 병을 꼭 쥐고 그 아이들을 향해 천천히 걸어갔다.
 "얘야!"
 그는 한 남자 아이를 불러 세웠다.
 "부탁 좀 들어줄래?"
 아이는 눈을 동그랗게 뜨고 그를 돌아보았다. 그는 노을 진 바다처럼 은은한 미소를 머금고 아이의 손에 그것을 쥐어 주었다.
 "저기 있는 아저씨에게 이것 좀 전해 줄래?"

작가 후기

어릴 적부터 미스터리를 좋아했다. 초등학교 시절에는 눈이 어지러울 정도로 책을 읽었고, 그 후에 흉내를 내어 글을 써보기도 했다. 중학, 고등학교, 그리고 대학에 들어가서도 다른 것들에는 별다른 집착을 보이지 않던 나였지만, 미스터리에 대해서만은 남다른 열정을 보였다. 대학에서 '미스터리 연구회'라는 서클에 소속된 것도 그런 집착 때문이었다.

미스터리와 SF, 영화, 음악, 마작으로 점철된 대학 4년의 생활이었다. 당연히 1년 낙제를 한 후에 별 목적도 없이 대학원에 진학해서, 동료와 후배들이 줄줄이 대학, 서클, 미스터리를 '졸업' 해 가는 모습을 지켜보면서도 여전히 '어른스럽지 못한' 이야기를 긁적이고 있는 나 자신에게 가벼운 초조감과 께름칙함 같은 것을 느끼고 있었다.

언젠가는 나 자신이 만든 어린애 같은 꿈의 세계를 많은 사람들에게 보일 수 있다면……, 막연하게 그런 생각을 하고 있었지만, 설마 이런 형태로 실현될 줄이야 꿈에도 생각지 않았다. 기뻐해야 할 터이지만 아직도 실감이 나지 않는다는 것이 나의 솔직한 심정이다. 마음 한 구석에서는 아직도 '고작 미스터리'에 집착하는 나 자신을 부끄러워하는 기분이 남아 있는 것 같아서…….

그런 나의 처녀작을 읽어 주신 여러분에게 한마디.

이 소설은, 내가 정말 좋아하는 미스터리와 그 작가들, 그리고 무엇보다도 미스터리라는 것이 잠재적으로 내포하는(한다고 내가 생각하는) '어른스럽지 못한' 모든 엣센스에 대한 일종의 팬레터이다. 그렇긴 하지만 책을 사서 읽어주시는 독자 여러분을 바보 취급하는, 제멋에 겨운 '레터'는 결코 아니다. 나 스스로도 최근, 신선한 충격을 던져 주는 미스터리와 거의 만난 적이 없다고 탄식하는 팬의 한 사람으로서, 후회를 각오하고 이 자리에서('작가 후기'를 먼저 읽는 분에 대해) 큰 소리를 한번 쳐보고 싶다. 이 이야기의 결말 부분에서 당신은 반드시 생각지도 않았던 결말에 마른 침을 삼킬 것이라고.

마지막으로 이 작품이 책으로 만들어지기까지 많은 도움을 주신 여러분들에게 이 자리를 빌려 감사를 드린다.

이렇게 머리를 숙이면서도 나는 지금, 눈이 날카로운 독자 여러분을 '속이기' 위한 다음 수를 찾으려고 빈약한 뇌세포에 채찍질을 가하고 있다.

십각관의 살인

1판 1쇄 발행 | 2005년 7월 11일
1판 12쇄 발행 | 2024년 7월 15일

지은이 아야츠지 유키토
옮긴이 양억관
펴낸이 김기옥

인쇄 · 제본 (주)에스제이피앤비

펴낸곳 한스미디어(한즈미디어(주))
주소 121-839 서울시 마포구 서교동 392-34 강원빌딩 5층
전화 02-707-0337 | 팩스 02-707-0198 | 홈페이지 www.hansmedia.com
출판신고번호 제 313-2003-227호 | 신고일자 2003년 6월 25일

ISBN 89-90785-90-1 03830

책값은 뒤표지에 있습니다.
잘못 만들어진 책은 구입하신 서점에서 교환해 드립니다.